ノーラ・ロバーツ/著
香山 栞/訳

愛と精霊の館(上)
Inheritance

扶桑社ロマンス
1667

ベニータに捧ぐ
いまもあなたのすてきな笑い声が聞こえるから

愛と精霊の館（上）

登場人物

ソニア・マクタヴィッシュ――――――――グラフィックデザイナー
オリヴァー・ドイル三世(トレイ)――――――弁護士
クレオパトラ(クレオ)・ファバレー――――ソニアの親友。イラストレーター
ウィンター・マクタヴィッシュ――――――ソニアの母
ブランドン・ワイズ――――――――――――ソニアの婚約者
オリヴァー・ドイル二世(デュース)――――トレイの父。弁護士
アンナ・ドイル――――――――――――――トレイの妹。陶芸家
アンドリュー(ドリュー)・マクタヴィッシュ―ソニアの父。画家。故人
オーウェン・プール――――――――――――ソニアのいとこ
ジョン・ディー―――――――――――――――プール家のスタッフ
セイディー――――――――――――――――〈ドイル法律事務所〉スタッフ

第一部　裏切り

彼は彼女の恋人だった、なのに彼女を裏切った。

――《フランキー・アンド・ジョニー》

プロローグ

一八〇六年

わたしは花嫁となり、妻となった。

この新たな人生の門出に胸が高鳴る。もう今日を境にアストリッド・グランドヴィルではなくなったのだ。

いまやわたしはコリン・プール夫人だ。

ほんの一年前、コリンと出会い、わたしは恋に落ちた。別に、端整な顔立ちや魅力的な容姿だけに惹かれたわけじゃない。双子の弟のコナーも外見は同じだもの。わたしはコリンの笑みをたたえた深緑色の目や、テノールの声の響き、知性あふれる不屈の精神も愛しく思っている。

彼の公正さや、世界に関する知識、よく笑うところ、家族や家業への献身も。

夫のコリンは父親に続き、造船家となった。わたしはアーサー・プールと知りあって日が浅かったが、彼が落馬事故で命を落としたときは深い悲しみを覚えた。

現在は、双子の兄弟が父親の築いた造船業の舵取りをしている。

ただし、今日は例外だ。プールズ・ベイの全住民にとって今日は休日で、コリンの父親が建てた屋敷は愛と笑い声に包まれ、人々は音楽やダンス、ご馳走やワインを楽しんでいる。

広大な海を見おろす断崖にアーサーが建てたこの頑丈な石造りの屋敷で、わたしたちは――愛する夫とわたしは――今日から家庭を築いていく。

このわが家を子どもたちで満たそう、愛によって誕生した子どもたちで。もしかしたら、今夜その最初の光を身ごもるかもしれない。この結婚初夜に。

親友のアラベルは秋にコナーと結婚して法律上はわたしの義妹となる。その彼女からこう問われた。処女のまま初夜を迎えることに――やがてアラベルもそうするのだが――不安はないのかと。

不安なんかない。それどころか、この血を燃えあがらせ、情熱をかきたてるキスの先にあるものを知りたくてたまらない。

わが身をもって汝を崇める。その誓いを全うするわ。

わたしたち夫婦の寝室となる部屋に置かれた鏡をのぞきこむと、そこにはかつての少女とはまるで別人の女性が映っていた。

コリンから〝日ざしにきらめくシルク〟と称された髪を結いあげ、薔薇の花冠をかぶり、母の要望どおり短いヴェールをふわりと背中に垂らしている。身にまとっているのはさんざん思い悩んだ純白のドレスだ。わたしの望みどおり、そのドレスもシルクのリボンが結ばれたハイウエストからスカートがふんわり広がっている。コリンがなんと言おうと、自分が美人でないことは百も承知だ。それでも、少女から女性へと生まれ変わり、花嫁から妻となった今日は、いつになく魅力的に見えた。

指にきらめく指輪は、プロポーズされたときにコリンからもらったものだ。〝きみを心から愛している。愛しいアストリッド、ぼくが愛する女性はきみだけだ、生涯きみを愛し、この命が尽きようともきみへの愛は変わらない〟と言われたときに。右手にはその約束や誓いがこめられた指輪が、左手には永遠を象徴する金の指輪が、光り輝いている。

少女から女性へと生まれ変わったわたしは生涯コリンを愛し、この命が尽きても彼への愛は変わらないだろう。

つかの間、ひとり物思いにふけったけれど、もう戻らないと。音楽やダンス、コリンの強い意向で開かれたこの日を記念する祝賀パーティーへ。

そして夫とダンスを踊ろう。彼の家族は自分の家族のように受け入れるつもりだ、わたしもあたたかく迎え入れてもらったのだから。バグパイプの音色が流れるなか、彼とともに歩む長く幸せな結婚生活の初日を祝おう。

そのときまでは、そうなると信じていた。

寝室に女性が入ってきたので、わたしは挨拶しようと振り向いた。見覚えのある女性だったけれど、こちらが口を開く前に突進してきた。ナイフが目に入った次の瞬間、刺されていた。

痛っ！　決して忘れられそうにないすさまじい痛みだ。ショックに襲われたわたしの肌をナイフの刃が一度ならず二度切り裂く。そして、何度も。

足元にナイフを投げ捨てられ、よろめきながら後ずさったものの、悲鳴をあげることも話すこともできない。

「あんたには決して彼を渡さない。花嫁には死んでもらうわ、そうすれば彼はわたしのもとへ来るはず。もし来なければ、わたしがなめたあんたの血によって、あとに続く花嫁もみな、あの世送りにしてやる」

ぞっとすることに、その女性は指についたわたしの血をなめた。わたしが床に崩れ落ちると、結婚指輪を抜き取った。

なぜかその行為のほうが刺された痛みより耐えがたかった。

「床入りしなければ、それは正式な結婚じゃない。あんたは花嫁になっただけよ、永遠に失われた花嫁に。ざまあみろ、アストリッド・グランドヴィル」

わたしは愛する夫と決してともにすることのない初夜のベッドのそばに倒れたまま、瀕死（ひんし）の状態で取り残された。でも、わたしの指輪が、わたしの結婚指輪が。あれがなければ、この世を離れることなどできない。

矢も楯（たて）もたまらず必死で立ちあがると、純白のウエディングドレスに真っ赤な血が広がった。苦痛にあえぎながら、よろよろと戸口に向かう。自分の血で濡（ぬ）れた両手で、どうにかドアを開けた。

コリンを見つけないと。わたしの指輪を取り戻さないと。あの指輪に誓ったのだから。視界がかすみ、息を吸うたびに苦しくてたまらない。

誰かが悲鳴をあげたけれど、別世界からのように聞こえた。それはわたしが旅立とうとしている世界だった。

コリンが目に入ったとたん、彼以外のすべてがかき消えた——音楽も、美しいドレスやベストも、人々の顔もかすみ、叫び声も静まった。

コリンがわたしの名を呼びながら駆け寄ってきた。膝から崩れ落ちたわたしを力強い腕で抱きとめた。

彼に声をかけたい。わたしの愛する人生の伴侶に。でも、長く幸せな人生をともに歩む約束は奪われてしまった。

コリンの涙がわたしの顔にしたたり、深緑色の目には不安と悲しみが浮かんでいた。

「アストリッド、愛しい人。アストリッド。どうか逝かないでくれ。ぼくを置いていかないでくれ」

すべてがかすみゆくなかで、わたしは最期の言葉を口にした、最後の息とともに約束の言葉を。

「ええ、決して置いていかないわ」

そして、いまもとどまっている。

1

現代

結婚式の準備はまるで狂気の沙汰だ。その明白な事実をひとたび受け入れたら、あとはどんどん推し進めるだけだと、ソニアは心を決めた。

もし思いどおりになるのなら、こんなばか騒ぎはキャンセルするだろう。ドレスは今後も着られるすてきなものを購入し、家族や親しい友人だけを招いて裏庭で結婚式を行う。シンプルであたたかい式のあとは、最高のパーティーだ。

ゴージャスでフォーマルな、ストレスのたまる盛大な式など望まない。心から楽しめるものがいい。

だがブランドンが望んだのは、ゴージャスで格式高い盛大な結婚式だった。

その結果、ソニアは住宅ローン二カ月分に相当する豪華なウエディングドレスを購入する羽目になった。ほんの何時間か身につけたら、クリーニングに出して箱にしまうだけなのに。

招待客リストの人数は三百人を上まわり、バック・ベイの高級ホテルを予約したが、招待状を発送するころには四百人近くまでふくれあがりそうだ。

招待状はグラフィックデザイナーを生業(なりわい)とするソニアがデザインした。もっとも、ブランドンも同業者なので彼のアイデアも反映されている。招待状は彼女が思い描いたものよりフォーマルになったが、ゴージャスに仕上がった。

結婚式の日取りを知らせるカードは何カ月も前に発送済みで、プロのカメラマンによる婚約写真の撮影にはほぼ丸一日を費やした。

ソニアは友人に頼んでありのままの姿を、カジュアルでユーモアあふれる写真を撮ってもらいたかった。だがブランドンに断固拒否され、内心憤慨した。とはいえ、できあがった婚約写真はすばらしかった。洗練された雰囲気で、まさに上昇志向の強い完璧で幸せなカップルのための、おしゃれな広告写真そのものだった。

メニュー選びには何日もかかった——当然、料理はフォーマルなフルコースだ。それと、ケーキを用意する。ソニアはもともとケーキ好きで——ケーキが嫌いな人はどこか根本的な問題があるんじゃないかと思うタイプだ。

それなのに、ウエディングケーキの味やフィリング、アイシング、デザイン、層の数や飾りを決めるのが、フラストレーションの源になるとは夢にも思わなかった。

いまではすっかり理解したが。

しかも、それ以外に新郎のケーキもあるのだ。ふたりのイニシャルが金色の文字で上面に書かれたひと口ケーキだ。

さらに、花や音楽、座席表、色やテーマも決めなければならない。有能ですばらしく忍耐強いウエディングプランナーがいたにもかかわらず、すべてが悪夢と化した。

ソニアは結婚式が終わるのが待ち遠しかった。

そんなふうに感じるなんて常軌を逸している。

世の花嫁は、たとえ面倒でも盛大な式を望むものでしょう？　自分の結婚式をおとぎ話のような特別な日にしたいと願うのが普通じゃない？

ソニアだって特別な日にしたいと思っているし、永遠の幸せを心から願っている。

でも。

ここ数週間、〝でも〟という言葉がぱっと頭をよぎる。でも、自分の日だとは、自分にとって特別な胸の高鳴る日だとは感じられない。全然感じないわ。どういうわけか、手に負えない状況になってしまった。これはブランドンの結婚式でもあるし、彼も口を出す権利があると自分に言い聞かせたとき、何もかも彼が牛耳っていることにはっと気づいた。

ソニアのアイデアや希望はまったく反映されておらず、明らかにすべてが彼の望みどおりだった。

もしお互いのアイデアや希望が劇的に異なるのであれば、ふたりの相性が悪いってことじゃないの？

その件についてくよくよ考えだすと、不安が募った。三週連続で土曜日に家探しをしたときも、ブランドンがモダンで洗練された豪邸に固執するのに対し、ソニアは個性あふれるだだっ広い中古住宅を望み、不安に駆られた。

でも。

そのことについてくよくよ考えず、カップルとして過ごしたこの一年半を振り返れば、心配ごとなど微塵も見つからなかった。

結婚式は一日だけのことだし、ブランドンが望む盛大な式を挙げたっていいじゃない。家のことだってそうよ。家のなかに何を置くかのほうが重要でしょう。お互い妥協点を見つけて、そこで家庭を築こう。

これはマリッジブルーよ、ソニアはそう自分に言い聞かせた。現実がのしかかってきたせいだ。彼女のバッグには、試し刷りが——文字どおり——結婚式の招待状の試し刷りが入っていた。

マリッジブルーを受け入れて、フローリストの予約をキャンセルし——とても対応できそうにない――自宅へ向かった。

二、三時間、静かな時間を過ごそう。ブランドンは何か新郎の用事で出かけているし、彼が帰宅するまでひとりでのんびりできるだろう。

ブランドンが帰宅したら、ワインを開けて招待状の試し刷りを確認し、最終案をまとめ、増え続ける招待客のリストにも目を通そう。招待状の発送を手配すれば、それで終わりだ――宛名書きは彼がカリグラファーに依頼した。

ソニアだって宛名書きくらいできるが、数百通の宛名書きをせずにすむなら文句は言うまい。

土曜日のボストンの渋滞をかいくぐりながら窓を開け、カーオーディオのボリュームをあげた。八週間後には木々が色鮮やかに紅葉する秋を――彼女の大好きな季節を――迎える。そのころにはこの大騒ぎも過去のものとなっているだろう。

ソニアは二十八歳で、二十代最後となる二十九歳の誕生日があっという間にめぐってくる。腰を落ち着け、家庭を築く心の準備はできていた。そして八週間後には愛する人と結婚するのだ。

ブランドン・ワイズは――賢くて才能があるロマンティックな男性だ。同僚とつきあうことに慎重だったソニアに対し、ゆっくりとさりげなく関係を育んでくれた。

そうして彼はソニアを説き伏せた――彼女はそんなふうに求愛されたのがうれしか

った。

ふたりがけんかをすることはめったになかった。ブランドンはソニアの母親にとても親切で、それも重要なポイントだった。ふたりはお互いの友人たちとの交流も楽しんでいる。

たしかに、多くの面で異なるのは事実だ。ブランドンはカクテルパーティーやディナーパーティー、ギャラリーのオープニングといったいわゆる社交イベントに毎晩でも繰りだしたいタイプだ。一方、ソニアはイベントへの参加はほどほどにし、静かに自宅で過ごす時間が必要なタイプだった。

ブランドンはソニアよりも靴の数が多い——彼女だって靴好きなのに。

一軒家を購入する話になったときも、彼は庭師を雇うことを検討したが、彼女は自ら芝刈りをしたり庭に花を植えたりするところを想像した。

だけど、自分にそっくりなクローン人間と結婚して一緒に暮らしたがる人なんているかしら？

相手との違いは豊かな多様性につながるわ。

車をとめたときには、フローリストとの予約をキャンセルしたことを後悔していた。やっぱり行くべきだった。花はケーキのように人を幸せな気分にするはずだもの。

この埋め合わせに、ぱぱっと夕食を作ろう。

外食の提案を阻止するための策略かしら？　ソニアは自宅のメゾネットへ向かいながら自問した。そうかもしれないけど、ブランドンが帰宅するころには夕食の支度ができていて、ワインボトルが用意されているのだから、悪くないはずよ。一緒に食事をしながらワインを飲み、いまいましい招待客リストを完成させよう。やることリストにひとつでもチェックマークをつけられれば、肩の荷がぐっと軽くなるはず。

肩の荷が軽くなれば、今晩ベッドで抱きあえるだろう。

ドアを開けてなかに足を踏み入れたとたん、音楽が聞こえた。居間のほうへ視線を向けると、一、二メートル先に女性の靴がある。

真っ赤なスパイクヒールだ。

玄関のテーブルにハンドバッグを置き、テーブルの上のボウルに鍵束を放りこむ。そして、ゆっくりと身をかがめて靴を拾いあげた。

もう片方の靴は寝室のほうに曲がったところで横向きに転がり、そこにはロング丈の白いストラップレスドレスも落ちていた。

寝室から聞こえてくる静かでセクシーな曲に、女性のかすれた叫び声やあえぎ声が入り交じる。

ブランドンは音楽をかけながらセックスをするのが好きだが、ソニアはうっとうしいと感じていた。それでも彼は決まって音楽をかけた。

そんなところもかわいらしいとソニアは思っていた。いままでは。

寝室のドアは閉められていなかったので、ソニアは脱ぎ捨てられたドレスをまたぎ、紳士物のシャツやパンツを脇に蹴飛ばした。

突風に吹き消された蠟燭（ろうそく）の炎のように、愛が一瞬で消えるなんて夢にも思わなかった。あとには何も残らなかった。まったく何も。

ソニアは女性に覆いかぶさって腰を打ちつけるフィアンセのヒップを見つめた。ブランドンの腰に両脚をからませた女性は、彼の名前を叫んでいた。

まだ手にしていた靴を見おろし、浮気男のむき出しのヒップに目を戻した。

投げた靴がその尻に命中した。ざまあみろ、あれは青あざになるわね。

彼が身を起こし、あわてて振り向いた。女性は金切り声をあげ、乱れたシーツを引きあげようとした。

「ソニア」

「黙ってて」ソニアは彼に嚙（か）みついた。「信じられない、トレイシー。あなたはわたしのいいとこなのに。わたしの花嫁付添人（ブライズメイド）のひとりなのに」

すすり泣きながら、トレイシーは必死にシーツを引っ張りあげた。

「ソニア、聞いてくれ――」

「黙ってて言ってたでしょ。こんな陳腐な場面に出くわすなんて。ふたりとも服を着て、出ていって」

「ごめんなさい」いまもすすり泣きながら、トレイシーは床からブラジャーとショーツをぱっとつかんだ。「本当に――」

「話しかけないでちょうだい。金輪際わたしに話しかけないで。あなたのお母さんがわたしのおばじゃなかったら、わたしの大好きなおばじゃなかったら、そのふしだらなヒップをいますぐ蹴飛ばすところよ。何も言わずに、わたしの家から出ていってちょうだい」

トレイシーは走りながらドレスをつかみ、頭からかぶった。下着はつけず、靴も履かなかった。

彼女はドアを閉めずに出ていった。

「ソニア。弁解のしようもない。ぼくは、ついうっかり――」

「へえ。ついうっかり部屋中に服を脱ぎ散らかして、裸でわたしのいとこに覆いかぶさったわけね。さっさと出ていって、ブランドン。裸のまま出ていってもいいし、まず服を着てもかまわない。とにかく、わたしの家から出ていってちょうだい」

「ぼくたちの――」

「住宅ローンの名義人はわたしよ」

「スウィートハート――」

「この期におよんで、まだそんなふうに呼ぶの？　もう一度その言葉を口にしたら、血を流す羽目になるわよ。さっさと出ていってって言ったでしょ」

彼はカーキのパンツをはいた。「ぼくらは話しあう必要がある。きみは冷静さを取り戻せばいいだけだ。そうすれば――。どこに行くんだ？」

「携帯電話を取りに行くのよ」ハンドバッグに近づき、携帯電話を取りだした。「警察に通報して、あなたをわたしの家から連れだしてもらうわ」

「ソニア」きみってかわいいねと言わんばかりの口調だ。「きみは警察に電話なんかしない」

ソニアは携帯電話を手にしたまま、ブランドンをじっと見つめた。ジム通いで引きしまった体、別の女にかき乱されたブロンドの髪。ハンサムな顔に魅力的なブルーの目。

「わたしが通報しないと本気で思ってるなら、わたしのことをまるでわかっていないのね」彼の鍵束をボウルからつかむと、家の鍵を外し、玄関ドアの外に鍵束を放り投げた。「出ていってちょうだい」

「靴が必要だ」

ソニアはクローゼットを開けてブランドンのサンダルを取りだし、彼に投げつけた。

「それでいいでしょ、さあ、出ていって。さもないと、悲鳴をあげて警察に通報するわよ」

ブランドンは身をかがめてサンダルを拾って履いた。「きみが平静を取り戻したら、話をしよう」

「あなたと今回の件に関しては、わたしの怒りがおさまることは決してないと思ってもらってけっこうよ」

彼の背後でばたんとドアを閉め、鍵をかけた。

そして涙や絶望や惨めさがこみあげるのを待った。だが、激しい怒りでそのすべてが燃やしつくされてしまったようだ。

手にした携帯電話をふたたび見た。

深く息を吸いながらソファへ向かい、腰をおろした。メールを送ろうとしたが、両手が震えてできなかった。

メールの代わりに電話をかけた。

「ハイ、ソニア！」

「クレオ、ちょっと来てもらえる？　どうしても、いますぐ来てほしいの」

「もしかして結婚の危機？」

「ええ、そんなところ。どうかお願い」

おもしろがっていたクレオは心配そうな口調になった。「大丈夫？」

「ううん、大丈夫じゃないわ。ねえ、来られる？」

「もちろん行くわ。何があっても一緒に解決しましょう、ソニア。十分待ってちょうだい」

問題はすでに解決済みなんだけどと思いつつ、ソニアは携帯電話を置いた。

二杯目のワイングラスを片手に、クレオは居間を歩きまわっていた。白いショートパンツをはいた長い脚が部屋を行ったり来たりする。カールしたダークブロンドは後ろでまとめられ、週末を自宅で過ごすヘアスタイルだった。

ジャングルキャットのような瞳がぱっと光った。

クレオはヒートアップするにつれ、子ども時代を過ごしたルイジアナの訛りが強くなった。同時に、ソニアの心はどんどん落ち着いた。これこそ愛だと感じながら。

「あのくず男。嘘つきで浮気者のろくでなしね。それに、トレイシーときたら。あたしの知ってる言葉じゃ、とても彼女の下劣さを言い表せないわ。あなたのいとこなのに！ おまけに、あの――あの破廉恥な巨乳のあばずれったら、あなたのウエディングシャワーの準備も手伝っていたのよ」

「トレイシーは号泣していたわ」

「そんなんじゃだめよ。泣くくらいじゃ全然足りない。そうだ、トレイシーを叱りつけてやるわ。この煮えたぎる怒りを骨の髄までわからせないと。あの二枚舌のあばずれに」

「あなたを愛してるわ、クレオ・ファバレー。あなたは最高よ」

「ああ、ソニア」ふたたびソファに座ってワイングラスを置くと、クレオはソニアをぎゅっと抱きしめた。「こんな目に遭うなんて、本当につらかったわね」

「ええ」

「あなたの望みは？」クレオは身を引くと、長いまつげに縁取られた黄褐色の瞳でじっとソニアを見つめた。「望みを教えてくれたら、あたしがかなえてあげる。殺人？　斬首？　去勢？」

帰宅して以来、初めてソニアの唇に笑みが浮かんだ。「あなたのハルトひいおじいちゃんの侍の刀を使ってくれる？」

「ええ、喜んで」

「まあ、それはまたの機会に取っておきましょう」

「どうしてわめき散らしたり、何か蹴ったりしないの？　あたしだったら何か蹴飛ばさずにはいられないわ。そうよ、ブランドンの股間を蹴りつけてやりたい。その前にコンバットブーツを買いに行かないと。それを履いて彼の股間を蹴りつけるために。

そのあと拳鍔(ブラスナックル)も買いに行って、それをはめた拳でトレイシーの顔面を殴ってやる。でも、それはあたしの望みよね」クレオはふたたびワイングラスを手に取った。「あなたはどうしたいの？」

「いま、まさにやってるわ。ソファに座ってワインを飲みながら、親友がわたしのために激怒するのを眺めてる」ソニアはクレオの空いているほうの手をつかんだ。「トレイシーは号泣したけど、わたしは泣かなかった」

「泣きたいなら、肩を貸すわよ」

「涙は出ないわ。泣きたくもならないなんて、わたしってどういう人間なの？　まるで映画のワンシーンに足を踏み入れたみたいだった。結婚を間近に控えた無知な女が、婚約者とブライズメイドが裸で抱きあっている場面を目撃するなんて」

「あなたは無知じゃないわ」

「まあ、この件に関しては無知だった、それで……。ビヨンセの《ビデオ・フォン》が流れていたわ」

「嘘でしょう」

「本当よ」

クレオは必死に笑いをこらえた。「ごめん」

「謝らないで。いま思うと……。もしフローリストとの予約をキャンセルせずに、あの現場に出くわさなかったら——」

今度はソニアのほうが立ちあがり、土曜日に用事を片づけるためにはいたクロップドデニムパンツ姿で歩きまわり始めた。ワイングラスを持った手を動かし、もう片方の手で髪をかきあげる。

そして、ポニーテールにしていたメープルシロップ色の長いストレートの髪をほどいた。

「それが癪に障るの、クレオ。癪に障って仕方ないわ。もし今回の件がなかったら、わたしはあのくずの浮気男と予定どおり結婚していたはずよ。しかも、彼のやり方で。そう思うと耐えられない。彼の望んだホテルの大広間も、彼の望んだ盛大な披露宴も、彼の望んだばかげた五段のウエディングケーキも。フォンダンと金色のシュガーデコレーションをあしらったケーキよ。いったいどうしてそんな状況に陥っちゃったのかしら?」

「もうその状況からは抜けだせたようね。あたしは彼のことが好きだった。社交辞令じゃなく本当に、だからなおさら耐えられない。たしかに、あなたにしてはずいぶん大がかりな結婚式だけど、結婚式ってそういうものだし、だったらかまわないんじゃないかなって思ってた。でも——あっ、その前にひと言言わせて、あなたが怒りを取り戻してよかったわ」

「別に、怒りを失っていたわけじゃないわ。ただ、あなたが怒るのをしばらく眺めていたかっただけ」

「オーケー。じゃあ、話を戻すわね。でも、あなたは予約をキャンセルして、浮気現場に出くわした。その結果、ろくでなしとの結婚はなくなった。つまり運命の女神があなたを見守ってくれてたのよ」

「運命の女神が見守ってくれていたなら、彼にとっとと消えろってとうの昔に告げていたはずよ」

「あなたにはワインがもっと必要ね」

「そうね。たっぷり飲まないと」

ソニアはまぶたに指を押しつけたが、それは涙をこらえるためではなく、フラストレーションのせいだった。

「クレオ、全部キャンセルしないと。ホテルも、写真撮影もビデオ撮影も、ケーキも花も。もともとわたしが望んでもいなかったばかげた弦楽四重奏団とバンドも。前金は失うことになるわ。それに招待状の試し刷りを受け取ったばかりなのに。あのデザインに何時間も費やしたのよ」

「それは捨てないで。満月の晩に呪いをかけて、彼のボクサーパンツと一緒に埋めるのよ。そうすれば、あいつは女性を誘惑しようとするたびに、いんきんたむしのかゆみに襲われるわ」

「あなたのクレオール人のおばあちゃんが言いそうなことね」

「もちろん(ビャン・シュール)そうよ。全部キャンセルするのは手伝うわ。うまく説明すれば、前金の一部が戻ってくるかも。それ以外の半額は、ろくでなしに請求しましょう。あたしはもともとあなたが全額を負担してるのが気に入らなかったのよ」

　息を吐きだすと、クレオはさらにワインをあおった。

「そういうことを考えたり、よく目を凝らしたりしてみたら、自分に言い聞かせていたほどあの男のことが好きじゃないことに気づいたわ」

「リハーサルディナーやハネムーンは、ブランドンが支払うことになっていたのよ。でももうどうだっていいわ。この過ちから教訓を得たから。キャンセルの連絡を手伝ってもらえたら、すごく助かるわ。ああ、どうしよう、新郎新婦のほしいものリスト(ウエディング・レジストリー)もあった」

　みぞおちが震え、ソニアはおなかを押さえた。

「つい数日前にウエディング・レジストリーが完成したばかりなのに。明日は二軒の家を見学する予約が入ってるわ」

「とりあえず、いまはもっとワインを飲んで、ピザを注文しましょう。何かパジャマ代わりになるものを貸してちょうだい。そうしたら、やるべきことをひとつひとつ確認しましょう」

「泊まってくれるの？」

「大学時代の元ルームメイトで、悪友で、心の姉妹でもある親友が、ベッドで抱きあうフィアンセといとこを発見したのよ、泊まるに決まってるわ」

ソニアはこみあげる涙で初めて目頭が熱くなった。だが、それは悲しみや苦しみの涙ではなく、感謝の涙だった。

「ありがとう。このすべてに対処しなければならないと思っただけで、穴のなかに隠れたくなったわ。ううん」ソニアは言い直した。「ブランドンを穴に埋めたくなった。わたし――」ドアをノックする音がして、口ごもり、振り返った。「まさか……」

クレオの虎のような目がぱっと光った。「あたしが出るわ。コンバットブーツを履いてたらもっとよかったけど、股間に膝蹴りだって効果はあるはずよ」

2

だが、クレオがとっちめてやろうとぱっとドアを開くと、ソニアの母親のウィンターが駆けこんできた。彼女はまずクレオの手をぎゅっと握ってから、娘のもとへ直行した。

「ハニー、ベイビー、本当に大変だったわね」ウィンターはソニアをきつく抱きしめ、身を揺らした。「どうか泣かないで。泣かないでちょうだい。あんな男は涙に値しないわ」顔の向きを変え、ソニアの頬に唇を押しつけた。「あなたが彼を愛していたのは知ってるけど――」

「愛していないわ。もう愛するのをやめたの。そんなことができるものなのかわからないけど、もうやめたの」

「わたしにもわからない」ウィンターは身を引くと、娘の顔を両手で包んでじっと見つめた。「でも、もしそれが本当ならうれしいわ。わたしの娘を傷つけるような人間は愛するに値しないから。ソニアのそばにあなたがいてくれて本当によかったわ、クレオ」今度はクレオへと手を伸ばす。

「ところで、どうして知ってるの？」ソニアが尋ねた。

「トレイシーが母親のところへ直行して泣きわめいたからよ――あとであの子をとっちめないと。わたしにもワインをもらえる？」

「グラスに注いできます」クレオが答えた。

「それでサマーが電話をかけてきたの――トレイシーの涙をぬぐって、叱りつけたあとで。ソニア、サマーがあなたを愛しているのは知ってるでしょう、だからあなたのおばさんを責めないであげて。サマーも同じくらい激怒して、ショックを受けているから」

「おばさんのことを責める気はないわ。当たり前でしょう。トレイシーはもう大人だもの。大人のあばずれよ」

「彼女は――トレイシーは――たまたまそうなったと言い張ったそうよ。ありがとう、スウィーティー」ウィンターはクレオからワイングラスを受け取った。「ひどい戯言よね。いとこのフィアンセとたまたまベッドをともにするなんて、ありえないわ。しかも、いとこの家で。いとこのベッドで」

「真っ赤なスパイクヒールに、襟ぐりの深い真っ白なドレスとセクシーな下着を身につけておいて、たまたまなんて嘘ばっかり。トレイシーは彼を歓迎したのよ」

「ブランドンがわたしの妹の家で歓迎されることはないと約束するわ。さてと、あなたのベッドからシーツをはいでくるわ」

「もうやったわ。クレオに電話したあとで。燃やそうかと思ったけど、すごく高級なシーツなの。自分で洗濯する気はないから、クリーニングに出して、それから寄付するつもり」

ウィンターはまた娘を抱きしめ、身を揺らした。

「それでこそわたしの娘よ。本当に大丈夫なのね？」

「わたしは心底憤慨しているわ。もう腹が立って仕方がない。それに彼の本性を見抜けなかった自分にも激怒してる」

「わたしも見抜けなかった。人を見る目は確かだと自負していたのに、それでも見抜けなかった。よく洞察力についてこう言うでしょう。振り返れば、たしかにその兆候はあったし、気づくべきだったと。でも、今更そう思ってもあとの祭りよ。ちょっと腰をおろすわ」

ウィンターはソファに座った。

「あなたが打ちひしがれているんじゃないかと心配でたまらなかったから、この怒りを吐きだせなかった。でも、そうじゃないとわかったいまは、ブランドンなんてくそくらえと言えるわ」

「ほんと、ブランドンなんかくそくらえよ」クレオはオウム返しに言うと、ウィンターのそばへ行き、グラスを触れあわせて乾杯した。

「そうね」ソニアもふたりにならった。「ブランドンなんかくそくらえ」

「鍵を替えたほうがいいわ」

「彼の鍵は奪い取ったわ、お母さん」

「それでも鍵は替えてちょうだい。あの男はどこに行ったと思う？」

「さあ」ソニアはふたたび乾杯した。「もうどうだっていいわ」

「そうじゃなくて、本当に知りたいの。わたしの車にワインがもう一本あるわ。それと、酒屋の好青年がくれた段ボール箱も。その箱にブランドンの私物を詰めて――一掃しましょう。わたしがブランドンに届けるから」

「お母さんがそこまでしなくても」

「あなたはわたしのひとり娘だもの、ぜひそうさせてちょうだい」母の変わりやすいはしばみ色の瞳がすっと凍りついた。「きっとブランドンはジェリーの家に行ったはずね。花婿付添人（ベストマン）で親友だもの。家に帰る途中に立ち寄って捨ててくるわ」

「あなたを愛してるわ、ウィンター」クレオはウィンターの隣に座って身を寄せた。

「あたしはお母さんを愛してるし、あなたのことも愛してる。ソニアとあたしは大当たりの母親を引き当てたわね。ブランドンの荷物を詰めている最中に、あいつのお気に入りのカシミアセーターが引っ張られてかぎ裂きができちゃうかも。それか、高級なレザージャケットが偶然とがったものに引っかかって二、三着破れたらお気の毒ね」

「女友だちって最高ね」ウィンターが言った。「そうしてもいいし、私物は見逃してあげてもいいかも。ブランドンは人生で最高のものを失ったんだから。本人もそれをわかっているはずよ」

「それでも、満月の晩にあいつのボクサーパンツを埋めたいわ。いんきんたむしの持病になるよう呪ってやるから」

ウィンターは微笑(ほほえ)んだ。「それならフェアよね。さあ、そのボクサーパンツを取りに行きましょう」

三人は荷造りに取りかかった。タブレット二台にノートパソコン、スマートスピーカー。腕時計やカフスのコレクション。おびただしい数の靴。

ソニアはブランドンがスーツケースを持っていたことを思いだした——当然ながら高級ブランドのグローブ・トロッターだ。三人はスーツケースにシャツやジャケット、セーター、スーツ、スポーツウェアを詰めこんだ。

化粧品のたぐいは箱詰めにした。

「彼のほうがあたしより基礎化粧品やヘアケア商品を持ってるわ」クレオは未開封の保湿液の箱をかかげた。「このブランド品がいくらするか知ってる？　おまけに、未開封のストックまで用意しているなんて」

「持っていって」ソニアはクレオに言った。「どれでも好きなものを持ち帰っていいわよ」

「未開封のものだけね。それ以外はあいつのばい菌が混ざってるから。あなたは本当にいらないの？」

「いらないわ。何ひとつほしくない」

「だったらもらうわ。ウィンター、未開封の商品を山分けしませんか？　アイジェルがあるわ――アイマスクと、美容液も。この美容液のサンプルを一度試したことがあるけど、最高よ。まさに宝の山ね」

ウィンターは無言でうなずいて、後ずさって腰に両手を当てた。顎までの長さの髪――娘とほぼ同じ色の髪――は、ソニアに借りたゴムで短いポニーテールにまとめている。ソニアの深緑色の瞳に対し、ウィンターははしばみ色の瞳で、化粧品がぎっしり置かれたバスルーム・カウンターをさっと見まわした。

「もっと箱が必要ね」

「箱なんて必要ないわ」ソニアがきっぱりと言った。「ゴミ袋があるから。ブランドンは物を持ちすぎなのよ！　わたしのスペースはどこにあるの？　この家の半分はわたしのスペースだとなぜ気づかなかったのかしら？　ブランドンは空き部屋のクローゼットだけじゃ足りなくて、主寝室のクローゼットも半分以上を占領してるの。そのうえ空き部屋のデスクも自分の仕事用にしてるから、わたしはダイニングルームのテーブルを使うしかなかった」

「浸食はじわじわと進むものよ」ウィンターはソニアの肩を撫でた。「岩は強いけど、水に浸食されても気づかないの」

「あなたたち親子は本当にそっくりね」クレオがつぶやいた。「ハート型の顔も、髪の色も。そのピーチ色がかったクリーム色の肌を見ると、あなたたちよりあたしにこそこの高級基礎化粧品が必要だってわかるわ」

「あなたの肌はとってもきれいよ」ウィンターが言った。「金色がかったキャラメル色の肌は、多様性に富む祖先からの贈り物でしょう。わたしの娘の瞳は父親譲りよ」

ウィンターはソニアをぱっと抱きしめた。「アンドリューがいたらブランドンのお尻を蹴飛ばしたでしょうね。わたしは彼が蹴るのをとめなかったはず。アンドリュー・マクタヴィッシュは紳士だったけれど、かっとなったら——」ふたたび娘を抱きしめた。「相手は引きさがるほうが賢明よ」

ウィンターはうなずいた。「ゴミ袋。ええ、それがフェアだと思うわ。いいえ、まだ上等すぎるくらいね」

「あたしがゴミ袋を取ってくるわ。そのあと、ピザを注文するわね」クレオが申し出た。「もうすぐ終わるから」

「彼女はかけがえのない友人ね」クレオが出ていくと、ウィンターは言った。

「ええ。クレオが言うには、わたしたちが大学時代にルームメイトになったのは運命の女神のおかげだそうよ」

「あなたはなんて答えたの？」

「たまたま幸運に恵まれたのねって——わたしにとっては最高の当たりくじだった」

「それはお互い様よ。あなたたちのアートや職業にとっても悪くない組み合わせだった。いまや彼女はイラストレーターで、あなたはグラフィックデザイナーなんだから。あなたたちふたりを誇りに思うわ」

「月曜は出勤しないと。彼も出勤するでしょうけど。やっぱり職場の人となんてつきあうんじゃなかったわ」

「やめなさい」ウィンターは娘を振り向かせた。「ブランドンがしたことや、彼のせいで、あなた自身も仕事も脅かされちゃだめよ。あなたは一生をともにしようと思うくらい彼を愛していた。そして、彼からも同様に愛されていると思ってた」

「わたしは間違っていたわ」

「ふたりとも間違っていたのよ。誰かを愛することは過ちじゃない。ブランドンが不誠実だったから、あなたは愛するのをやめただけ。そういえば、あなたの口からこんな台詞を耳にしてないわ。〝わたしがどんな過ちを犯したっていうの？　わたしじゃ物足りなかったの？　彼が彼女のなかに見いだして、わたしのなかに見つけられなかったものは、いったい何？〟」

「わたし――お母さん――」

「なぜわたしがそういう台詞を耳にしていないのか、あなたにはわかってるはずよ。あなたはあんな男に固執するほどまぬけじゃないから。今回の件は、あなたのせいじゃない。彼の問題よ。あれが彼の本性なの。あなたはブランドンのことを信じていた。彼はその信頼を裏切った。それだけのことよ。だから彼のものを一掃して、この関係にピリオドを打ち、ドアに鍵をかけて。交換してからね」ウィンターが言い直した。

「それからドアに鍵をかけて」

「明日、鍵屋に電話するわ。きっとブランドンは月曜日に職場でわたしに詰め寄ってくるはずよ――少なくとも、そうしようとするはず」

「だったら、対処するまでよ」

「ええ、そうするわ」ソニアはまぶたを閉じた。「ああ、恥ずかしい」

「そう感じて当然よ。あなたの立場なら誰だってそう感じるわ、たとえこちら側が恥じるべきではなくても。だから、ソニア・グレース・マクタヴィッシュ、彼に恥をかかせてやりなさい」

ウィンターはソニアの額にキスをした。「それは――とりわけブランドンみたいな男にとっては、いんきんたむしの持病より苦痛でしょうね」

三人はピザを食べ、ソニアとクレオはワインを飲み続けたが、ウィンターは途中でアイスティーに切り替えた。そして、みんなで計画を立てた。それから段ボール箱とスーツケース、ずっしりと重くなったゴミ袋を運びだし、車へと運んだ。

二往復目の最中に、隣人がメゾネットから出てきた。

「お手伝いしましょうか？　ビルが家にいるから、手伝わせるわ」

ウィンターは隣人に愛想よく微笑んだ。「ありがとう、ドナ。ええ、もしビルさえよければ手伝ってもらえると助かるわ。荷物がまだ二、三個あるの」

「お安いご用よ。ビル！　ソニアを手伝ってあげて」ドナは片手を腰に当てた。成人した三人の子を持つ彼女は、一年ほど前に一軒家からこぢんまりとしたメゾネットに引っ越してきた。

感じのいい夫婦で、親切だけど図々(ずうずう)しくないというのが、ソニアが抱いている印象だった。壁を隔てた隣人だと考えると、それは彼女にとって重要な資質だ。

ビルがレッドソックスのTシャツに、節くれだった膝がのぞくカーゴショートパンツ姿で現れた。

「わたしたちを置いて引っ越すのかい？」彼はにっこりしながら冗談めかして言った。

たっぷりワインを飲んだソニアは、こう答えた。

「ブランドンを追いだそうとしているところです。厳密には、いとこのトレイシーと裸でベッドにいるところを発見して、すでに追いだしたんですけど」

むさ苦しい山羊ひげに囲まれたビルの口がぽかんと開いた。一方、ドナの口元が引きしまった。

「それって、胸の大きなブロンドのこと？」

「ええ、そうです。下着を抱えて裸足のまま飛びだしていったのを数時間前に目撃なさったかもしれませんね」

「いいえ、残念ながら見逃したわ。こんなことになって、本当にお気の毒に。でも、彼女があなたの留守中に訪ねてきたのを二度見かけたと言うつもりだった。てっきりあのふたりはあなたのためにサプライズを計画してるんだと思っていたわ、結婚式で何かするんだろうって。でも……正直、別の可能性も疑っていたの」

「今日より前に二度ですか？」

「ええ、この目で見たわ。先週の土曜日に窓を掃除していたときと、たしか三週間ほど前に。その日は通りの向かいに住んでるマーリーンにクッキーを届けたの。彼女の幼い息子さんはわたしのスニッカードゥードル（シナモンシュガーをまぶして焼いたクッキー）が好きだから。家へ戻ろうとした矢先——そうよ、あれも土曜日だった、三週間前の」

「あたしたちがサロンに行った日だわ」クレオが言った。「あなたが結婚式用のヘアスタイルを試して、そのあと結婚式用の靴を買いに行った日」

「覚えてるわ」ソニアがつぶやいた。

「こんなことになって本当にお気の毒に」ドナがさっきの台詞を繰り返した。「でも、あとになって気づくよりよかったわ。ビル、さあ、あのろくでなしの残りの荷物をソニアの家から運びだしてあげてちょうだい。何かほかにも手伝えることがあれば」ドナが続けた。「声をかけてね」

「少なくとも三回はここに来たのね」ソニアは最後の荷物を車に積んだ。「もうあのベッドは処分しないと。それにソファも。あのふたりがソファを使ったかもしれない。ああ、ほかにもどこを使ったかわからないわ」

「だめよ、考えちゃだめ。あたしがホワイトセージで家中を浄化してあげるから」

ソニアはクレオに目を向けた。「本気なの？」

「もちろん本気よ。ハンドバッグに入ってるかも。なければ、家から取ってくるわ。あいつと、浮気相手の穢（けが）れを除去しないと。それに、ブランドンがあそこで寝たかもしれない別の女の穢れも。ごめん、ソニア、でもありうるわ」

「ええ」若干吐き気を覚えたが、ソニアはうなずいた。「ありうるわね」

このうえ性病検査まで受けなければならないなんて。そう気づいて、ソニアはさらなる羞恥心を味わった。でも、念のために検査は受けたほうがいいだろう。

「やっぱりあのレザージャケットを切り裂いておけばよかった。あとでまたサマーと話すわ。でも、まずはブランドンがいようがいまいが、彼の荷物を全部ジェリーの家に捨ててこないと」

ウィンターはもう一度ソニアをぎゅっと抱きしめた。「間一髪であの男から逃れられたことを喜びましょう」

「もし彼がいたら」クレオが言った。「股間を蹴りつけてもらえますか?」

「もしかしたらそうするかも。また明日来るから、みんなでキャンセルの電話をかけ始めましょう」

「ありがとう」

ウィンターが走り去ると、クレオはソニアの肩に腕をまわした。

「もっとワインを飲む?」

「ええ。トレイシーの下品な靴とブランドンのボクサーパンツを埋めてもらえる? 彼女には慢性カンジダ症になってもらうわ」

「そうこなくっちゃ」

月曜日の朝、ソニアは念入りに身支度をした。真っ赤なスーツのおかげで、しっかりと主導権を握っているように感じられる。時間をかけて髪を上品に結いあげると、冷静で超然とした気分になった。

日曜日にブランドンから携帯電話にメールが届いたときは、それとは真逆の気分だった。結局、クレオと母のアドバイスにしたがって彼の番号をブロックするまでに、メールが四通届いた。

〈ぼくらは話しあうべきだ。ぼくがひどい過ちを犯したからといって、すべてを投げだすことはできない。ぼくがきみを愛しているのは知ってるだろう。ぼくらは話しあうべきだ。どうか説明させてくれ〉

彼のメールを読むたびに、ソニアの怒りはふくれあがった。同時に、怒りのせいで、自分が弱くてまぬけな人間に思えた。

今日はブランドンと対峙しなければならない。そのためには強く冷静で超然としていなければ。

アクセサリーを――大胆なデザインのアクセサリーを選び、完璧なメイクをして部屋から出ると、クレオが椅子に座って寝ぼけながらコーヒーを飲んでいた。

「どう？」

ソニアはくるりとターンした。

「ワオ。すてきよ、ソニア。〝もう二度とこの体には触れさせないわ、ろくでなし〟っていう装いね」

「それがわたしの狙いよ」

「まさに狙いどおりだわ。ところで、スペアキーと結婚式のバインダーを貸してもらえる？　日曜日に連絡がつかなかったところに電話をかけてキャンセルするから」

「クレオ、あなたは土曜日だけじゃなく日曜日も丸一日協力してくれたわ」

「今日、業者が来て鍵を交換するまではどこにも行けないし、そのあとバインダーと鍵を持ち帰るわ。仕事のプロジェクトは順調で時間に余裕があるから、残りの電話をかけるつもり。ウエディングドレスはサイズを調整したから返品できないのよね」

「返品不可よ。それにあの途方もなく値の張るドレスは、お母さんが買ってくれたの、クレオ」

「知ってるわ。でも今回みたいなケースは、ウエディングドレスのメーカーにすれば初めてじゃないはずよ。だから、電話してアドバイスを求めてみる。委託販売とかインターネット取引とか、もしかしたら安くドレスを購入したい人をドレスメーカーが知ってるかもしれないし。ドレスのことはまかせてちょうだい、それにあたしにできるほかのことも。あなただってあたしのために同じことをしてくれるはずよ」

「ええ。全部片づいたら、あなたをバカンスに連れていくわ。スパで週末を過ごしましょう。お母さんも一緒に。もし飛行機で来られるなら、あなたのお母さんも。ハネムーンの代わりに女子旅をしましょう」

「大賛成。股間を蹴りつける心の準備は整ってる?」

「コンバットブーツじゃないけど、この靴でも効き目はあるはずよ」

ソニアはボストンの朝の通勤ラッシュのなか車を走らせながら、自分の計画をおさらいした。理屈のうえでは簡単に思えた。

まず、〈バイ・デザイン〉の共同オーナーのどちらかに何分か時間をもらって話をする――説明はシンプルに。

ブランドンとは相性が合わないと気づいて、心の準備が整わないため結婚式は取りやめたと。それ以上の詳細を語る必要はない。

そして、この決断に伴うストレスのため、少なくとも今後数カ月はブランドンと同じプロジェクトに携わらないですむようにしてほしいと頼む。

勤続年数で言えば、ブランドンのほうが長い。ソニアはインターンも含め〈バイ・

デザイン〉で七年働いているが、彼は十年弱だ。だが、ふたりとも昇進して専用のオフィスを持ち、プロジェクトリーダーをまかされることも多く、それぞれ自分のプロジェクトチームを抱えている。

ブランドンの専門は広告で——ビルボードやテレビ、インターネットの広告を手がけている。彼が優秀なことは否定できない。きわめて優秀だ。ろくでなしだけど。

一方、ソニアが手がけるのはデジタルアート——ウェブサイトやバナーやソーシャルメディア——が大半を占める、企業や個人のヴィジュアルデザインだ。ロゴや名刺、レターヘッド、ウェブサイト、看板や電子看板において、一貫性のあるデザインを生みだしている。

とはいえ、小さな会社なので——ソニアにとってはまさに望みどおりの職場だ——ブランドンと同じプロジェクトで別のパートを担うことが多かった。

とにかく、いまは少し息をつく時間がほしいと頼もう。そして、今後も職場ではブランドンに対してプロとして礼儀正しく接すると約束する。

それなら簡単そうに思える。大人な態度だから、後腐れもない。

もちろん、小さな会社なので、噂(うわさ)は飛び交うだろう。それは我慢する。それどころか——クレオは異を唱えたが——ソニアは自ら破局の責任を負うつもりだった。

まだ結婚する心の準備が整わず、ブランドンとは人生のゴールが違うことに気づいたと説明するほうが、よりシンプルで後腐れもない。彼がソニアのいとこと寝ていたことをわざわざ持ちだしても意味はない。

それに、数週間も経てば噂は消え、別の騒動に取って代わるだろう。

そこまで待てばいい。

きっとブランドンはソニアを追いつめる方法を見つけるだろう。だとしたら、真っ向から立ち向かうまでだ。もうあなたとの関係は終わったと、ふたりきりの場で面と向かってはっきりと告げる。冷静に淡々と。

ブランドンは、冷静で淡々とした別れ話なんていやでたまらないはずだ。ソニアは笑みを浮かべ、二階建てのビルの社員用駐車場に車をとめた。工場をリノベーションしたそのビルに〈バイ・デザイン〉が入っている。

側面の入り口から入り、ひそかに〝ひよっ子たちのエリア〟と呼ぶスペースへ直行した。ソニアは大学卒業と同時にそのワークステーションのデスクでキャリアをスタートさせた。いまワークステーションを占める社員の大半は、なんらかのプロジェクトに携わり、デザイナーのアシスタントを務めながら、成功を夢見ている。かつて彼女がそうだったように、まだ初々しく意欲的だ。

そのなかには今後昇進する者や転職する者、思いきって独立する者もいるだろう。

ソニアはこの職場のペースや雰囲気が気に入り、昇進の道をたどった。プロダクシヨン・アーティストからグラフィックデザイナー、そしてシニア・グラフィックデザイナーへと。

あえて早く出勤した彼女は、自分のオフィスへ直行した。

それほど広くも豪華でもないけれど、彼女のオフィスには南から太陽が差しこむ窓があり、大切なセントポーリアの鉢植えの〝ジーナ〟を窓辺に置いている。今朝もきれいなピンクの花とつややかな緑の葉が迎えてくれた。

デスクにブリーフケースを置き、アイデアやコンセプトをコラージュしたムード・ボードに目をやった。

彼女はプロジェクトのムード・ボードを紙やコンピューターで定期的に作成している。データは共有も変更も簡単だ。だが、紙のムード・ボードなら立つ位置を変えれば、異なる角度からじっくりと眺められる。

起業したばかりの会社のアイデアをまとめたこのムード・ボードもいい出来だった。〈ベビー・マイン〉は優秀な姉妹が設立した手作りのベビー服メーカーだ——頼めば無料でベビー服に名前も入れてくれる。新生児集中治療室(NICU)にいる早産児のニーズに応え、未熟児から生後十八カ月の乳幼児が対象だ。

ソニアは会社のロゴとして、昔ながらのゆりかごに横たわる赤ちゃんとその頭上で揺れるモビールを描いた。モビールは淡いパステルカラーのやわらかい丸みを帯びたフォントで、会社名を綴(つづ)っている。

やわらかくてかわいいもの——それこそ親が赤ん坊に与えたいと願うものだ。

ウェブサイトはそのイメージをもとにデザインし、手入れが簡単であること、愛らしい手作り品であることをアピールして、商品写真だけでなく、ベビー服を着用した赤ちゃんや毛布や新生児用バープクロス（授乳後にげっぷをさせる際、吐き戻して服が汚れないよう肩にかける布）を使用する両親の写真も掲載した。

さまざまなソーシャルメディアの投稿が、そのデザインを着実に広めてくれるだろう。姉妹のブログも一貫したイメージでデザインした。

姉妹が小さな会社のベースを自宅から工房に移したので、ソニアは工房にもそのデザインを反映させた。

あと数カ所手を入れて仕上げれば、〈ベビー・マイン〉のプロジェクトが本格的に動きだす。

ソニアは上司にプライベートな報告をするより、ここに座ってその仕上げ作業をしていたかった。

だが、話さなければならない。

彼女はオフィスをあとにした。ひよっ子たちのエリアに入っていくアーティストや、腰を落ち着ける前に休憩室でコーヒーを飲む人々の話し声が聞こえる。

二階へ続く鉄の階段に向かった。二階には、アート、デザイン、クリエイティブ部門のディレクターのオフィスや、それぞれのアシスタントの作業スペース、デザイナーがディレクターに向けてコンセプトや完成したデザインを披露するプレゼンテーションルーム、共同オーナーのオフィス、一階よりもしゃれた休憩室がある。ソニアを雇ったのはレイン・コーエンなので、まず彼女のドアをノックした。

「どうぞ、入って！」

ドアを開けると、レインがデスクにいた。赤褐色の髪を前さがりのボブカットにし、シルバーのチェーンで青いフレームの老眼鏡を首からさげている。L字型ワークステーションの角には、もうひとりの共同オーナーも座っていた。

その背後の窓から、真っ青な夏空とボストン・コモン公園が一望できた。壁には自社が手がけたデザインのポスターがずらりと並ぶ。レインは数カ月ごとにそのポスターを入れ替えている。

ソニアの作品も一枚飾られていた。ブランドンの作品も。

レインとマット・ベリーから目を向けられた瞬間、ふたりがすでに知っていることに気づいた。

細身のチノパンツにピンクのポロシャツ姿のマットが、デスクの向こうから歩みできた。つややかなブロンドはいつもどおりひとつに結ばれ、金のフープピアスが左耳に光っている。

「二、三分お時間をいただけますか」ソニアは切りだした。

「ああ、もちろんかまわない」マットが手招きした。「ドアを閉めて座ってくれ。大丈夫かい、ソニア?」

「ええ、おかげさまで。わたしは――」

「レインとちょうど話していたんだ、きみに数日、休暇を与えようと」

ブランドンに先を越されたようだ。しかも、彼のやり方で。

「お気遣いに感謝しますが、休暇は必要ありません。今日は〈ベビー・マイン〉のデザインを完成させ、それから〈ケタリング〉社のプロジェクトの初期デザインをいくつか提示したいと思っています」

マットの目に浮かんだ哀れみや、レインの探るような目つきを見て、ソニアは当初の計画を放棄した。

「結婚式をキャンセルしたことをすでに聞いていらっしゃるようですね」

「ブランドンから、ゆうべ電話があった」心から同情して慰めるように、マットがソニアの腕をさすった。「当然のごとく、彼は動揺していたよ。だが、きみには少し落ち着く時間が必要だと感じているようだった――ぼくも同感だよ。結婚式の準備というのは途方もなく大変だ。ぼくたちが準備していたときも、かっとなって妻のウェインに怒鳴り散らしたのをいまでも覚えてる」

「ブランドンはあなたに、わたしたちの上司に、わざわざ日曜の晩に連絡し、わたしが結婚式の準備によるストレスで参っていると伝えたんですね？」

「ぼくたちはただの上司じゃない。ここのスタッフは家族のようなものだ。何か問題があれば、ぼくたちはいつでも耳を傾けると、みんなにわかっていてほしい。そうだろう、レイン？」

「もちろんよ。たしかに、結婚式の準備は大変よね。去年、娘の結婚式の準備を手伝ったからよくわかる。でも、あなたがこれまであらゆるストレスに対処してきたのも見てきたわ、ソニア。だからあなたが結婚式のあれやこれやでヒステリーを起こしたとマットから聞いて、びっくりしたの」

「ヒステリーを起こした？」わたしをヒステリックな女に見せかけるなんて、大きな過ちを犯したわね、ブランドン。ソニアは胸のうちでつぶやいた。即興で思いついたプランBに変更する。「まあ、そう言えるかもしれません」

「だからといって、何も恥じることはない」マットが安心させるように言った。「休暇を取って、少しリフレッシュするといい。きみとブランドンならきっと解決できるさ」

「そんなことはありえません。わたしがみなさんの言うヒステリーを起こしたのは、土曜日の午後、予定より早く帰宅したとき、ブランドンがわたしのいとことベッドにいるところを目撃したからです。わたしがどれほど驚いたか想像してみてください。おまけに、それが初めてではなかったと知ったときの驚きを。ですから、結婚式が行われることはありません。休暇は必要ありませんし、ほしくもありません。今朝出社したときは、この決断にいたった恥ずべき詳細を打ち明けるつもりはいっさいなく、結婚に関して気が変わったとだけ伝えるつもりでした。しばらくは気まずいので、ブランドンと同じプロジェクトの担当にならないよう配慮してもらえないかお願いしようと思っていました」

「それは――それは確かなのか……その状況は？」

「やめてちょうだい、マット」レインが彼に向かってあきれたように目をまわした。「ソニアは自分が何を目の当たりにしたかわかっているはずよ。そんなことがあったなんて、本当に気の毒だわ」

「ああ、なんてことだ。本当に大変だったね。紅茶を飲むかい？　いれてこようか？」

「いいえ、けっこうです。お気遣いには感謝しますが、わたしは本当に大丈夫です。気まずい状況ですが、職場ではプロらしく振る舞うとお約束します」

「それは守ってもらうわ」レインが答えた。「そして、ブランドンにも同じことを求めるわ。あなたたちは最近、共同プロジェクトを完了したところよね」

「ええ、二週間前に。いまは共同で行っているプロジェクトはありません」

「とりあえず、その状態を維持しましょう。ソニア、もしリラックスしたり、山のようなキャンセルの手続きをしたりするのに一日か二日休みたいなら、もちろんかまわないわよ」

レインは両手をかかげた。「それに、わたしたちにできることがあればなんでも言ってちょうだい」

「本当にありがとうございます。キャンセルを手伝ってくれる人はいますし、正直なところ、むしろ働きたいです。こんな話をお聞かせしてしまってすみません」

「職場恋愛って大変よね」レインがかすかに微笑んだ。「身に覚えのある人も多いから、みんな理解してくれるわよ。やっぱり時間が必要だと思ったら、遠慮なく言ってね、ソニア」

「ありがとうございます」ソニアは立ちあがった。「仕事に取りかかります」

オフィスと階段のあいだでブランドンが待ちかまえているのを見ても、ソニアは驚かなかった。

「ぼくたちは話しあうべきだ」

彼が手を伸ばして腕をつかもうとしたので、彼女は後ずさった。「触らないで」

「こんなところでは話せない」彼はプレゼンテーションルームのほうを指さした。「プライベートなことは公にしたくないんだ」

「だったら、ゆうべマットに電話して嘘をつくべきじゃなかったわね」そう言い返しながらも、ソニアは部屋に入った。

「ぼくは嘘なんかついていない」ブランドンはばたんとドアを閉めた。「きみが結婚式をキャンセルしたと伝えただけだ。きみが動揺し、ストレスをためていると」

「その理由を説明しなかったじゃない」

ブランドンは羞恥心と悲しみが入り交じる表情を浮かべるだけの品性——あるいは分別だろうか——はあった。

「聞いてくれ、ソニア。あの件に関して、ぼく以上に胸を痛めている人間はいない。ぼくはひどい過ちを犯し、きみを傷つけた。弱く愚かな人間だ。だから、パニックを起こした」

ソニアは感じよく微笑んだ。「ついうっかり手を出したんじゃなかったの?」

「頼むから」彼がふたたび手を伸ばしてくる。

「もしわたしに触れたら、職場でのハラスメントと不適切な振る舞いで訴えるわよ。それでもよければ、やってみたら?」

「きみが傷つき、怒っているのはわかってる。きみにはその権利がある。ぼくがしたことは……瞬間的に弱さに屈し、パニックになったせいだ。結婚式に関わる詳細や決断が一気にのしかかってきて、パニックを起こした。そこにトレイシーが現れ、それで、誘惑されたんだ。かなりしつこく迫られて、だからぼくは……屈してしまっただけだ」

彼は胸に片手を押し当てた。「どうか許してほしい。きみがぼくにとってどれほど大切か証明するチャンスをもう一度与えてくれ」

「あなたはパニックを起こして、ついうっかり弱さに屈した。わたしが結婚式の招待状の試し刷りを受け取りに行っている隙に、わたしたちのベッドでわたしのいとことセックスをした。もしわたしがフローリストとの予約をキャンセルしなかったら、あなたがわたしたちのベッドでわたしのいとことセックスしたことを、いまだに知らずにいたんでしょうね」

「あれはひどい過ちだったよ、スウィートハート。残りの一生をかけてきみに償わせてほしい。どうか許してくれ。あれはたった一度のひどい過ちだ。彼女はぼくにとってなんの意味もない存在だ。ぼくにとってはきみがすべてだ。あれはただのセックスに過ぎない」

ソニアはブランドンを凝視して、ハンサムな顔に隠された部分を見抜こうとした。嘘つきの浮気男が目に映り、ふたたび軽い吐き気を覚えた。

「やり直せると思っているなんて驚きだわ。わたしをそんなまぬけだと、あなたが思っていることにただただ言葉を失ってる」

「ぼくが許してほしいと頼んでいるんだぞ」羞恥心と悲しみがぱっと怒りに取って代わった。

「なぜそんなに冷淡で無慈悲なんだ？　ジェリーの家に、ぼくの荷物を全部抱えた母親をさしむけるなんてひどいじゃないか。まるで赤の他人みたいに、ぼくの荷物をゴミ袋に詰めて」

「箱とスーツケースが足りなかったのよ」

「どうせ母親に泣きついて、ぼくたちのプライベートな問題をぶちまけたんだろう。なんて情けない」

「違うわ。母親に泣きついたのはトレイシーよ――そして、彼女の母親はたまたまわたしの母の妹だった。とにかくあなたは自分の荷物を受け取ったし、わたしたちの関係はこれで終わりよ」

「きみがそんなに冷酷だから、ぼくは情熱的な女性に屈してしまったんだ」

「だったら、お互いから逃れられてラッキーじゃない？　あなたが言葉巧みにマットに嘘をつこうとするから、ふたりにはすべてを打ち明けたわ。最初はそんなつもりはなかったし、結婚式を取りやめたとだけ伝えるつもりだった。でも、わたしのせいにされるのは断固拒否するわ。マットとレインには、あなたに対してプロらしく振る舞うと約束したの、ふたりはあなたにも同じことを求めるそうよ」

ふたたびブランドンは逆上し、正義漢ぶった。

「さっそく上司の前でぼくの顔に泥を塗ったのか。ぼくは弱い人間なだけなのに。トレイシーに待ち伏せされてしつこく迫られただけの、弱い人間に過ぎないんだよ」

「あの一度きりってこと？　その前の週の土曜日は？　三週間前は？　あなたが弱い人間だったから、あなたたちふたりは以前にも裸で抱きあったの？」

「ぼくを監視してたのか？　それがきみの問題の対処の仕方か？　ぼくを監視するなんて下劣だな」

「わざわざ監視する必要もなかったわ。あなたとトレイシーが隠そうともしなかっただけよ。わたしたちの関係はこれで終わり。わたしは前向きな気持ちで人生を歩んでいきたいし、あなたもそうしたらどう？」

「今回の件を社内に広めても罰を受けないと思っているなら――」

「わたしはこの件を誰にも話すつもりなんかなかった。あなたの考えは違うのかもしれないけど。披露宴の会場やバンドはキャンセルしたわ。それ以外も全部。返金されない前金の半額は、今度請求書を送るから」

「ぼくから十セントでもせしめられると思ったら大間違いだぞ」

「そう言うと思った。投資に失敗したと思ってあきらめることにするわ。さあ、どいてちょうだい。仕事に取りかかるから」

「ぼくがあげた指輪をしていないな。返してくれ」

ソニアは微笑んだ。最高の気分で、心からの笑みを浮かべた。

「さっき言われた言葉をそのまま返すわ、返してもらえると思ったら大間違いよ。文字どおり、わたしのものだもの。指輪は売って、そのお金を女性用シェルターに寄付するわ。さあ、どいてちょうだい、ブランドン、さもないとレインのオフィスに電話して、あなたのことを報告するわよ」

ブランドンは脇にどいた。

「きみはこのことを後悔する羽目になるぞ」ソニアがドアを開けると、彼は言った。

「いいえ、後悔なんかしない。でも、あなたみたいな人に一年以上も無駄な時間を割いたことは後悔しているわ」

ソニアはこれで片づいたと判断し、ドアを閉めた。

その後〈ベビー・マイン〉のデザインを仕上げ、生産的な一日を過ごした。〈ケタリング〉社のプロジェクトにも着手し、デザインディレクターに作成したムード・ボードを見せ、アイデアを売りこんだ。

ソニアは人々の視線に気づいた――とりわけ、見て見ぬふりをする人々の視線に。

彼女が通りかかったり通り過ぎたりしたときに、人々の会話がぎこちなく途切れることにも。

ブランドンは、社内に触れまわるつもりだろうとソニアを糾弾したが、自ら噂を広めているのだろう。おそらく事実をねじ曲げ、彼女のせいにして、真っ赤な嘘をついているのだ。

そんないやがらせに振りまわされるつもりはない。一、二週間もすれば噂話はおさまるはずだ。

ソニアはそこから一週間、二週間、そして一カ月を乗りきった。さらに、その後の二週間も。

やっと噂がおさまったと思うたび、ブランドンはまた蒸し返した。

ソニアは、彼女のほうが浮気をしたという噂を耳にした。また、ウエディングプランナーが彼女に〝地獄から現れたビッチ花嫁〟というあだ名をつけていたなんて噂も飛び交った。

ブランドンはソニアのいとこと浮気をした痕跡をうまく隠し、事実無根の噂のほうがどこからともなく広まり、すぐには消えなかった。

そんななか、何者かがソニアの車に傷をつけた。

出社すると彼女が生みだしたデザインがコンピューターから消え、バックアップまで破壊されていたこともあった。

デザインを再現するのに十五時間を費やし、その夜ようやく会社を出ると、車のタイヤが四本ともパンクしていた。

ブランドンの仕業だとわかっていても、どうしようもなかった。証拠がないからだ。だが、もう我慢の限界だった。

翌朝、ソニアはレインのオフィスを訪ねた。

「すみません。どうしてもお話ししたいことがあって」

「入って、座ってちょうだい。疲れているみたいね」

「ええ、疲れてます。ゆうべは〈ザ・ハッピー・ペット〉のプロジェクトのために深夜まで働いていました。完成間近だったデザインが消えてしまったんです。わたしのパソコンのデータが消去されて、バックアップも破壊されていました。これは操作ミスではありません、レイン。ご存じのとおり、わたしはそんなミスを犯すほど軽率じゃないので。デザインは全部再現しました――むしろ以前よりよくなったかもしれません――仕事を終えて車に向かうと、タイヤが四本ともパンクしていました」

「ああ、なんてこと、ソニア」

「あなたも、流れては消える多くの噂を耳にしたと思います。大半の人は鵜呑(うの)みにしませんが、いつだって信じる人はいます。そういう人にはいくらでも対処できますし、これまでも受け流してきました。でも今回はわたしの仕事が、一生懸命取り組んだ仕事がからんでいます。もしあのデザインを期日までに完成させることができなかったら、顧客を失っていたかもしれません。車のタイヤは切りつけられたわけじゃありません。何者かに空気を抜かれたんです。わたしはタクシーを呼んで帰宅し、自動車修理工場にタイヤ交換の手配を頼まなければなりませんでした」

「本当に大変だったわね。わたしからブランドンに話をするわ」

「やめてください。すべてがブランドンの仕業だと証明することは不可能ですし、そうするつもりもありません。きっと彼はショックを受けたふりをして呆然とするでしょう。もう彼は気持ちを切り替えたみたいですし。たしか、いろんな女性とデートしてるんですよね？」

ソニアは肩をすくめた。「でも、お互いここで働いている限り、いやがらせがやむことはないでしょう」

「ソニア、憶測だけでブランドンをクビにすることはできないわ――ただ、その憶測を――彼がこの件に関与している疑惑があると告げるつもりよ」

「そんなことは求めていませんし、あなたにそんなことは期待していません。ブランドンはずば抜けて優秀ですから」

「そうね。でも、あなただって優秀よ。スタッフ全員でミーティングを開くべきね」

「いいえ、レイン、わたしは辞めるべきです。なんとか乗りきれると思っていました。でも、いまは出社するのが怖いんです。ここで働くのが大好きだったのに、いまでは恐ろしくなってしまいました」

「解決策を模索しましょう、ソニア。あなたがわたしたちにとって貴重な人材だと知っているでしょう」

「ええ、でも解決してほしくないんです。あなたとマットはこんなにもすばらしい会社を築きあげました。わたしはその一員になれたことを一生感謝します。ただ、もうこれ以上ここで働くことはできません。ですから、これが退職願です。これで二週間後には退職できますよね。必要ならもう少し長く働きますが、ジーナ・タロならわたしの代わりを務められますし、昇進に値します。これからの二週間、彼女と一緒に働くことも可能です。でも、わたしは自分自身のために辞めなければなりません、レイン。どうしてもここを離れる必要があるんです」

レインは椅子の背にもたれた。「ああ、もう最悪だわ」

「ええ、たしかに。でも、レイン、すごくつらいんです。わたしは自分の仕事に不満を抱きたくありません。毎朝起きるたび、出勤しなければならないと思って落ちこむのはいやなんです。もう前に進まないと」

「ライバル会社に行くのね。いやでたまらないけど、マットとわたしは最高の推薦状を書くわ。あなたには不幸になってほしくないし、ずっと悲しい思いをしていたと思うと、無性に腹が立つわ」

「わたしにとってはこれが最善です。でもライバル会社に転職する気はありません、いまのところは。フリーランスになるつもりです。自分の時間やスペースが必要なのもあるし、ひとりで何ができるか確かめてみようと思って」

レインは頭をのけぞらせて天井を見据えた。「わたしたちはいくつかの顧客を失うでしょうね。それもいやだわ」

「〈バイ・デザイン〉の顧客には手を出しません」

「だとしたら、あなたはまぬけよ。賢くなりなさい。〈ベビー・マイン〉はあなたの担当のままでいいわ。彼らはきっと成功する。これは贈り物よ」ソニアが返事を思いつかないうちに、レインが告げた。「たいした贈り物とは言えないわね、もともと彼らがあなたを指名したんだから——あなたが担当した別の会社の人に勧められて。〈ベビー・マイン〉はあなたの顧客よ、マットもきっと同意するわ」

「ありがとうございます。本当に、これ以上望めないほどの贈り物です」

「ジーナのことは、あなたの言うとおりよ。わたしたちも彼女に目をつけていたの。もう少し磨きをかける必要があるけど、ものになるか確かめてみるわ。それと、あなたと同世代の娘がいるから、個人的な意見を言わせてちょうだい。あなたにはハネムーンに使うはずだった二週間の休暇がある。その休暇を取得しなさい。今日一日ですべてのプロジェクトを引き継げる状態にして片づけるの。そして〈バイ・デザイン〉をあとにして、幸せになりなさい」

「あなたたちを見捨てることはできません」

「そんなことにはならないわ。いいえ、あなたが今日辞めようと二週間後に辞めようと、わたしたちを見捨てることになる。あなたは確固とした職業倫理を備えた才能あふれる女性だもの。でも、マットとわたしがあなたのプロジェクトを引き継ぐわ——いまでもやり方は心得ているから。それに、わたしたちがジーナに必要な磨きをかけるわ。ああ、あなたのことを心から恋しく思うでしょうね」

レインは片手を振った。「泣いちゃだめ。あなたのせいで涙ぐんじゃったわ。さあ、今日一日で全部片づけなさい。今後も連絡を取りあいましょうね」

「ええ。あなたとマットには心から感謝しています」

「恩返しをしてね。あなたを誇らしく思わせて」

ソニアが退室すると、レインはふたたび椅子の背にもたれ、天井をじっと見つめた。そして、長々とため息をついた。「ああ、なんてこと」

3

ソニアはその一日を乗りきった。ランチ抜きで現在手がけているプロジェクトに専念し、誰に引き継いでもらってもいい状態にして、休憩室で同僚ともおしゃべりをした。

さりげなく。ごく普通に。

そうやって過ごすうち、もう自分が前に踏みだしていることに気づいた。そのおかげで、ストレスが薄れて消えた。

終業時間までに、自分の道具類や緊急時用のエナジーバー、予備の充電器、クレオからもらった蛍石のオベリスク、セントポーリア、オフィスを自宅のように感じさせてくれた小物などの私物を箱に詰めた。

〈バイ・デザイン〉でプロとしてキャリアを積んだ七年間が――そのうちの二年はインターンだったが――たったひと箱におさまった。

プロとしてのこれまでの人生が。

自分のオフィスを最後にもう一度見まわしていると、マットが戸口に現れた。

「待っていたんだ……。レインからきみの決断を聞いたよ、そう決断したもっともな理由も。ぼくのサポートは不充分だったね、きちんと解決策を見つけるべきだった」

「いいえ、そんなことはありません。状況が悪かったんです。わたしにとってはどうしようもない状況でした。あなたやレインがいなければ、フリーランスにチャレンジすることもできなかったはずです」

「レインと約束したから、きみを引きとめたりしない。そうしたいけど我慢するよ。その箱はぼくに運ばせてくれ」

箱を受け取ったマットは彼女のオフィスを出て、さまざまなオフィスやひよっ子たちのエリアを通り過ぎた。

「ぼくたちを恋しがってくれよ」

「もう恋しく思ってます」外に出たとたん、夏のさわやかな風が吹き抜けた。予約をキャンセルしなければ、いまごろはパリでハネムーンの最中だったと気づく。

「もしアドバイスが必要になったら」マットが口を開いた。「悩みを打ち明ける相手や飲み仲間がほしければ、電話してくれ」彼女の車に箱を積みこむと、彼は振り向いた。「きみをハグするよ」

「わたしもお返しのハグをします」

マットはソニアを長々ときつく抱きしめた。「こんなことを口にするべきじゃないが、言うよ。ブランドンはここに長くはいられないだろう。才能があるし、抜け目はないが、不誠実で卑劣で、信じがたいほど執念深いことが露呈した。だから、ここに長くはいられないはずだ」

「わたしにとってはどうでもいいことですと言いたいけれど、言えません」

「どうか輝かしい成功をつかんでくれ」マットは後ずさった。「きみならできるとわかっている。もしここに戻って才能を発揮してみたくなったら、いつでも歓迎するよ」

「初めてここに足を踏み入れたとき、わたしは大学四年生のインターンでした。あなたは水玉模様の蝶ネクタイをしていましたね」

「ああ、当時は蝶ネクタイが自分のなかではやっていたんだ。復活させてもいいかもな」

「もしわからないことがあれば質問するようにと、あなたは言ってくれました。だから、いつでもあなたに質問していいんだと思っていたんです」

「それはいまも変わらない」

ソニアはマットの頬にキスをして車に乗りこみ、走り去りながら少し涙ぐんだ。

帰宅する代わりにダウンタウンから遠ざかり、母が住む小さな庭つきの二階建ての一軒家へ向かった。ソニアはその緑豊かな住宅地で育った。幼いころは小さな庭で遊び、ある程度成長すると芝刈りをした。

自転車の乗り方は、家の敷地で父に教わった――そのときのことはいまでもよく覚えている。

〝大丈夫だよ、ソニア。そのまま漕ぎ続けるんだ、ベイビー！ ちゃんと放さずにいるから〟

父は一緒に走りながら自転車を放さなかった。娘がこう叫ぶまでは。

〝放して、パパ！ もう乗れるわ。放してちょうだい！〟きっと父は見守っていたのだろう、とふと思った。白いプラスチックのかごがついたピンクの小さな自転車をソニアがよろよろと漕ぐあいだ、父は娘に対する誇りや不安を感じたのだろうか？

ソニアの脳裏に、私道の突き当たりで自転車をとめ――紅潮した顔で興奮している娘のもとに駆け寄ってくる父の姿が、ありありと浮かんだ。

春の甘いそよ風が父の髪を吹き抜けた――そのダークブロンドが白髪に変わる機会は訪れなかった。人生の盛りを迎えた父は長身で手足が長く、ソニアのように手が細かった。娘と同じアーティストの手をしていた。

それからわずか三年後に父は亡くなった。

悲劇的な事故死だった。ダウンタウンの建物の壁画を描き始めたばかりのころ足場が崩壊し、母は未亡人となった。

ソニアは細い私道にとまった母の車の後ろに駐車した。なぜいまになって思い出が一気によみがえってきたのだろう。きっとこの気分のせいね。辞職は死と同列に扱うことは到底できないけれど、急激な変化だ。

ブルーグレーのケープコッド様式の家の前で、ベニカエデが燃えるように紅葉している。真っ赤に染まった葉の一部が落ちているけれど、まもなく十月の風が枝に残った葉をすべて吹き飛ばすだろう。

カナリヤ色の菊が家の正面の角でまぶしく咲いている。祝祭日が大好きなウィンター・マクタヴィッシュらしく、白い玄関ドアの両脇には大きなオレンジ色のカボチャが置かれていた。

ハロウィンが近づけば、母はカボチャをくり抜いてジャック・オー・ランタンを作り、古い骸骨や甲高い笑い声をあげる箒(ほうき)にまたがった魔女の人形を引っ張りだして、コスチュームを身につけ、仮装して訪ねてくる子どもたちにハーシーズのチョコレートバーを配るのだろう。

ソニアはドアをノックしなかった――この玄関ドアをノックしたことは一度もない。なかに入ると、居間には花瓶に生けられた秋の花の香りや、炉床で燃える薪(まき)の煙のにおいが漂っていた。

暖炉の上には父の絵が一枚飾られている――ソニアの記憶にある限り、常にそうだった。

霧に包まれた森、深緑の影に点々と灯る明かりで金色に輝く小道。小道の右手には、岩床を勢いよく駆け抜け、白から銀色に移り変わる小川。

昔、ソニアはその小道がどこまで続いているのか知りたがった。父に尋ねると、こんな答えが返ってきた。〝どこへでもおまえの行きたい場所へ〟

「もしかしたら、わたしはいまこの道に立って、行き先を確かめようとしているのかもしれないわね」

母をよく知るソニアは、家の奥のキッチンに向かいながら呼びかけた。

「ソニア？ まあ、うれしいサプライズね」

仕事着から心地よいスウェットとスニーカーに着替えた母が、ぱっと娘を抱きしめた。「ちょうど夕食を何にしようかと考えていたところよ。もう食べた？」

「ううん。職場から直接来たから」

「先週末に作りすぎたスープを冷凍庫から取りだす口実ができたわ。チキンベジタブルスープなんだけど、どうかしら？」

「いいわね」

「ワインクーラーから白ワインのボトルを出してくれる？ スープを解凍するから、

そのあいだにワインを飲みましょう」

「ますますいいわ」

「そして、話さなければならないことを話してちょうだい」

ソニアはカウンターの下のワインクーラーからボトルを取りだした——このワインクーラーはキッチンをリフォームしたときに母が追加した設備のひとつだ。

あれは父が他界して以来、母が行った唯一のリフォームだ。

「えっ、なんの理由もなくふらっと母親に会いに来ちゃいけないの？」

「もちろんいいし、そういうときもあるわ。でも——」ウィンターはソニアの鼻を人さし指でつついた。「その表情は見覚えがあるわ」

ソニアはコルク抜きとグラスを取りだし、勇気を振り絞って切りだした。

「職場でいろいろトラブルがあったのは知っているでしょう。ほとんどの噂は無視できたし、職場の人たちもほとんどは噂を鵜呑みにするほどまぬけじゃないわ。でも、いっこうにおさまらなかった。もっとも、だいたいはささいなことよ。ささいないやがらせだった」

「化けの皮がはがれると、すごく陰湿な男だったわね」

「ブランドンはとても巧妙なの」ソニアは苦笑いを浮かべ、ワインを注いだ。「とても穏やかで、面と向かっては常に礼儀正しく、プロらしい振る舞いをした。でも……」

ワインをひと口飲むと、中央のアイランドカウンターにもたれた。

「その一方、執拗だった。とにかく執拗だったわ。わたしに恥をかかされたと考え、何度も仕返しせずにはいられなかったのね。昨日出社したら、完成したばかりのプロジェクトが消えていたの。パソコンのデータが消去されて」

「執拗どころか、卑劣だわ」

「それだけじゃなくてバックアップまで破壊されてた。紙のムード・ボードは無傷だったわ――そこまでしたらあからさまだものね。でも、初期のスケッチも消えていたの。だから、文字どおり記憶を頼りに再現しなければならなかった。真夜中までかかったわ」

「どうりで疲れた顔をしているはずね。あの男は正真正銘のくずよ。彼の仕業だとわかってるんでしょう」

「ええ。でも、彼がやったと証明することはできない。わたしが残業しているあいだに、彼が車のタイヤの空気を――四本とも――抜いたことを証明できないように」

「なんてこと、ソニア！　それは犯罪じゃない！　警察には通報したの？」

「タクシーを呼んだあと通報したわ。でも、だからといってなんの解決にもならないのよ、お母さん。あの指輪を売って、そのお金を寄付するんじゃなくて、彼に返すべきだったわ。そうしていれば、彼も水に流したかもしれない。でも、恥をかかせてやりたかったの。だから……」

「あなたのせいじゃないわ。この一連のトラブルで、自分自身を責めたらだめよ」

「自分を責めているわけじゃないわ。ただ、誤算だったかも。それと、ああ、どうかわたしに失望しないで」

「そんなことありえないわ」

ソニアは息を吸いこみ、しばし息をとめた。「仕事を辞めたの」

「ああ、ベイビー」ウィンターはワイングラスを置き、ソニアに両腕をまわした。

「対処できると思ったけど、もうそうは思えない。無理だった。彼を勝たせてしまったわ」

「やめなさい」ウィンターは身を離し、娘を軽く揺さぶった。「あなたは彼を勝たせてなんかいないわ。これは勝負なんかじゃない。あなたは自分にとって最善の道を選んだだけ。ああ、あのろくでなしがクビになればいいのに！」

「どんな理由で？　わたしを裏切って浮気したから？　お母さんは法律事務所の秘書だから、そんな理由で社員を解雇できないと知ってるでしょう。それに、彼は人一倍用心深く立ちまわっているから、きっとしっぽをつかむことはできないわ。マットとレインは――」ソニアはかぶりを振り、カウンターに移動してスツールに腰をおろした。「できる限りのことをしてくれたわ。ふたりともブランドンに釘を刺したはずよ。おそらく、それが長期的には事態を悪化させたのね。ふたりはわたしが手がけていた起業したばかりの会社のプロジェクトを譲ってくれて、辞職前の二週間を有給休暇として取得させてくれた。そこまでする必要などないのに」

「彼らのせいじゃないわ。これはブランドンのせいにほかならない。それで、これからどうしたいの？」

「フリーランスになるつもり。この数週間考えていたけど、昨日決心したわ。わたしには蓄えも経験もあるし、つてもある。それに、顧客の〈ベビー・マイン〉から依頼があればいつでも対応できる。小さいけどすばらしい会社で、わたしはいい仕事をしたのよ。ちょっと見せてあげる」

ソニアは母親のタブレットをアイランドカウンターからつかみ、ウェブサイトを表示した。

「ああ、なんて愛らしいの。ほら、このベビー服を見て！　これを買うために赤ちゃんがほしいくらいよ。そうだ！　同じ職場のシルヴィアに、十二月上旬ごろ、初孫が誕生するの。女の子ですって。このサイトのリンクを彼女に送るわ」

「ぜひそうして」

「手作りなのね。まあ、この小さな帽子を見て。子猫の帽子よ！」

母がスクロールしながらウェブサイトに目を通すのを見ていると、ソニアの気分は上向いた。使いやすく、モバイル端末で効率的に購入できるようになっているのだ。

「とにかくこのリンクを送ってみるわ。あなたは本当に才能があるわね。芸術家のお父さんの遺伝子を受け継いでる」

「お父さんみたいに絵が描けたらいいのに」

「その気になれば、すばらしい絵が描けるじゃない。でも、あなたが情熱を傾けるのは絵じゃないわ。これよ。本当にすばらしいわ。きっとシルヴィアも気に入ってくれるし――あなたの顧客には大量の注文が入るはずよ。さあ、スープを飲んで、あなたの新しい会社の計画について話しましょう」

「女性ひとりの仕事を会社と呼べるのかしら」

「もちろん呼べるわ。それに、復讐（ふくしゅう）をそそのかすわけじゃないけれど、よく言うでしょう」

「えっ？」

「最高の復讐は――」ウィンターが両方の眉をつりあげた。「成功することだと。きっとあなたならうまくいくわ」

「そうなるよう一生懸命がんばるつもり。でも、フリーランスの仕事に没頭する前に、長い週末を過ごしたいの――長い週末をスパで」

「まさにあなたに必要なことね」

「お母さんと親友を連れていくつもりよ、都合が合えば、彼女のお母さんも」

「ちょっと待って、ソニア、そんな余裕はないでしょう。とりわけいまは」

「パリで買い物しなくなったのよ。それに、望みもしない派手な挙式に数千ドルをつぎこむ必要もなくなった。お母さんが買ってくれたあのウエディングドレスは元値の六割で売れたわ。それにクレオのおかげで、払った前金のうち八千ドル近くが戻ってきたの」

「あの子は賢いわね」

「だからお母さんと、彼女のお母さんと、賢い女友だちを週末スパに連れていくわ。個人的なご褒美よ。わたしにはそれが必要なの。だから、ノーとは言わせない」

「だったら言わないわ。クレオがお母さんの……メリーの予定を確認できるように、彼女にメールしたほうがいいわね」

「いますぐグループメールを書いて、〈ザ・ライフ・プラム〉を予約してみる」

「あの海岸沿いのリゾート？　ワオ。わたしの娘はいったん贅沢をすると決めたら、とことんやるのね」

「ええ、そうよ。いままでずっとつらかったわ、お母さん。でも、もうそんな思いはしなくていいし、最高の気分よ。このスープもすごくおいしそうなにおいがするわ」

母を訪ねてスープを飲み、励まされたことで――そして週末は満室だったものの、平日に三泊の予約を入れることができ――ソニアは気分が浮きたった。九時過ぎにはベッドに横たわり、十二時間眠った。

翌日は、新たな生きがいや新たな計画とともに目覚めた。

最初の一歩は、〈ベビー・マイン〉の姉妹に連絡することだった。

二十分後、ソニアは飛びあがって両手の拳を突きあげていた。

姉妹はこれまでどおりソニアに依頼することを望んだだけでなく、顧客になりそうな二社の連絡先を教えてくれた。

ソニアは姉妹とずっと仕事をしてきたため、彼女たちのやり方を熟知している。きっと姉妹はただちにその二社に連絡するはずだ。だから、一時間待つことにして――ロゴや名刺、ウェブサイト、ソーシャルメディアなどのデザインに取りかかった。

午後も半ばごろ、ソニアはドアをノックする音に応えた。

「パンプキンスパイス・マフィンとマキアートを持ってきたわよ」クレオがテイクアウトの袋を持ちあげ、小首をかしげた。「あら、あなたのそんな顔、数週ぶりに見たわ。ううん、数週間どころじゃないわね」

「どんな顔？」

「幸せそうな顔よ。スカートがひるがえるくらい幸せな顔。〝いったいなんてことをしてしまったの〟と落ちこんでるんじゃないかと心配して来てみたのに」

「ついさっき何があったと思う？」ソニアはクレオを家に招き入れた。「新たに二社の顧客を獲得し、三社目からも依頼が入る可能性が高いわ」

「もう？」

「そうよ。自社のロゴもほぼできたわ――新規の顧客と結ぶ契約書の作成に必要なの。ウェブサイトとか、ほかのもろもろも完成させないと。包み隠さず率直な意見を聞かせて。ちょっとそこで待ってて」

ソニアがホームオフィスに駆け戻ると、クレオは紙袋からコーヒーとマフィンを出した。

「オーケー。これよ――包み隠さず率直に言ってね、クレオ。印象に残るロゴにしたいから」

ソニアはスケッチブックをぱっと開いた。

彼女が描いたのは、鮮やかな――赤やブルー、黄色、グリーンの――花びらが重なりあってできた太い円だ。その円の上には、流れるような書体で〈ヴィジュアル・アート〉という文字が入り、円の内側には〝バイ・ソニア〟と書かれている。

「わたしが聞きたがるような言葉は口にしないでね」

「ごめん、でも言わずにはいられない。完璧よ。すごく気に入ったわ。その円は――強いシンボルで、色も力強いわ。花びらはデザインに奥行きを与えて、興味をかきたてるし、流れるような書体は円のラインとうまく調和してる。バランスがよくて、目を引くデザインで、余白の使い方も見事よ」

「角を強調したデザインや、洗練されたモダンなデザインにはしたくなかったの。かといって手のこんだ装飾とか、伝統的すぎるのもいやだった。キュートで女の子っぽいのも気が進まないけど、花びらでさりげなく女性らしさを表現したかったの」

「狙いどおりね。すごいじゃない、ソニア、もう本格的に始動してるなんて」

「作家のウェブサイトをリニューアルすることになったわ――デビュー作が十一月に出版されるんですって。いまのウェブサイトは目も当てられない、ひどい代物よ。彼女のソーシャルメディアもリニューアルさせてもらえないか打診しているところなの。そっちもひどいから。彼女の本はそうでないことを願うわ。新刊見本を送ってくれるそうよ」

「ひどい内容だったら、嘘をつくのよ」

「わたしを励ますために来てくれたのね」

「ええ、不要だったみたいだけど。とりあえずコーヒーとマフィンがあるし、休憩しない？」

「もちろんいいわ。ありがとう。不要な励ましも、コーヒーとマフィンも。ホームオフィスを模様替えしてスペースを作ったから、プロジェクター・スクリーンを注文するつもり。そこに自分のデザインを映すの。まるで自分自身にプレゼンテーションするみたいに。あなたも見てみたい？」

「そうね、風水的に問題ないか確認してもいいなら」

「了解。クレオ、怒らないで聞いてほしいんだけど、きっとブランドンはわたしに恩恵を与えてくれたのよ。自分がフリーランスになるなんて夢にも思わなかった。でも今日は、なるべくしてなったんだと心から思うわ。これが自分の天職だと」

「恩恵とまでは言わないけど、あいつが筋金入りのろくでなしだったことが、あなたを正しい方向へ導いてくれたのね」

「おかげでうまくいったわ。ちょっと来て、見てちょうだい」

三週間後、ソニアは作家のために新しいウェブサイトを立ちあげていた――彼女の本自体は悪くなかった。〈ベビー・マイン〉のホリデー用の広告や、隣人の姪（めい）のために――皮肉にも――結婚式の招待状もデザインした。

クリスマスになるころには、さらに三つのウェブサイトのデザインが進行中で、二冊の本の表紙とデジタル広告のデザインも請け負った。

彼女は人生で最悪になりそうだった年を、最高の気分で終えた。給料や手当は若干減ったものの、備品や機材の費用を負担するほうがもっと痛手だった。とはいえ、事業を立ちあげて三カ月足らずの女性にしては、まずまずの状況だろう。

クリスマス一週間前の配管トラブルで千六百ドルの出費がなければ、もっとよかった。

だが、悪くない状況だ。

ソニアは顧客を増やして業績を築くために報酬を競争価格にしなければならなかった。もっとも、通勤しないためガソリン代やランチの外食代、通常の車両整備代が節約できている。

同僚とのやりとりが恋しいかときかれたら、〝まあ、ときどきは〟と答えるだろう。もともとソニアはひとりで働くのが好きで、なんでも自分で決めたいタイプだ。それに、好きな格好をしたい。

犬を飼ってもいいかも、あるいは猫を。もう毎日八時間から十時間留守にするわけじゃないし、犬か猫を飼えるだろう。

動物との触れあい。

ただ餌代や獣医代――犬だったら、トリミング代も必要かもしれない。ちゃんと考えて、予算を立てよう。何より、大好きなことを自由に行う満足感を考えたら、多少の倹約なんてまったく苦じゃない。

ソニアに不安はなかった。いまのところは。

一月半ば、ボストンが六十センチほどの雪に埋もれて凍え、仕事が忙しくない時期に――だが、また忙しくなるだろう――ある人物がソニアを訪ねてきた。

四十代後半とおぼしき男性は分厚いコートをまとい、耳当てつきの帽子をかぶっていた。手袋をした手にブリーフケースを持って、彼は微笑んだ。

気さくでチャーミングな微笑みだ。

くっきりした黒い眉の下で、やや薄気味悪く光るブルーの目が、眼鏡のレンズ越しに彼女をじっと見つめた。銀色のフレームは帽子からのぞく髪の色とおそろいだった。

「ミズ・ソニア・マクタヴィッシュですか？」

「ええ。何かご用ですか？」

「わたしは亡きコリン・プールの代理人を務めるオリヴァー・ドイルです。コリンはあなたのおじに当たります」

「わたしにはおじはいません――おばの夫のマーティンをのぞけば。知り合いにもコリン・プールという人はいません」

「コリンはあなたのお父様の兄です」

「あなたの情報は間違っています、ミスター・ドイル。父には兄弟がいませんでした」

「お父様は兄がいたことをご存じなかったと思います。双子の兄の存在を。あなたのお父様はアンドリュー・マクタヴィッシュで、一九六五年三月二日生まれですね」

「ええ、でも――」

「彼は赤ん坊のころ、ジョンとマーシャのマクタヴィッシュ夫妻の養子となった」

「ミスター……」

「ドイルと呼んでください。普通ではありえないことなので、混乱するのは理解できます。それに、わたしを招き入れて事情を聞くことを躊躇するのも。〈ボストン・ハーバー・ホテル〉に滞在しているので、あなたの都合のいい場所でお会いしてもかまいません。名刺をお渡しします。それから、これが――」

オリヴァーはコートのポケットから名刺入れと写真を取りだした。「これがコリン・プールです。わたしの親友で生涯の友でした。彼はクリスマスの直前に亡くなりました」

「心からお悔やみを申しあげます。ですが……」

写真を凝視して、ソニアは口ごもった。

「それは三十年ほど前の写真で、妻がコリンとわたしを撮りました。ちょうどその年代のあなたのお父様の写真を見たことがあります。彼らは双子です。瓜ふたつではありませんが、よく似ていると思いませんか？」

「いったいどういうことなのか、わたしには理解できません」

「理解できなくて当然です。これまでDNA鑑定を受けたことはありませんよね？」

「ええ」

「ふたりはメイン州で生まれました。プール家に代々受け継がれてきた築二百年以上の家で」

ソニアはその年代の父の写真を何枚か持っていた。ふたりの違いは見て取れた――コリンのほうが髪が長く、背も若干高く、細身で、顎が角張っている。

だが、それはほんのわずかな違いで、これは父だと断言してもおかしくなかった。

「どうぞお入りください」

「お邪魔します。生まれも育ちもメイン州の人間ですが、この風はこたえますね。あなたは彼と同じ目をしています。さっきも言ったように、わたしはお父様の写真を見たことがありますし、コリンとは旧知の仲です。あなたのその深緑色の瞳、プール家の家族と同じです」

家族という響きに違和感を覚える。家族だなんてありえない。「コートをお預かりします」

「どうもご親切に」

オリヴァーが帽子を脱ぐと、黒い眉と銀色がかったグレーの髪があらわになった。

「コーヒーをいれましょう」

「ありがとうございます。ミルクを少し入れてもらえますか？」

ソニアは呆然としていた。父に兄が――双子の兄がいて、それを知らなかったなんてありうるのだろうか？　なぜ祖父母はそのことを父に知らせなかったのだろう？　なぜ兄弟を引き離し、片方だけ養子に迎えるなんてことができたの？　それに、もし以前から知っていたのだとしたら、なぜ亡くなったおじはわたしにも父にも連絡しなかったのだろう？

「あれこれ質問したいことがあるでしょうね」

オリヴァーは立ったまま、棚の上の写真をじっと見つめた。その棚には写真のほかに、これまでの年月でソニアの目にとまった美しく興味深いものが置いてある。

「あなたの問いにできる限り答えましょう。ここに座ってもかまいませんか？　このテーブルの席に。ほかにも見てもらいたいものが、書類があるんです」

ソニアはテーブルに彼のコーヒーを置くと、腰をおろした。「その人は先月亡くなったとおっしゃいましたが、ご病気だったんですか？」

「お気遣いありがとうございます。そのことも説明するつもりでした。まず伝えたいのは、コリンが弟の存在を長らく知らなかったということです。彼にはその事実が伏せられていました。真実を知ったのは、あなたの父親が亡くなる少し前です。わたしが知らせました。つい熱中してしまうほど家系図を調べるのが趣味で、コリンのルーツを調べてプレゼントすることにしたんです。系譜を広範囲に調査すると、ところどころ抜けている箇所が――消えている枝葉がありました」

彼はブリーフケースを開いた。「これがコリンの父親の写真です。あなたの父方の祖父ですね。そして、これが彼らの母親です」テーブルにもう一枚写真を置き、そっと微笑んだ。「当時は一九六〇年代だったので」

その女性――というより少女――はストレートのブロンドの髪を長く垂らし、カラフルな額バンドをつけていた。美しい顔にブルーの瞳、濃いアイライナー。ほっそりした体にTシャツとローウエストのベルボトムジーンズ。二本の指でピースサインを作る手にはいくつも指輪をはめている。

「リリアン・クレストです。ただし、この写真を撮った当時はクローバーという名で呼ばれていました。彼女は双子を出産した際に命を落としています。自宅出産で不測の事態が起きたようです。嵐による停電で二日間、電気も電話も使えなかったとか。その家——屋敷（ザ・マナー）——はちょっと人里離れた場所にあるんです。別にたどり着けないわけじゃありませんが、プールズ・ベイの中心街から数キロ離れていて」

「ずいぶん若いんですね」

「亡くなったとき、彼女はまだ十九歳でした。十七で家を出て、その後チャールズとともに屋敷で暮らしていました。彼の両親や双子の弟や妹は、プールズ・ベイ郊外の家に住んでいたそうです。その当時は」

「プール家には双子が多いんですね」

「ええ。周囲の話によれば、チャールズは妻の死に打ちひしがれ、双子のせいだと言って子どもたちの面倒をいっさい見なかったそうです。それからまもなく、彼は自ら命を絶ちました。その少し前、チャールズの妹がコリンを引き取って養子に迎えています。あなたの父親は、民間の養子縁組団体を通して新たな家族に引き取られました。しかも、州外で。わたしが目を通した書類によれば、プール家の強い意向で、養父母には実の両親に関する情報をいっさい知らせなかったそうです」

「祖父母は知らなかったんですね」安堵（あんど）感（かん）がどっと胸にあふれた。「わたしの祖父母は、父に双子の兄がいたことを知らなかったんですね。知っていたら、ふたりとも引き取ったはずです。祖父母は善良で愛情深い人たちですから」

「なぜプール家が双子を引き離したのかはわかりません。わかっているのは、パトリシア・プールが、あなたの父方の祖母が、非常に頑固な女性だったということです。あなたのお父様のおじに当たるローレンスが、兄の死後に、何度目かで屋敷を閉鎖し、コリンが十八歳になって住み始めるまで屋敷はずっと無人の状態でした。屋敷はコリンが受け継いだんです。四年前に他界したおじには跡継ぎがおらず、コリンが十八歳になった時点で、法的に彼のものとなりました。あなたのいれてくれたコーヒーはおいしいですね」

「おかわりを召しあがりますか？」

「ええ、お言葉に甘えて」一気にこんな多くのことを受けとめるのは大変でしょう」オリヴァーはキッチンに向かう彼女に言った。「それにプール家の歴史の多くは、知る必要がないと思われるかもしれませんね」

「まったく知らなかったので、ぜひプール家の歴史を知りたいです」

「コリンとわたしはプールズ・ベイで育ちました。彼はわたしの結婚式でベストマンを務めてくれました。この春で、あれから三十三年経ちます。わたしも彼の結婚式でベストマンを務めました」

「若くしてご結婚なさったんですね」

彼は笑った。「いいえ、それほど若くはなかったです。でも生涯の伴侶にめぐり会ったときは、この人だとわかるので」

「そうでしょうね」

「いただきます」彼女がコーヒーのおかわりを差しだすと、オリヴァーは言った。「コリンは一族の歴史にさほど興味を持ちませんでしたが、屋敷を愛していました。少年時代、ぼくたちふたりは——ときには仲間も連れて——何度あの屋敷に忍びこんだかわかりません。実は、幽霊がしょっちゅう出没するんです」

「そうでしょうね」

ソニアのおもしろがるような口調に気づくと、彼はコーヒーを見おろした。「とにかく、プール家には数々の有名な歴史があるんです。ただコリンが関心を持ったのはアートでした。あなたのお父様や、あなたのように」

「彼は画家だったんですか？」

「それが彼の天職であり、絵画は彼の情熱の源でした。ですが、家業の海運業や造船業を継がされました。プールズ・ベイは、初代プールにちなんで名づけられたんです。彼は一七九四年に木造船造りからキャリアをスタートし、工場を建設し、プールズ・ベイを設立し、屋敷を建てました」

はっとしたように、オリヴァーが両手をかかげた。

「さっきも言ったように有名な歴史が多々あって、あなたにも興味を持ってもらえればいいのですが」

「何も知らなかったんですね、わたしの父は。兄が、双子の兄がいることを」

「ええ、お気の毒ですが。コリンはすばらしい人で、すばらしい友でした。もしその機会があったなら、よき兄になったに違いありません。そして、よき夫、よき父親にもなったでしょう」

「あなたは彼の結婚式でベストマンを務められたんですよね」

「ええ、彼がわたしの式でベストマンを務めた五年後に」

「彼にお子さんは？」

「いいえ。痛ましいことに、結婚式当日に妻のジョアンナが亡くなったんです」

「そんな――」喉が締めつけられ、彼女は胸を押さえた。「そんなのひどすぎるわ」

「ええ。披露宴の最中、彼女はおりていた階段から転落したんです。誰にも助けることはできませんでした。あの日を境にコリンは人が変わってしまい、もうかつての彼には戻らなかった。めったに屋敷を離れることもなくなった。途方もない悲しみに打ちのめされていたんです、ミズ・マクタヴィッシュ」

「ソニアと呼んでください。彼がどれほどのつらさを味わったかは、想像もできません」

「コリンは妻の死を悼みながら残りの人生を過ごし、世間とのつながりをほぼ断絶しました。わたしや、彼の家族同然となったわたしの家族は、迎え入れられました。ですが、彼自身の家族とはつき合いを絶ちました。家業やその業務は、いとこたちの手にゆだねられました。もっとも、彼の祖母が亡くなる日まで主導権を握り続けていましたが。わたしはコリンの代理人として、事業における彼の金融資産を管理してきました。プール家の一員であるコリンは金融資産を保有していましたが、絵を描いたり、ジョアンナとともに愛した屋敷を維持したりしながら日々を過ごしていました。彼女とともに一生を過ごすはずだったあの屋敷で。その屋敷や、屋敷内のすべてを、彼はあなたに遺(のこ)しました」

4

ショック、なんて言葉ではとても言い表せない。

「なんですって？　とても正気の沙汰とは思えません。わたしとは面識すらなかったのに」

「あなたはコリンの弟のたったひとりのお子さんです」

「ですが――先ほど、いとこたちが家業を継いだとおっしゃいましたよね。それなのに、赤の他人を屋敷の相続人にするなんて到底理解できません」

「あなたはコリンにとっては赤の他人じゃありません。家族です。この数十年、彼は世捨て人も同然でしたが、あなたやあなたの仕事には関心を持ち、あなたの仕事を賞賛していました」

「わたしの……仕事を」

オリヴァーは彼女に優しくそっと微笑んだ。

「屋敷には最高のＷｉ-Ｆｉ設備が設置されています――コリンの希望で。隠遁者だからといって、テクノロジーや近代化を無視していたわけじゃありません。わたしがプール家の家系図を調べた結果、彼はあなたのお父様のことを——双子の弟の存在を知り、ぜひとも連絡しようと考えていました。それなのに悲劇が繰り返され、ふたたび家族を失いました。コリンはあなたのお父様の死を悼んでいました、ソニア、同じ母親から生まれ、生後数日で引き離されたにもかかわらず。あなたはコリンの弟の忘れ形見で、実の父親の血を引く唯一の子孫です」

　ソニアは生まれて初めて、目がまわるほど頭が混乱した。「お気持ちはありがたいんですが、一度も会ったことのないおじからの遺産なんて、まるで映画みたいに荒唐無稽だわ」

　その言葉にオリヴァーが噴きだした。「コリンはきっとあなたのことを気に入ったでしょうね。あなたも彼を気に入ったと思います」

「そうかもしれません。ですが、コリンの思いや話の荒唐無稽さはさておき、現実的な問題があります。わたしは数カ月前に起業したばかりです。メイン州にある家なんて、いったいどうすればいいんですか？　あなたはその家のことをずっと屋敷（ザ・マナー）と呼んでいますが、わたしにはそんな豪邸を維持する経済的余裕はありません」

「それに関しては信託財産があります」

「えっ？」

「コリンが屋敷を維持するために信託口座を開設したんです。資金は充分あり、広範囲の銘柄で構成されています。わたしがそういったことを把握しているのは、受託者だからです。公共料金や税金や保険料は、今後も信託財産から支払われます。修繕や、必要なリフォーム、ご希望のリフォーム——たとえばペンキの塗り替えや家屋の維持管理、個人的な好みによる改修の費用も。受益者であるあなたは受託者から信託財産に関して詳細な報告を受けます。それが委託者の指示でしたから」

「わたしは——」

「コリンの遺産相続人として、あなたはプール一族の事業から配当金の五パーセントと、彼の残りの財産も受け継ぐことになります。この五パーセントは、伝統の維持に対するいわば報酬です。コリンは受け取っていた配当金の残りをいとこたちに遺していますが、それは莫大な額です」

オリヴァーはいったん口をつぐみ、眼鏡をかけ直した。「あなたが遺産を受け取るには、屋敷に少なくとも三年間、一年につき四十週以上住むという条件があります」

「そこに住む?」次々とショックが襲ってくる。「はい、そうですかと、荷物をまとめて引っ越さなければならないんですか? メイン州に?」

「遺書に異議を申し立てることは可能です。わたしは有能な弁護士ですから、友人であり依頼人でもあるコリンの遺志を条件にしっかり盛りこんでいます。とはいえ、あなたは異議を申し立てることが可能ですし、勝訴するかもしれません。ただし、かなりのお金と時間を費やすことになるでしょう。個人的には、コリンがわたしの——彼の友人であり弁護士でもあるわたしの——アドバイスを受け入れて、あなたに連絡していたらよかったのにと思っています」

「わたしは断ることもできますよね。いっさい受け取らないと断ることも」

「もちろんです。そうならないことを願っていますが」彼はブリーフケースから分厚い包みをふたつ取りだした。「ここにコリンの遺書の写しと金融資産の一覧表、事業や自宅に関する資料。写真、家財道具等目録があります」

オリヴァーは彼女に微笑みかけた。「難解な法律文書が山ほどあるので、あなたが今回のことをすべて受けとめたあと、もしよければご説明します」

「いまこの瞬間の気持ちを正直に言えば、すべて受けとめるまでに何年もかかりそうです」

「あそこはすばらしい家です、ソニア。長年のあいだに、プール一族が創建時の屋敷を増築し、細部まで維持してきました。多くの歴史が刻まれた屋敷です。あなたに通ずる歴史が。あなたがその遺産を相続して未来へ受け継ぐことを、あなたのおじは心から望んでいました」

彼は立ちあがった。「わたしに関する情報は、携帯電話の番号も含め、その包みのなかに入っています。どうか連絡をください、あなたの代理人を通してでもかまいません——ぜひ弁護士を雇うことをお勧めします。わたしは喜んであなたやあなたの代理人と面会します。木曜日までこの街に滞在する予定です。あなたの都合に合わせて戻ってくることも可能ですし、わたしの法律事務所や屋敷でお会いしてもいいですし、どこでもあなたの都合のいい場所を指定してもらってかまいません」

ソニアは立ちあがってクローゼットから彼のコートを取りだした。「こんなことはどうかしてるとわかっていらっしゃいますよね。この何もかもが」

「コリンは正気でした。自分の希望と条件を明確に正しく伝えられるくらいには気は確かでした」オリヴァーはコートを着て、耳当てつきの帽子をかぶった。「あなたはいくらか尋ねませんでしたね。屋敷の価格や、信託財産、事業の配当金の額を。それは実に興味深い」

「現実的じゃないからです。現実とは思えません」

「これはまぎれもなく現実です。書類に目を通して、じっくり考え、弁護士を雇ってください」彼は手を差しだした。「またお話ししましょう」

ドアを閉めても、ソニアはその場に立ちつくしていた。目が覚めるのを待った。だが、これは夢じゃないと認めた。テーブルには包みが置かれているし、幻覚でもない。

脚の感覚がほとんどなかったものの、テーブルへ引き返し、片方の包みを開いた。

そして青い表紙がついた分厚い法律文書を取りだした。

表に〈コリン・アーサー・プールの遺言書〉とある。

実際に遺言書を見るのはもちろん、読むのも初めてだと気づいてはっとした。

腰をおろし、頭が割れるように痛くなっても一言一句に目を通した。

コリンは生涯の友にいくつかのものを遺贈していた。《海辺の少年たち》というタイトルの絵画、アンティークのチェスのセットとチェス盤、H・G・ウェルズの『タイムマシン』の初版本。

ほかに、コリーン・ホイットマー・ドイルにカーネリアンのボウルとアンティークのパールのイヤリングを遺贈している。

さらに、オリヴァー・ヘンリー・ドイル二世や、ポーラ・モーティマー・ドイルには、絵画や宝石を。

オリヴァー・ヘンリー・ドイル三世にも。息子さんかしら？　ミッキー・マントルのサイン入り野球バット、一九七五年ごろ製造されたミニカー六台を。アンナ・ローズ・ドイルにパールのネックレスを。

さまざまな金融資産のうち、造船会社から彼が受け取っていた五十パーセントの配当金のうちの四十五パーセントを譲渡している。

驚いたことに、アンティークのダイヤモンドとサファイアのイヤリングがソニアの母親であるウィンター・ローガン・マクタヴィッシュに遺贈されることになっていた。

最後まで目を通し終え、ソニアはまぶたを指で押さえた。

これをどう考えればいいの？　こんなこと、とても受けとめられない。

彼はそれ以外のすべてをソニアに遺していた——家や敷地を含むすべてを——三万平方キロメートルを上まわる敷地を。家財のすべて（その目録は別紙にまとめられている）と、家や所有地や家財等を維持するための信託財産も。

死亡保険証書や証券口座、投資、それ以外のソニアにはまったく理解できないものも。

だが、何もかもいったん脇に置くと、父に兄がいたということだ。双子の兄が。父には見知らぬ家族がいたのだ。

そして、わたしにも。

ソニアは携帯電話をつかんだ。

「クレオ、お願いだから、一緒にわたしの実家に行ってちょうだい。いますぐに」

「何があったの？　あなたのお母さんは大丈夫？」

「ええ、母は元気よ。実はとんでもないことが起きたの。説明は道すがらするわ。十分後に迎えに行くから、お願いね」

「十五分、時間をちょうだい。ソニア、まるで幽霊を見たかのような口ぶりね」

「ええ、見たのかも。じゃあ、十五分後に」

ソニアはブーツを履き、コートを身につけた――外は寒いからとマフラーを巻き、毛糸の帽子もかぶった。五分後には包みを持って家をあとにした。

母に知らせないと。電話ではなく、直接。母に説明する場には、クレオにも同席してほしい。

それに、弁護士も必要だわ。

ソニアが車を運転しながら理路整然と説明できたかは疑問だった。とても理路整然とした気分ではなかったからだ。案の定、クレオはショックを受け、驚嘆し、疑念や好奇心を抱き、憤った。

「そんなふうに兄弟を引き離すなんて血も涙もない人たちね。あなたのおじいちゃんとおばあちゃんなら、赤ちゃんをふたりとも引き取ったはずよ」

「わたしも同じことを言ったわ。ああ、なんでいつもこんなに渋滞してるの？」

「それに、あなたの話によれば、そのプール家の祖母や彼女の娘なら、ふたりとも引き取ることができたはずよ。それだけのゆとりがあったんだから」

「わたしにもわからない。どうして彼女たちがそんなことをしたのかも、なぜ真実を隠蔽したのかも。ミスター・ドイルの話を聞いて、プール家は本当の親子関係や双子の存在をすべて隠し通したっていう印象を受けたわ。理由は不明だし、どうすればいいのかもわからない」

「あなたのお父さんは知っていたのかな。事実を把握していたとかじゃなくて、薄々何か感じていたのかしら。ほら、双子にはそういう能力があるって言うじゃない。それにしても、双子のお兄さんはなんてお気の毒なの、最愛の花嫁を結婚式当日に失うなんて。でも、ちょっと考えてみて、ソニア。彼もあなたのお父さんのように画家だった。お互いのことは知らなくても、ふたりはその絆でつながっていたのよ。ところで、プールズ・ベイっていったいどこにあるの？」

「さあ」

「調べてみましょう」クレオは携帯電話を取りだし、インターネットで検索をした。「へえ、メイン州沿岸のかなり小さな半島だわ。きっと風光明媚な場所よ」

「どうでもいいわ。もうどういうことなのかさっぱり理解できない、クレオ」

「たしかにそうね。そのコリン・プールは事実を知らされるまで、あなたのお父さんの存在を知らなかった。彼は相当用心して、弟に連絡する計画を立てていたんじゃないかしら。それなのに、あなたのお父さんが亡くなり、またしても打ちのめされた」

クレオは手を伸ばしてソニアの手をぎゅっと握った。「ねえ、想像してみて。あなたはつい先日弟がいることを知った、家族が隠していた双子の弟が。でも連絡を取ろうとした矢先、その弟が他界した。胸が張り裂けそうな悲劇よ。でも弟との絆を感じ、弟のひとり娘に自宅と――あなたの話だと、彼が所有するほぼすべてを遺した」

「でも、なぜおじは母に連絡しなかったのかしら？　それか、わたしに」

「たぶん、直面できなかったのよ、また深く心が傷つく可能性に。あなたからののしられたり、はたまた、〝それで、わたしになんのメリットがあるの？〟なんて言われたりするかもしれないと思って」

「わたしはそんなことは言わないわ」

「わかってるわ、ソニア。でも彼はあまりにも繊細で、その不安を乗り越えられなかったのかも。最後には正しいことをしようとしたのよ。そんな必要などないのに。あなたは何も知らなかったんだから。たとえあなたがＤＮＡ鑑定を受けて、おじの存在を突きとめたとしても、彼はあなたになんの借りもない」

「やっぱりあなたに電話してよかった」ソニアの胸の重みが幾分軽くなった。「そうやって冷静でいてくれる、あなたに一緒に来てほしかったの」

「あなたがお母さんと話して多少気持ちが落ち着いたら、コリン・プールについて徹底的に調べたほうがいいわ。それに、このすべてのことも」

「だから弁護士が必要なの」

「そうね。代理人だっていう弁護士のことも検索してみるわ。オリヴァー・ヘンリー・ドイル二世って言ったわよね。メイン州のプールズ・ベイね。ああ、見つかったわ。五十七歳で――」

「本当？　耳当てつきの帽子を脱いだ彼は、それより十歳は若く見えたわ。白髪交じりだったけど、髪も眉毛もけっこう黒かったもの」

「どうやら彼の父親が五十年ほど前に法律事務所を開業したようね、つまり、長い歴史がある事務所だわ。彼は既婚者で、子どもがふたり。息子のオリヴァー三世は三十二歳、娘のアンナは二十八歳でわたしたちと同い年ね。とても堅実で、やましいところはなさそうだわ。それに、ミスター・ドイルがあなたに弁護士を雇うよう勧めたことにも好感が持てる。仮に遺産を相続したとして、最悪何が起こるっていうの？　メイン州沿岸の家が手に入るのよ。そこに数年住めば――あなたの仕事はどこでだってできるじゃない」

「あなたはわたしが――」

「このことを真剣に考えたほうがいいわ。ソニア、これは冒険みたいなもので、あなたはそれを楽しむべきよ。しかも、祖先についてもっと知ることができるわ。だからといって、あなたのお父さんの養父母が、これからもあなたの祖父母であることは変わらない。あなたは家族が増え、その人たちについて知るチャンスを得たのよ」

ソニアは実家の私道に車をとめた。「わたしの人生や自宅があるのはこの街よ。あなたやお母さんもここにいる。それに、いまは自分の会社を築こうとしている最中だし」

「逆に考えれば、あなたは向こうで会社を築くことだってできるはずよ。あなたのお母さんもあたしも、いつでも駆けつけるわ、メイン州は遠い彼方の惑星じゃないんだから。ここには自宅のメゾネットがあるけど、あそこはあなたにとって踏み台でしょう。いまはほとんど仕事しかしていないんだから、ほかで仕事ができるなら、ここにいる必要はないじゃない」

クレオはソニアの手をふたたびぎゅっと握った。「とはいえ、ここにとどまるにせよ、旅立つにせよ、向こうに何があるのか突きとめましょう。まずは、あなたのお母さんに打ち明けないと」

ふたりが訪ねたとき、ウィンターは暖炉に薪をくべているところだった。

「まあ！　今晩はグリルドチーズサンドイッチですませようと思っていたけど、パーティーになったわ」

ウィンターは娘の顔をじっと見た。「何か問題が起きたのね」

「問題じゃないわ。ただ、座って話さないといけないことがあるの」

「怖がらせないで、ベイビー」

「そんなつもりはないし、怯えることは何もないわ。でも、ちょっと座りましょう」

ソニアはコートと帽子を脱いだ。「今日、ある人が訪ねてきたの。メイン州の弁護士よ」

「弁護士？　何かトラブルに巻きこまれたの？」

「そうじゃないわ、お母さん。心配するのはやめてちょうだい」コーヒーテーブルに包みを置くと、ソニアはウィンターの両手をつかんでソファに座らせた。

「お父さんには双子の兄がいたの」

「なんですって？　そんなはずがないわ。ハニー、それは何かの詐欺よ、だって――」

「おばあちゃんとおじいちゃんも知らなかったみたい、そのこともおいおい説明するわ。とにかく、お父さんには双子の兄がいたの。実の母親は出産してすぐに亡くなり、実の父親はその死を受けとめられず、自殺したそうよ」

「ソニア――」

「いいから最後まで聞いて。双子の兄弟は一族によって引き離されたの――理由はわからないけど。おばが双子の片方を引き取り、もう片方は――お父さんは――養子に出された。民間の養子縁組団体を通して。おばあちゃんとおじいちゃんが民間団体からお父さんを養子に迎えたのは知っているでしょう。ふたりにも実の両親のことは伏せられていたんですって。双子の兄、つまり、お父さんのお兄さんも、お父さん同様、何も知らなかったそうよ。その兄が――コリン・プールという人が真実を知ったのは、お父さんが亡くなる直前で、弟に連絡する機会を永遠に失ってしまったの」

「その人はあなたに何を求めているの、ソニア？」

「何も。彼は先月、亡くなったの。弁護士が訪ねてきたのは、コリン・プールがわたしに財産のほぼすべてを遺したからよ」

「いったいどういうこと？」

「彼はわたしを相続人に指名したの――遺書のなかで。遺産には、メイン州の家、創業約二百年の家業から入る配当金、すべての家財、家の維持のための信託財産、証券口座が含まれるわ。お母さんにはアンティークのダイヤモンドとサファイアのイヤリングを遺してる」

「えっ？」

「きっと――たぶん――弟の妻に何か遺したかったのね、代々受け継がれてきたものを。弁護士のミスター・ドイルは、コリン・プールの幼なじみなの。コリンには子どもがひとりもいないそうよ――奥さんが亡くなったから――わたしは彼の弟のひとり娘で、姪に当たる」

ソニアはオリヴァーから見せてもらった写真を取りだした。「これがミスター・ドイルとコリン・プールよ」

「信じられない！　本当にこれは本物なの？」

「どうやらそうみたい」

「わたしは――」ウィンターは立ちあがって窓辺へ行き、暖炉に移動すると、また戻ってきた。

「あなたのお父さんはときどき夢を見たの。同じ夢を何度も。鏡をのぞくと、自分とよく似ているけれど自分じゃない顔が見つめ返してくる夢を。その男性に話しかけられても何も聞こえなかったそうよ。そんな夢を、物心ついたころからずっと見ていた。少年が鏡をのぞきこむと、そこには自分とそっくりな少年が映っていた――自分とほぼ同じ顔の少年が。ときどきその夢を絵に描いて見せてくれたわ。これはその少年の顔よ」

「双子の絆ね」クレオがつぶやいた。

「いつも同じ鏡だった。自立した姿見で、縁に装飾が施された鏡。そして、この顔がドリューを見つめ返していた。服装は違うけど、いつも彼と同い年だった」

濡れた瞳で、ウィンターはソニアを見つめた。「もし息子が生まれたら、ドリューはコリンと名づけたがっていたのよ」

「お父さんはこのことを知っていたと思う？　なんらかの形で」

「わからない。正直言って、どう考えればいいのかわからないわ。ただ、兄がいるとわかったらとても喜んだはずよ。真実を知る機会があればよかったのに」

「おばあちゃんとおじいちゃんには知らせる？」

「ええ、もちろん。ふたりには知る権利があるわ。ふたりとも心からドリューを愛していたし、彼もふたりを愛していたから」ウィンターは椅子の背にもたれ、しばしまぶたを閉じた。「ドリューの兄が先月亡くなったって言ったわよね」

「ミスター・ドイルによれば、クリスマスの直前だったそうよ。死因はきかなかったけど」

「それで、彼はあなたに自宅を遺したの？」

「メイン州沿岸のプールズ・ベイっていう小さな村にある家よ。プール家はそこで造船会社を立ちあげ、その家を――本家を――建てたの。ミスター・ドイルの話だと、長年のあいだに何度も増築されているそうよ。彼は屋敷（ザ・マナー）と呼んでたわ。写真を同封したと言われたけど、まだ見ていないの。遺書に目を通したあとすぐ、クレオを迎えに行ってここへ来たから」

　ソニアはふたつ目の包みを開いた。「たぶんこのなかね。もうひとつの包みは主に法律関連の書類だったから。遺書や信託財産、生命保険、評価額に関する書類とか」

　彼女は書類を取りだした。「ここにもさらに法律文書が入ってる。ああ、大量の書類だわ。それと、このフォルダーには。ワオ！」

　ソニアは断崖に立つ家の写真を見て、ぽかんと口を開けた。濃淡の異なるブラウンストーンの石畳に紺色の外壁。コロニアル屋根の両端の二本の小塔(タレット)と、中央の半円の小塔。屋根から延びた煙突、その上には手すりつきのバルコニー。屋根上の見晴台(ウィドーズ・ウォーク)（十八世紀から十九世紀初頭、ニューイングランドの沿岸で、帰港する夫の船を見るために作られたバルコニー）。枝垂(しだ)れ柳のむき出しになった枝が、白い雪に覆われた大地の上で震えているように見える。

「すてきね」クレオがソニアの肩越しに言った。「いかにも幽霊が出そうなゴシック様式の豪邸だわ。ヴィクトリア朝のゴシック様式ね。ここに裏手の写真もあるわ。裏手の増築はもっとモダンだけど、ゴシック様式のゴージャスな雰囲気と完全に調和してる。小塔部分の石を積んだような壁も、並んだ窓も、コロニアル屋根も、まさにぴったりだわ。バルコニーつきの平屋根はあとから追加されたみたいね。アーチ窓と細長い窓の組み合わせがすごく気に入ったわ。全然ありふれてない。いつかぜひこれを使いたいわ。これをイラストに生かせる本のプロジェクトがあればいいのに」

「あなたのお父さんはこの家を描いたことがあるわ」

「えっ、どういうこと、お母さん？」

「彼自身が描いたのかはわからない。実際描いているところを見たわけじゃないから。でも、この家を描いたことがある。ちょっと待ってて」

ウィンターは立ちがあると、階段を駆けのぼった。

「まず、鏡に映った顔、お次はこの屋敷の絵。五感の記憶かしら、それとも血縁の記憶か何か？」クレオはソニアの肩に手を置いた。「ワインを開けて、中華料理のデリバリーを注文するわ。これから三人で話すことがたくさんあるから」

ウィンターが戻ってきたときには、クレオはボトルの栓を抜いて三つのグラスにワインを注ぎ、注文をすませていた。

「まだあるかもしれないけど」ウィンターが切りだした。「この二冊のスケッチブックに絵があったわ。でも、ほかにもあるかも」

彼女はテーブルに開いたスケッチブックを置き、グラスを手に取った。

「初めてこのスケッチを見たとき、どこでその家を見たのかドリューにきいたの。すばらしい家だったから。彼は夢で見たと答えたわ。この家の夢を見たと。夢で見て、砕け散る波音を聞き、風を感じたんですって」

ウィンターは長々と息を吸った。

「ふたりでそのことを笑いあった。〝夢の家〟の夢を見た話はよく聞いたわ。今回は白いドレス姿の女性がウィドーズ・ウォークに立っていたとか、別の夢ではロングドレスの女性たちと時代遅れのスーツを着た男性たちがパーティーに出席し、庭を散歩していたとか。ドリューはその人も見たのかも、鏡に映った男性が窓辺にたたずんで自分を見おろしているのを」

ソニアはふたたびスケッチブックや家の写真に目を戻した。

「どうしてこんなことが？」

ウィンターが腰をおろした。「あなたはどうしたいの？」

「まったくわからないわ。たぶんお父さんは子どものころにこの家を見て、それが記憶に焼きついたのよ。印象に残る家だもの。でもその夢を見て――しかも何度も――絵を描くなんて、よっぽど大切だったのね。それなのに詳しく知るチャンスは永遠にめぐってこなかった。でも、わたしは違う。弁護士を雇わないと」

「わたしの上司がこの件で力になってくれるはずよ」

「ええ、だから彼の助けを借りることにする。お父さんのスケッチブックに目を通して、ほかにもこの家の絵や鏡のスケッチがあるか確かめたいわ」

「あなたはメイン州に行くことになるわ」クレオがさらりと言った。「ウィンターのとびきり優秀な上司が反対し、正当な理由を挙げない限り、行くことになる。あなた自身、行きたいんでしょう。お父さんがこんなふうに本能的につながっていたんだから。それに、その家は正真正銘あなたのものよ、ソニア。最後に、あなたはどうしても真実を突きとめたいはず」

ソニアは父のスケッチブックを手に取った。「たしかに、真実をどうしても知りたいわ」

「マーシャルに電話をかけるわね」

「お母さん、上司の自宅にまで電話することはないわ。急いでいないから」

「彼にこの件を引き受けてもらえば、今夜はぐっすり眠れるはずよ。わたしだったらそうだもの。さあ、ふたりとも調査に取りかかって。ディナーが届いたら知らせるから」

　ソニアの父はアトリエに作り替えた屋根裏部屋を〝むさ苦しい小部屋（ギャラット）〟と愛着を持って呼んでいた。彼女はよく狭い急な階段をのぼって、絵の具やオイルや溶剤のにおいが染みついた明るい屋根裏部屋へ行ったことを思いだした。父がくたびれたジーンズに、冬はスウェットシャツ、夏はTシャツを着て、イーゼルの前に立っていた姿が脳裏に浮かぶ。窓や天窓から差しこんだ光を浴びて輝くダークブロンドの髪。集中していても、娘のほうに向くときは決まって微笑みを浮かべる深緑色の目。

〝さあ、用意してあげよう、モンキー、今日は何を描くのかな〟

父は決して娘を追い払わず、忙しすぎてかまえないとは言わなかった。それどころか、高校の教壇に立っていたときのように忍耐強く余白や色彩やモノトーンの使い方、質感や奥行きや光や影の描き方を教えてくれた。

父が亡くなってから何カ月も経ってようやくその死と向きあえるようになったころ、

母とともに父の絵の具や画材をしまったり譲ったり、スケッチブックを箱に詰めたりした。

油絵の一部はギャラリーに出品し、やがて売却された。それ以外の未完の作品はいまも壁に立てかけられている。

「昔からここに来るのは好きだったわ」クレオがソニアの腰に片方の腕をまわした。「あなたのお父さんには会ったことがないけど、ここに来るたび、知ってるような気分になるの」

「ええ」ソニアはクレオに頭をもたれた。「振り返ると、わたしのために時間を作ってくれた父は本当に忍耐強くて善良だった。時間を割いてくれただけじゃなく、わたしに関心を傾けてくれた。十歳のころ、絵を見せたことがあるの。学校のプロジェクトで描いたポスターを。父はポスターを見たあと、わたしに目を向けた。とても真剣なまなざしだった。あまりにも真剣だったから、ばかげたつまらない絵だったんだと思ったわ。そうしたら、土曜日にまた屋根裏部屋へ来るように言われたの。ポスター用の厚紙を用意してあげるから、アトリエを使っていいと。あの瞬間――父がわたしを見て、そう言った瞬間――いずれアートに携わる仕事に就くんだと悟ったわ。ただの道楽でも、ちょっとした趣味でもなく。あの日、父がわたしの人生を変えたのよ」

かぶりを振りつつ、ソニアはいまも天窓の下に置かれたイーゼルを撫でた。

「父には充分な時間がなかった。画家として認められ始めていたのに、充分な時間がなかった」

ソニアはスケッチブックが詰まった箱のひとつに歩み寄った。「お母さんとわたしはこのすべてに目を通さなかった。あとで見ようと話しながらも、そうしなかった。この遺品をどうしたらいいの？　捨てるつもりは毛頭ないし、可能だとしても売却するつもりはない。母は決してこのアトリエを使わなかった、物置としてさえも」

「永遠に変わらない愛もあるのね」

ふたりはそれぞれスケッチブックの束をつかみ、床に座った。ページをめくりながら、ソニアは文字どおり心を揺さぶられた。胸が痛み、あたたかくもなり、昔の悲しみがよみがえると同時に新たな喜びを味わった。

「父はすばらしい画家だった。ねえ、見て、赤ん坊のわたしを抱く母よ。ふたりとも丸まって眠ってる」

「ここにもあなたの絵があるわ――六歳か七歳のころかしら――自分の部屋でお茶会をしてる。ティアラをかぶって！　あたしもティアラが必要だわ」

クレオはそれを脇に置くと、別のスケッチブックをつかんだ。

「ああ！　ソニア！　これを見て」

夢のスケッチだ。屋敷ではなく、鏡だ。

ソニアの父は、くたびれたジーンズに絵の具が飛び散ったスウェットシャツを着ていた。片手には絵筆を、もう片方の手にはパレットを持っている。

鏡に映っていたのは、すり切れたブーツを履き、Tシャツにチェックのシャツをはおった男性――父の兄だ。彼も絵筆とパレットを手にしていた。

父は髪を短いポニーテールにして、しばらく散髪をしていないときのスタイルだった。コリンのほうは襟足が短かった。

姿見の分厚い縁には、歯をむいてうなり、飛び交う獣が彫られていた。鋭い牙の狼（おおかみ）や、翼を広げて鉤爪（かぎづめ）を丸めた鷹（たか）、カミソリのように枝角を傾けた雄鹿、とぐろを巻くコブラ、双頭の竜、後ろ脚で立つ熊、飛びかかるクーガー。

「あなたのお父さんは、きっとこの鏡を見たのよ、ソニア。あまりにも詳細だもの。それにしても本当に不気味な鏡ね。ほかにもスケッチがあるわよ。鏡は同じだけど、ふたりの服が違う――それに……年齢も。もっと幼いころの絵もあれば、もっと年上の絵もある」

「この絵のふたりは少年の姿ね。父の脳裏に刻まれたイメージをもとに描いたのよ。そうに違いないわ。鏡は同じだけど、ふたりはまだほんの六歳か七歳ね。お父さんはミニカーを持ってる。でもこの絵では、ミニカーを持っているのはコリンだわ。これは同じミニカーよね、クレオ。そうじゃない？」

「同じミニカーに見える。コリンはそれを鏡越しに弟に渡してるのかしら?」

「そんなことありえない」

「夢のなかならなんだって可能よ」

「ディナーが届いたわよ」ウィンターが階段の下から呼びかけた。

母の指示で、三人は——礼儀正しく——テーブルにつき、箱から直接ではなく料理を皿に移して食べた。

「マーシャルがミスター・ドイルに連絡してくれたわ。ミスター・ドイルから書類がメールで届いて、明日顔を合わせるそうよ」

「もう?」

「マーシャルが面会を申しこんだの。ミスター・ドイルは——マーシャル曰く——快く応じたそうよ。マーシャルがすべての書類に目を通してコリン・プールの弁護士と面会したら、あなたはより的確な決断をくだせると思うわ」

「本当に感謝しているわ。肩の荷がぐっと軽くなった」

「だから言ったでしょう。これで三人ともよく眠れるわよ」

ソニアはそうは思えなかった。

「鏡の絵を、少なくとも十数枚含むスケッチブックを見つけたわ。そのうちの一部は、少年時代のふたりの絵だった」

「あなたのお父さんは幼いころからずっとその夢を見てきたそうよ」

「あれは悪夢みたいな鏡よ」クレオが口をはさみ、焼き餃子を箸でつまんだ。「猛禽(もうきん)や肉食獣や爬虫類(はちゅうるい)の彫刻が施されてるなんて。あんな鏡でヒップの見た目を確認したいとはまったく思わない」

「お父さんはミニカーをたくさん持っていなかった？　おもちゃの車を？」

「ドリューのお気に入りのミニカーのこと？」ウィンターが食べながら微笑んだ。

「あなたも二、三歳のころはミニカーで遊んだけど、そのうち興味を失ったわ。かといって、お人形遊びもあんまりしなくて、昔からあなたは絵と工作が好きだった」

「そのミニカーだけど、まだある？」

「ドリューが亡くなったあと、あなたのいとこのマーティンにあげたわ。その後、マーティンは自分の子どもにあげたって聞いたから、大切にしてくれているみたい。そう聞いてうれしかったわ。ドリューはあのミニカーをとても大事にしていたから」

「コリン・プールの遺書にも、ミスター・ドイルの息子にミニカーのコレクションを譲ると書いてあったわ」

「双子の以心伝心かしら」クレオが肩をすくめた。「実際にそういうことってあるのね」

「ある少年時代のスケッチで、お父さんがミニカーを持ってるの。次のスケッチでは、同じミニカーをコリンが持ってた。コリンも同じ夢を見ていたのかしら。もう確かめるすべはないけど」

「交霊会を試してみたらどうかしら」

ソニアとウィンターからそっくり同じまなざしを向けられ、クレオは大げさに肩をすくめた。「まあ、たしかに交霊会は自分でも突拍子もないアイデアだと思うわ。霊魂を呼び寄せるのは賢明じゃないし。でも、コリンが似た夢を見ていたとしても驚かない。コリンとその弁護士は幼なじみなのよね。だったら、その弁護士にきいたら何か知っているかも」

「そうね、きいてみようかしら。このスケッチブックと、屋敷の絵が描かれたスケッチブックを借りていってもかまわない、お母さん？」

「もちろんいいわよ。明日の朝、あなたのおじいちゃんとおばあちゃんに電話するわ。そっちはわたしにまかせて、ベイビー。ドリューに兄がいたのに、そのことを知らされなかったと聞いたら、ふたりとも激怒するでしょうね。きっとあなたとも話したがるはずよ。でも、まずは事実を受けとめる時間をふたりにあげましょう」

「このことは、ふたりにはいっさい責任がないわ」

「ええ。あなたがどういう決断をくだすにせよ、わたしが突きとめたいことのひとつは、これが誰のせいかということよ」

5

その週末までに、ソニアはマーシャルと彼の法律事務所で面会した。もちろん以前にも来て、ここの伝統的な雰囲気を楽しんだことはある。けれど依頼人として革張りの椅子に座るのは初めてだった。

マーシャル・ティベッツは白髪交じりのブラウンの髪を後ろに撫でつけ――いつ見ても目を奪われる髪型だ――しわの刻まれた顔はハンサムだった。彼は広い肩に合わせてアルマーニで仕立てたクラシックなデザインのスーツを着ることが多かった。

マーシャルはいま、椅子の背にもたれ、鋭いブラウンの目で彼女を見つめていた。その背後にはグレーのどんよりとした冬空が見える。

「この半年、きみは何度も波乱に見舞われたね」

「これが一番の波乱だと思います」

「ああ、たしかに。本題に入る前にきかせてくれ。実際のところ調子はどうだい？それと、ここでの会話は決して口外しない。弁護士には依頼人の秘密を明かすことを拒む権利がある」

「正直、自分でもよくわかりません。もとの職場が恋しくなる日もあれば、それ以外の日は——たいていの日は——自ら主導権を握っていることにわくわくしています。小さくても自分の会社ですから。いまだにブランドンに無性に腹が立つときもありますけど、彼のことをまったく考えずに何日も、何週間も過ぎることもあります。始めは事業が軌道に乗るほど依頼が来ないんじゃないかと不安でしたが、いまのところ順調です。大成功とは言えないものの、まずまずの状況に満足しています。でも、今回の件で——」両手をかかげた。「何もかも宙に吹き飛ばされ、どこに落下するか見当もつかない、といった心境です」

「まずきみに伝えたいのは、〈ドイル法律事務所〉もオリヴァー・ドイル二世も確固たる評判を得ているということだ。ちなみに、その法律事務所を半世紀前に設立した彼の父親はいまも現役だ。それからコリン・プールの屋敷だが、オリヴァー・ドイル二世が綿密に管理している。彼の依頼人の希望には風変わりな点があるが、屋敷に関しては風変わりとは言えない。オリヴァー・ドイル二世はその面でも綿密に対応している」

「つまり、あの条件は正当なんですね？」

彼は両手を合わせ、指先を触れあわせた。

「それは見方によるな、ソニア。もしきみがその条件に、遺書の風変わりな条件に異議を申し立てたいなら……運よく勝訴する可能性はあるだろう、わたしにもいくつか奥の手があるからね。だが裁判は長引くだろうし、正直、敗訴する可能性が高い」

「異議を申し立てるつもりはありません。どれほど奇妙に思えても、それが父の兄の希望です。その希望に異を唱えながら、彼の遺産を受け取ろうとする権利など、わたしにはありません」

「もし向こうの意向を受け入れたら、どのくらいの遺産を相続することになるかわかっているのかい？」

「理解しようとはしていますが、家の評価額だけでも……八百万ドルを上まわります。屋敷だけでも」

「屋敷と敷地、その立地や歴史的価値。信託財産が、その固定資産税や保険料や維持費をカバーするだろう──ミスター・ドイルはその点に関しても抜け目ない」

「それについては理解しましたが、正直そんな家に責任を持つと考えただけで気後れしますし、恐ろしいです。まして、屋敷やそれ以外の遺産に相続税がかかるはずです」

「それに関してはミスター・ドイルと彼の依頼人が考慮済みだ。きみのお父さんが亡くなって以来、コリン・プールは毎年、非課税枠の限度いっぱいの額をきみに贈与しできた。それはきみ名義の口座でしっかり運用されている。さらに、死亡保険金やミスター・コリンの証券口座の資産をあてれば、相続税をまかなえるだけでなく、快適な暮らしが保証されるだろう。遺言執行者として、ミスター・ドイルはすでに税金を見積もっている。実際、死亡保険金だけで相続税の大半はまかなえるはずだ」

条件をのめば——一瞬で——資産家になれるということだ。ソニアは生まれてこのかた、自分が資産家になるなど想像したことも夢見たこともなかった。

正直どう受けとめればいいのか、見当もつかない。

「わたしはどうすべきだと思いますか？」

「それはきみ自身が決断しなければならない、ソニア。その決断をくだすことができるのはきみだけだ。だが、わたしとしては三十歳にもならない依頼人に、これほどの遺産を拒んだほうがいいとは言いがたい。もしその家に住むことが障害なら、ミスター・ドイルと交渉しよう。トライアル期間として三カ月を提案するよ。きみがその家に滞在し、トライアル期間中に気が変われば辞退できるように」

「三カ月」

「屋敷は、とりわけこれほどの規模の屋敷であれば、相続手続きに時間を要する。たとえ彼らが念入りに準備していたとしてもだ。法的手続きを進めるあいだ、きみは三カ月間テナントとして——無料で——そこで暮らせばいい。きみにはその屋敷や立地や、それ以外のすべてを受け入れるかどうか判断するためのトライアル期間が与えられるべきだという点で、ミスター・ドイルとわたしは同意している」

「やはり無理だと思ったら、お礼を言って辞退してもかまわないんですね」

「そのとおりだ。もし大丈夫だと思えば、遺書の条件を受け入れ、その屋敷はきみのものになる」

「それはいいアイデアですね。すごくいいアイデアです。その案を受け入れます、父の歴史をもっと知りたいし――知らなければならないと思っています。父が知る機会を与えられなかった歴史を。でも、おかげさまでプレッシャーがすっかりなくなりました」

「オリヴァー・ドイルが揺るぎない支えとなってくれるはずだ」

「そう願います。少なくとも三カ月以上暮らす土地で、唯一の知り合いですから」

ソニアは敏腕弁護士を手配してくれた聡明(そうめい)な母に花を送った。それから自宅のメゾネットをくまなく調べた。

家具は必要ないが、いくつか持っていきたいものがある。父の絵――父が亡くなったあと手元に置くことにした二枚の絵。大半のオフィス用品。自宅や愛する人々を思いださせてくれる記念の品や贈り物。

トライアル期間に持参したいものや必要なものは、すべて車に積みこめそうだ。賛否を秤にかけた結果、彼女は不動産業者に連絡した。自宅を三カ月間空き家にしたくなかったからだ。家具つきで一カ月単位で貸そうと思ったが、半年単位で貸しだすことにした。

たとえ一週間でしっぽを巻いて逃げ帰ったとしても、半年は実家の母のもとで居候できるだろう。

安全網。女性には安全網が必要だ。

でも、しっぽを巻いて逃げ帰るつもりはない。プールズ・ベイはボストンから車でたった三時間の距離だ。母やクレオだって訪ねてこられる。それに、わたしが週末にこっちへ車で戻ることも可能だ。

あれこれ手配をすませ、荷造りしながら、これは冒険だと自分に言い聞かせた。冒険への旅立ちよ――冒険の結末には、すばらしい家を手に入れるかもしれない。

ソニアはよくするように父のスケッチブックを開き、屋敷の絵をじっと眺めた。写真よりも父が描いた夢の家のほうが気に入っている。

そこにいる自分を想像できる？

ええ、たぶん。

ブランドンと家探しをしたとき、ソニアが求めていたのはまさにこういう家だった。

洗練されたぴかぴかの新築じゃなく、歴史と個性を備えた魅力的な家だ。

そこでひとり暮らしなんかできるのだろうかと自問し、いまだってひとり暮らしでしょうと自分に言い聞かせた。こちらのほうがはるかに狭いだけよ。

スケッチブックを荷物にしまったあと、母やクレオとお別れのディナーに出かけた。

出発前夜はほぼ眠れなかった。

彼女は寒さに備えた身支度をした。ボストンでこれだけ寒いなら、車で三時間北上した先はもっと気温が低いはずだ。母にクリスマスにもらったチェリーレッドのカシミアのセーターに黒のジーンズを合わせ、ブーツを履いた。

出発前、セントポーリアの鉢植えを慎重に箱に詰めたとき、彼女の胸は高鳴っていた。お互い向こうで花を咲かせましょう。

昨夜——どうせ寝られそうにないからと——ほぼすべての荷物を車に積みこんだ。

彼女はいま、週末旅行用のスーツケースと箱を手に周囲を見まわした。

「別に、もう二度と戻らないわけじゃない。でも、そんなふうに感じる」

玄関へスーツケースを転がした。ドアを開けると、ノックしようと片手をあげたクレオが立っていた。

「サプライズ！　車で旅立つあなたに手を振って別れを告げずにはいられなかったの」クレオがソニアに両腕をまわした。「もうあなたが恋しいわ」

「車で十分の距離にあなたがいないなんて、いったいどうしたらいいの？」

「メールや電話やビデオ通話でやりとりしましょう。それと——」

彼女はギフト用のベルベットの袋に入ったボトルをかかげた。「これはシャンパンよ。極上の」

「嘘でしょう」

「向こうに着いたら、あたしとあなたのお母さんにメールして。そして今夜はビデオ通話しながらシャンパンを飲みましょう——あたしも一本買ったから——そのときに、携帯電話のカメラで屋敷を案内してね」

「いずれあなたも車で遊びに来るんでしょう」

「もちろんそうよ。さあ、ボトルを受け取って、その箱はあたしが運ぶわ。ジーナはここに入ってるの？」

「ええ。ジーナはちょっと緊張してるの」

「そんな必要ないのに。こんにちは、ドナ」

「こんにちは。クッキーを焼いたから道中で食べてね、ソニア」

「ありがたくいただきます」これから行く場所には、こういう隣人がいないのだ。

「あなたとビルに会えないのは寂しいです」

「わたしたちもよ。たとえお隣にシバの女王が引っ越してきたって、あなたにはかなわない。気をつけてね」

「ええ、本当にありがとうございます」

「泣かないでよ」クレオがつぶやく。「もらい泣きしちゃうじゃない。今日はソニアの大冒険の初日なのに」

ふたりはスーツケースや箱やボトルを車に積むと、しばし抱きあった。

「出会ってから、十分以上の距離に住んだことがなかったわね」ソニアはクレオの髪に顔を押しつけた。

「到着したらメールして」

「ええ、そうするわ。大泣きする前に行かないと。愛してるわ」

「あたしもよ。変化を謳歌するのよ、ソニア」

「ええ、やってみる」

ソニアは両手を振る友人の姿を脳裏に焼きつけ、胸に刻んで、走り去った。

昨夜のうちにガソリンを満タンにしたから、途中で給油する必要はない。もっとも、緊張のせいでトイレが近くなり、無性にカフェインがとりたくなって途中で休憩した。

胃がきりきりしてクッキーは食べられなかったが、コーラを飲み、カーナビの案内にしたがった。

メイン州に入って海岸沿いの道に車を走らせると、風景が一変した。大海原、砂浜や岩だらけの海辺。通り過ぎた小さな集落はどれも村のように見えた。

森林や開けた大地。その風景は否定できないほど美しい。

ソニアは生まれてこのかた、街なかや郊外でしか暮らしたことがなかった。入江やどこまでも広がる大西洋に目を奪われ、沿岸の町に魅力を感じても、ここでどうやって暮らせばいいのかと思わずにはいられない。

ここではさっと市場に行くことも、ふと思いたって地元のレストランやバーに出かけることもできない。気さくなお隣さんも、私道で自転車を乗りまわす子どもたちもいない。

わたしは臆病者じゃないし、そうだったことは一度もないと、ソニアは自分に言い聞かせなければならなかった。それでも、緊張はおさまらなかった。

三時間を少し超えたころ、プールズ・ベイの町に——村、それとも村落？——たどり着いた。

湾へと突きだした半島の村は、たしかに魅力的だった。どんよりとしたグレーの空の下、湾が銀色に輝いている。カーナビにハイ・ストリートと表示された大通りには、ブルーグレーや淡い黄色の下見板張りの建物が軒を連ねていた。

屋根つきのポーチや鎧戸（よろいど）を備えた建物の煙突から煙が立ちのぼっている。

彼女は〈ロブスター・ゲージ〉や〈ジーナズ・ピッツェリア〉というレストランに

目をとめた。

ここでおなかをすかせることはなさそうね。

文字どおり〈ブックストア〉という店名の書店もあった。

狭い歩道を歩く人々は分厚い防寒着に身を包んでいる。

一分足らずで中心街を通り過ぎ、今度は村の反対側や脇道や湾を散策しようと心に決めた。

だが、いまは海岸沿いの曲がりくねった上り坂に車を走らせた。

穏やかな銀色の湾が背後に遠ざかり、岩だらけの海岸に波しぶきがあがり、思わず息をのむほど険しい絶壁の下で海水が渦巻いている。

やがて、二台の車がフェンダーをこすらずにすれ違えそうにないほど道が細くなった。車の速度を落とし、くねくね曲がる道を這うように進んだ。片側は断崖で、眼下には激しく波打つ海が見え、反対側には鬱蒼と茂る暗い森と大地を覆う雪景色が広がっていた。

オリヴァーが人里離れた場所だと語っていたことを思いだした。最後に雪が降ったあとに除雪したらしく、蛇行する細い坂道は雪に埋もれていなかった。

雪道の運転は怖くないが、これまでは都会でしか運転したことがない。ただ、除雪されている限り、問題なさそうだ。それに、カーナビの表示だと、あと――。

カーブを曲がったとたん、どんよりした空の下、それは断崖の上にそびえ立っていた。ソニアはびっくりして思わずブレーキを踏んだ。

心の準備はできているつもりだった。写真や父が描いた絵も見たし。だが、雪の絨毯に覆われた険しい崖の頂に鎮座し、荒れ狂う海を見おろす、その屋敷は――。

まるで小説か古めかしいホラー映画から飛びだしたかのようだった。二本の小塔や、たくさんの窓、紺色の外壁、薄闇に包まれた鈍い金色の石畳。大きな枝垂れ柳の枝が凍って光っている。屋敷の背後の森はグリーンの壁のように見える。

複数の煙突から煙がゆったりと立ちのぼり、舗装された私道で雪かきをする人がいた。その私道は屋根つきの幅広い玄関ポーチへと続いている。

次の瞬間、ソニアは恋に落ちた。

どれほどばかげていようと、その屋敷はソニアを待ちかまえ、迎え入れようとしていると感じた。緊張がほぐれ、純然たる喜びに包まれながら、さらに車を走らせた。

幅広い私道の突き当たりにとまっている黒いトラックの隣に駐車した。車からおりると、彼女は突風を浴びながらその場に立ちつくした。そして運命のいたずらか、血筋か、単なる幸運によって、自分のものになりうる屋敷をしげしげと眺めた。

二階の窓辺を人影が横切った。誰かがソニアの到着を待っていたのだろう。手をあげて振ろうとした矢先、玄関ドアが開いた。

てっきりミスター・ドイルかと思いきや、現れた男性はフランネルのシャツにパーカーをはおり、帽子はかぶらず、ずっと若く見えた。

風に――黒髪をあおられながら、彼はすり切れた茶色のブーツで近づいてきた。

すぐにソニアは類似点に気づいた――顔の輪郭や鼻筋、静かな笑みを浮かべた唇。

それに、あの黒いまつげに縁取られた美しくも不気味なブルーの目は見間違いようがない。

その目にじっと見つめられ、彼女は微笑み返した。

「わたしはソニアです。あなたはお父様にそっくりだわ。オリヴァー・ドイル三世ですね?」手を差しだしながら問いかけた。弁護士特有のなめらかな手を想像していたが、彼の手は肉体労働者のものだった。

「ばれたか。失われた花嫁の館（ロスト・ブライド・マナー）へようこそ」

「えっ? ロスト・ブライド・マナー?」

「二百年前に地元の住民がそう名づけたんだ。ボストンからのドライブはどうだった?」

「順調だったわ」

「それは何よりだ。しかも雪が降りだす前に到着したね。さあ、風に吹かれていないでなかに入ってくれ、荷物はぼくが運ぶよ」

「風に吹かれるのはかまわないし、荷物もそんなにないけど、手伝ってもらえたらうれしいわ」トランクを開けた。「フロントシートからハンドバッグを取ってくる」

ソニアはバッグと、まだ蓋を開けていないクッキーの容器を取りだした。

「お父様はなかに？」

週末旅行用のスーツケースを引っ張りだす。

「いや。父はきみを出迎えて屋敷を案内したがったんだが、ちょっと体調を崩してしまってね」

「まあ、それはお気の毒に」

「ただの風邪さ」オリヴァー・ドイル三世は軽々とスーツケースをふたつ取りだした。「だが、母に外出を禁じられたんだよ。これで終わりかい？」彼はソニアが封をしてラベルを貼った三つの箱を指した。

「ええ」

「じゃあ、ぼくがあとで取りに来るよ」

ソニアはうなずいて、屋敷を振り返った。「この家は声高にメッセージを発しているわ」

「きみになんて言ってるんだい？」

「わたしはここにいると」彼とともに最初の荷物を玄関へと運んだ。「目を向け、理解している。そして、わたしはすばらしいと」

彼女は立ち止まってあたりを見まわした。「湾や港や村が一望できるのね。あっ、遠くにボートが見える。グリーンランドが見えないのが驚きだわ。わたしの部屋が海に面しているといいけど」

オリヴァー・ドイル三世が興味深そうな目で彼女を見つめる。「どの部屋を選んでもらってもかまわないけど、ぼくらは主寝室がいいんじゃないかなと思ってるんだ、海に面しているからね」

「ああ、この扉を見て！」彼女は彫刻が施された玄関ドアに手を這わせた。

「それは創建当時のものだ。アーサー・プールが――初代当主が――マホガニー材を船で運ばせ、自ら建てたときのものだ」

「本当に？」二百年。彼女は歴史のある家を求めていたが、いままさにその歴史に触れていた。「すばらしいわ。明らかに長持ちするように作られてる」

なかに入ると、ふいに耳鳴りがした。きっとその振動するエネルギーは興奮のせいだろう。

幅広い玄関ホールの床は光沢を放ち、四人が横一列でのぼれそうなほど立派な階段へと続いている。三段式の巨大な鉄製のシャンデリアからは、光が降り注いでいた。ふたつの戸口にはさまれた壁際の長テーブル、その両側にはつづれ織りの座面のラダーバック・チェア。テーブルの上には白目製の燭台のコレクション、壁面には形やサイズの異なるさまざまな鏡。

テーブルの向かい側には、ピーコックブルーの流線型の長椅子が置かれ、刺繍が施されたクッションが並んでいる。その背後には、ペールブロンドの髪を結いあげて花をあしらった若い女性の肖像画が飾られていた。彼女の耳にはダイヤモンドが光り、ティアドロップ型のサファイアのネックレスが首から垂れさがっていた。

ハイウエストの純白のドレスの裾やパフスリーブの袖口には刺繍が施されている。ソニアが最初に見たときは、両手に指輪がなかった気がした。だが、よく見ると、左手に金の指輪、右手にはダイヤモンドの指輪をはめていた。

「アストリッド・グランドヴィル・プール、一番目の花嫁だ。正面の応接間の暖炉に火をおこしておいたよ」彼は肖像画の先の右側の戸口を指した。「残りの荷物を取ってくる」

彼女はうなずき、その場にたたずんだまま母とクレオにメールを送り、肖像画をじっと見つめた。

ドレスが揺れている気がする――それだけ画家の技術が卓越しているということだろう。画家は彼女の瞳に悲しみの影を描こうとしたのだろうか。身につけたサファイアと同じブルーの瞳に。

それに花嫁の立ち姿や、小さなブーケを手にした腕をだらりと垂らし、ピンクや白の薔薇のつぼみを下に向けている様子からして――。

ソニアはその悲しみの波にのまれ、花嫁のサファイア色の瞳にじっと見つめられているような気がした。

オリヴァー・ドイル三世が残りの荷物を抱えて戻ってくると、そちらを向いた。

「彼女はなぜ亡くなったの？」

彼はパーカーを脱ぎ、肖像画を見あげた。

「殺されたんだ――結婚式当日に、ナイフで刺されて」

「失われた花嫁（ロスト・ブライド）ね。どうりでとても悲しそうだわ」

「彼女の夫がこの肖像画を描かせ、屋敷を訪れた人がみな、これを見て彼女を思いだすようにここに飾ったんだ」

「夫が彼女を殺したわけじゃないのね」

「ああ、嫉妬に駆られた女性の仕業だ。コートを預かるよ」

「ありがとう。オリヴァー――」

「トレイだ。祖父がエースで、父がデュース。ぼくはトレイだ」

「賢い呼び名ね」悲しみの波がかき消え、彼女はおもしろがった。「それに、オリヴァー一世、二世、三世よりシンプルだわ。トレイ、あなたはコリン・プールと――わたしのおじと面識があったの？」

「ああ。彼はぼくや妹にとってもおじのような存在で、家族同然だった。とりあえず、きみのコートは荷物と一緒に置いておくけど、正面の居間にクローゼットがある。コリンはそこにコートや屋外用の衣類を置いてたよ」

「屋敷の正面に応接間と居間があるの？」

「開放的な間取りがお好みなら、ここは期待外れだ。この屋敷は迷宮そのものだからね。いまから案内するよ。どこから始めたい？」

「じゃあ、ここから始めましょう」

ソニアは彼が正面の応接間と呼んだ部屋に足を踏み入れた。

広いわりには驚くほど居心地がよく、重厚なダークウッドの暖炉の火がぱちぱちと楽しげな音をたてている。

三枚の窓から雪に覆われた芝生と石造りの防潮堤、その先の海が見えた。

ここにもシャンデリアが——同じく鉄製だが、かなり小さなシャンデリアが——円形浮き彫りが施された天井からつりさがっていた。やや色あせたソファや椅子に、ゆうに二十人は座れそうだ。床同様、テーブルも光沢を放っている。部屋の隅に置かれたピアノも。

「コリンはピアノを弾いたの？」

「ああ、かなり上手だった。きみは？」

「わたしはせいぜい人さし指で簡単なワルツを弾くくらいね」そう答えながらも、ピアノに近づき、鍵盤を撫でた。「あなたは？」

「ビールを何杯も飲めば、ブギウギを弾くふりくらいはできる。ここにある絵は、ほとんどコリンが描いたものだ」

彼はさまざまな海の絵を描いていた。

「きみのお父さんは画家だったんだろう」

「ええ。ふたりの画風はよく似ているわ。そのことに安堵すべきなのか当惑すべきなのかわからない」

「いろいろ受けとめないといけないことが多いよな」

トレイの口調ににじむ慰めを彼女は受け入れた。「そうしようと努力してるわ。ここは居心地のいい部屋ね。どんな部屋か想像もできなかったけれど」

「ここを通り抜けると、もっと狭い居間がある。その先はサンルームだ」

彼が先導した。

「まあ！　小塔の根元だわ。なんてすてきなの。真四角じゃないのね」

背の高いアーチ窓から光が差しこんでいる。先ほどと同じピーコックブルーの長椅子や、鮮やかな青と薔薇色の縞（しま）模様が入ったふたり掛けのソファ。アンティークとおぼしきテーブル。

さらに植物もあった。小さなオレンジやレモンがたわわに実った鉢植え。つややかな葉をした木には大輪の白い花が二輪咲いている。

ソニアは母も育てているクラッスラに目をとめたが、スタンドに置かれたこちらの多肉植物はゆうに三倍の大きさだった。

「こんな天気でも、すごく明るいのね。植物を枯らしてしまうんじゃないかと心配だわ」

「コリンは草花を育てるのがうまかった」

「お悔やみ申しあげます」白い花のにおいをかいでいたソニアは身を起こし、そのかぐわしい香りに吐息をもらした。「もっと早く口にすべきだったわ。親しい人を失って、あなたはつらかったはずだもの」

「ありがとう。ああ、そのとおりだ」

ふたりはそのまま進み続けた。別の応接間や、モーニング・ルームと紹介された部屋、ピアノが置かれた音楽室――こちらは小型のグランドピアノで、それ以外にフロアハープや手回し式リュート（ハーディ・ガーディ）、チェロもあった。

「長年のあいだに、さまざまなプール一族が蒐集（しゅうしゅう）したらしい。多くの面で、この家はきみの家系の博物館とも言える。ここがフォーマルなダイニングルームだ」

「そうね。すごいわ」

巨大なテーブルの両側に背もたれがカーブした椅子が十二脚、上座と下座にも一脚ずつ並んでいる。ここにも暖炉があり、火が燃えていた。それでも、対になった巨大なキャビネットを置くだけのスペースがあった。白いゼラニウムが描かれた紺色の壁紙、その壁には絵画や鏡が飾られていた。

テーブル中央の対になった枝つき燭台は、おそらく本物の銀製だろう。

「ここまで車を走らせながら、ずっと緊張していたの。ご近所さんがわたしのために焼いてくれたスニッカードゥードルをひと口も食べられなかったくらいよ」

「スニッカードゥードルを持ってるのか？」

「ええ」彼の言葉に小さく笑った。「このツアーのお礼にお裾分けするわ。でもわたしが言いたかったのは、この家を初めて目にした瞬間、その緊張がおさまったってこと。それが舞い戻ってきたわ。いまはすごく緊張してる」

「きみは二十人の客を招いてフォーマルなディナーパーティーを開くタイプじゃないのか？」

「むしろピザのデリバリーを注文するタイプよ。街で見かけたピザ屋はここまで配達してくれないわよね」

「ああ……」

「そうじゃないかと思った。この部屋は美しいわ。ぞっとするくらい」

トレイは先に立って別のドアを通り抜けた。

「緊張が解けてきたわ。わたしの安堵の吐息が聞こえるでしょう」

「こっちは家族のダイニングルームとキッチンだ。たしか、このキッチンは二十世紀に設置された。コリンはそれをリフォームした。二、三回」

「でも、この家に合っているわね。見るからにモダンな雰囲気じゃないし、小さな暖炉もある」

美しいテーブルと趣味のいい八脚の椅子を通り過ぎ、キッチンに足を踏み入れた。ダークウッドの食器棚の一部は、石目ガラスの扉つきで、森の影を思いださせた。白を基調とした調理器具のおかげで、洗練されすぎない雰囲気になっている。ダークウッドの高級な食器棚とは対照的なクリーム色のアイランドカウンター。淡いグレーの天板に、深いシンク。

「コリンはとびきり料理がうまかった」

「本当に？」

「ああ。彼とぼくの母は――母もとびきり料理がうまいから――よくレシピを交換していたよ。きみは料理をするのか？」

「それはあなたの料理の定義によるわ」

「そうか」彼は両手をポケットに突っこんだ。「ぼくも同類だよ。幸い友人が村の〈ロブスター・ゲージ〉の料理長だし、両親や祖父母の家で食事にありつくこともできる。それはそうと、冷蔵庫や配膳室に食べ物を補充しておいたよ」

「配膳室があるの？」彼女は圧倒され、息を吐いた。

「ああ、配膳用エレベーターつきだ」

「嘘でしょう！」

ソニアはL字型のメインキッチンのほうを向いた。ここにも食器棚やシンクがあり、カウンターの下にはワインクーラーや製氷機が設置されている。

トレイが下の戸棚のひとつを開けた。

「コリンはリフォームしたけど、創建当時の雰囲気を残したがっていた。これはもともとあったキッチンとつながっている」

彼がボタンを押すと、金属音とともに棚の底が下降し始めた。

それを見て、彼女は噴きだした。「人生初の配膳用エレベーターね。おじはこれをなんのために使っていたの？」

「彼は使用人用エリアの一部も改修した」トレイはエレベーターの上昇ボタンを押してから、戸棚の扉を閉めた。「そういうエリアにいるときに、エレベーターを使えるようにしたんだ」

「おじはこの家を愛していたに違いないわ。食べ物を補充してくれてありがとう。そこまでしてもらえるなんて予想してなかったわ」

「お安いご用さ。とりわけ、いまからただでコーラを飲ませてもらうことを考えれば」

「ついでにわたしの分も取ってきてもらえる?」ソニアはキッチンに引き返し、窓に面したシンクに歩み寄った。「この下には——地下室があるの?」

「いや、ちゃんとした地下室じゃない。コリンがアパートメントみたいなものを増築したんだ。必要なものを完備した住居で、たしか六、七年前までハウスキーパーや雑用係に貸していたよ。その人たちが引退したあとはもう誰も住まわせなかった。グラスに注ごうか?」

「いいえ、ボトルのままで平気よ」

「ぼくの手元にそういったことの依頼先リストがある。清掃や修理、庭仕事の依頼先リストが」

「えっ、わたしは誰も雇うつもりはないわ」

「ここは大きな屋敷だ」トレイが指摘した。「きみはきっと部屋の一部を閉鎖するだろうけど、それにしたって広大だ。小屋に除雪機や芝刈りトラクターがあるが、かなり手間がかかる」

「それについては考えさせて」

屋敷の正面に戻ってくると、別の化粧室があった——ソニアはひとつ目の化粧室を屋敷に入ったときに使用した。そして奥まった書斎も——そこで初めてテレビを目にした。

「おじはゲームをやったの？」ソニアはゲーミング機器に目をとめた。

「いや、たいしてやらなかった。ぼくや妹や、ぼくらの友人のためにに用意してくれたんだ」

「あなたたちはしょっちゅうここで過ごしていたのね」

「彼の奥さんが亡くなったあと……」

「彼女も失われた花嫁ね」

「ああ。父の話だと、かつてのコリンは活動的で旅行好きだったらしい。きみも彼が描いたヨーロッパや西部やいろんな土地の絵を目にしただろう。だが、あれ以来、コリンは引きこもった。ぼくらのことは——うちの家族や、ぼくやアンナの友だちは歓迎してくれたけど。本人はめったにこの家や敷地を離れなかった、特にこの数年は。もしどこかほかの土地に行きたくなったら、インターネットを利用した。ぼくによくそう語っていたよ。彼はここをオフィス代わりにしていた」

ソニアは部屋に足を踏み入れながら、ここでなら仕事ができそうだと思った。しっかりしたデスクや、ムード・ボードを設置するスペース、ぬくもりを与えてくれる暖炉もある。室内の明るさも悪くない——とりわけ、晴れれば。さらに、備品を保管するクローゼットらしきものも備わっていた。

ふと、暖炉の上に目をとめた。

満月の魅惑的な光に照らされた屋敷。どこか悲しげで美しい、薄明かりと濃い影、小塔のきらめく窓ガラス。

「これは父の作品だわ」

こわばった声で告げ、絵に歩み寄った。

「それは確かなのか？ いったいどうして——」

「父の作品は見ればわかるわ。これは父の署名よ。ＭａｃＴ——父は自分の作品にそうサインしていたわ。左下の隅に。ほら、ここ」

「ああ。これまで気づかなかった」トレイは彼女の肩に手をのせた。「ずっとコリンが描いた絵だと思いこんでいた。ぼくは目録にしっかり目を通さなかったようだ」

「おじはいつこれを手に入れたの？ いつからこの絵を所有していたの？」

「わからない。ぼくが物心ついたときからここにあった。父なら知っているかもしれない。きいてみるよ」

「父はこの家の夢を見ていたの」

「母によれば、繰り返し夢に見ていたそうよ。屋敷の写真を見せたら、母からそう言われたわ。父はここのスケッチを何枚も描き残した。それを持参したわ。でも、母は父がそれを描く姿を見た覚えがないの。でも、父は描いていた」彼女は小さくつぶやいた。「父は絵を描いた、ここの絵を。この屋敷の絵を」

ソニアは後ろにさがった。「安堵すべきなのか動揺すべきなのか。その両方が入り交じっているわ」

「夢を？」

「ぼくはきみの父親のことも、きみのことも、コリンが亡くなるまで知らなかった。だが、コリンがこの絵をここに——私室に——飾っていたのは大切だったからだ。彼がきみにこの屋敷を相続してほしいと望んだのも、ここが大事だったからだ」

それが嘘偽りのない事実だと悟り、彼女はうなずいた。

「亡くなる前に連絡してほしかったけど、いまさらそう思っても何も変わらない。たぶん……。ほかの部屋も見てまわりましょう」

トレイは一階の残りの部分を案内したあと、階段へ導いた。「きみの部屋に運ぼうか？」

「ええ、ありがとう」ソニアは週末旅行用のスーツケースをつかんだ。「多いわ」息を吐いた。「受けとめなければならないことが多すぎる」

彼は踊り場で立ち止まり、壁に手のひらを押し当てた。

すると、壁の一部が開いた。

「えっ？　秘密の通路？」ふたたび彼女の胸が高鳴った。「信じられない」

「いや、そうじゃない。これはかつて使用人が使っていたものだ。キッチンや使用人用ダイニングホール、作業場、地下へと続いている。彼らの居住スペースは三階にあったんだ、北側の翼棟に」

「翼棟？　ここには翼棟があるのね」

「ここの歴史に関しては父のほうが詳しく説明できるが、一九三〇年代には翼棟をそういった目的で利用しなくなったはずだ。コリンは地下にホームシアターを設置した」

「ホームシアター」

「コリンは映画好きでね、その部屋でも配膳用エレベーターが役立った。地下にはホームジムもある。彼は体を鍛えていた。上の階は閉鎖されたか、収納スペースになっているはずだ。プール一族はこの二百年のあいだにずいぶんいろんなものを蒐集してきたからね」

トレイは彼女にぱっと微笑んだ。「これを見たら、きみが喜ぶと思ったんだ」

「お気遣いに感謝するわ。別に悲しいわけじゃないの——そんなには。ただ少し圧倒されて。ううん、すっかり圧倒されているわ。こんなに広い屋敷をいったいどうすればいいの？」

「きみの都合に合わせて使えばいい。利用できない部屋は閉鎖して」

「あなたって合理的ね」

「ああ、たいていは。二階は主寝室を含む複数の寝室と専用のバスルームがある――それもコリンがリフォームを行った。専用の浴槽を備えた部屋がほかにふたつと、バスルームを完備した居間。それに、ぼくが個人的に気に入ってる場所がある」

トレイが両引き戸を開くと、小塔の部屋が現れ、ソニアは思わず息をのんだ。

6

二階建ての図書室は天井が吹き抜けで、円形の壁に沿って並ぶ本棚にぎっしり本が詰まっていた。巨大な石造りの暖炉の上の彫刻が施された木のマントルピースには、高さの異なる燭台が置かれている。マントルピースの中央には木枠に楕円の文字盤の時計があって、チクタクと時を刻んでいた。

螺旋階段が二階へと延び、アーチ窓越しに降り始めた小雪が見えた。

窓辺のベンチは読書をするのに心地よさそうで、ダークチョコレート色の革張りのソファは本を手に寝転ぶにも、昼寝をするにも打ってつけだ。

図書室の中央には淡いピンクとグリーンの円形ラグが敷かれ、その上にゆるやかな曲線を描く美しい年代物の大きなデスクが鎮座していた。

「ああ――完璧だわ。ここに住めそうよ、たったいまわたしのアトリエを見つけたわ」

「グラフィックアートをやっているんだよね？」

「ええ。あのすてきなデスクにパソコンを置くなんて時代錯誤かもしれないけれど、そうするつもりよ。何から何まで気に入ったわ。あの――ええと――木工細工も。彫刻が施された分厚いダークウッドも、高い天井も。二階までのスペースを含めると、わたしの自宅と同じくらいか、きっともっと広いわ。大型モニターが必要ね。でも壁掛けはだめ。あの壁に傷をつけるつもりはないし、専用のスタンドを購入しないと」

「上の階に薄型の大型モニターがあるよ」

「嘘でしょう！」彼女は階段を駆けあがった。「ここにするわ！　寝室か応接間かコリンの書斎を仕事部屋にしようと思っていたけど、ここなら――」

ソニアは満面の笑みを浮かべ、手すりの上からトレイを見おろした。

「ここにするのかい？」

「ええ。ここを仕事部屋にする。そうできるはずよ。あなたのお気に入りの場所ですって？」彼女はくるりとターンしてから、階段をおりた。「ここはわたしのお気に入りの場所よ。あなたをはるかにしのぐくらい」

「車から降りたったとき、きみはそういう表情を浮かべてた」

「どんな？」

「幸せそうな表情だ。生き生きとして、幸せそうだった」

「恋に落ちたからよ。一瞬で。この家を目にしたときに。そして、いままた恋に落ちたわ」

「まだツアーは終わってない」

「これ以上の場所があるはずないわ」

ソニアの寝室は——対の小塔のなかにあって——やった！——海を一望でき、接戦の二位だった。

専用の居間は——どうしてみんなやたらとくつろぎたがるのかしら——四柱式の大きなベッドが置かれた寝室とつながっていて、そこにも窓辺にベンチが設置されていた。暖炉では火が燃え、ガラス張りのフレンチドアの先にはカーブを描く壁に囲まれた小さなバルコニーがあった。淡いブルーの壁には絵画——霧に包まれた森と花が咲き乱れる牧草地の絵——が飾られていた。

化粧台にはみずみずしい花が飾られ、楕円形の鏡が室内を映していた。

「すばらしいのひと言だわ」

「妹が内装を一部替えたんだ。あまりにも男性的だと言って」

「完璧だわ。妹さんにお礼を言っておいてちょうだい」

「あれはアンナによれば——失神(フェイティング)ソファだ」トレイはベッドの足元にある、水色と金色の縞模様で曲線を描くソファを指した。「万が一のときのために伝えておくよ」

「もし気絶するようなことがあれば、あれに身をゆだねるわ。このバスルームはキッチンと似ているわね」

「そんな感想、初めて聞いたよ」

「近代的なのに屋敷の雰囲気と調和してる。猫脚つきの浴槽に、ガラス張りの大きなシャワー室。洗面スタンドは小さくてかわいいけれど、古いキャビネットか化粧台だったものはダブルシンクの洗面台に作り替えられてる。それにタイルは石みたいに見えるし、この突きだし燭台はまるで、ええと。とにかくコリン・プールはとても趣味がいいわ」

「彼はこの屋敷を心から愛してた。きみの言うとおりだ。愛していたからこそ、きみにこの家を遺した意味を理解してほしい」

ふたりは残りの寝室を見てまわったあと、いまは収納スペースと化した、かつての舞踏室にあがった――自宅に舞踏室があるなんてすごいわ。

かつて使用人が暮らしていた翼棟も収納スペースとなっていた――自宅に翼棟があることもすごい。

ソニアは屋根上の見晴台（ウィドーズ・ウォーク）にあがり、雪が徐々に激しくなるなか冷たい風にあおられ、両腕を体にまわした。

「尻が凍りつきそうなほど寒くない、よく晴れた日には、クジラの鳴き声が聞こえることもある」

「とても現実とは思えない。また現実じゃないような気がしてきたわ」

「それのどこが問題なんだ？　きみはわずか数週間前に、父親に生後まもなく引き離された双子の兄がいて、その人物がきみに大きな古い屋敷と莫大な資産を——言うまでもなくアンティークや絵画を含んだ資産を——遺して亡くなったことを知らされたばかりだ。その遺産に関する唯一の障害は、ぱっと荷物をまとめて、大きな古い屋敷に引っ越し、知り合いがひとりもいない土地で暮らさなければならないことだ」

　トレイは肩をすくめた。

「まあ、よくあることだが」

　ソニアは笑って腕をさすった。「そんなふうに言われると、非現実な気分に襲われてもおかしくないわね」

「さあ、なかに入ろう。凍えているじゃないか」

　家に入ると、トレイはさらにほかの部屋へ案内した。アパートメント、ホームシアター、ホームジム。そして中央の小塔の部屋（タレット・ルーム）で、コリンも父のように絵を描いていた。

　だが、すべてがぼやけ始めた。

「きみは意識が飛びそうになってるな。だが立ち去る前に、きみがここに腰を落ち着けられるよう、いくつか伝えておくべきことがある。ダイニングルームで説明しようか。恐ろしくないほうのダイニングルームで」

「了解。わたしはクッキーを食べたほうがよさそう。あなたはどう?」

「その質問にノーと答える人間をぼくは信用しない」

ソニアはクッキーだけでなくシャンパンも持ってきた。

「これは友人のクレオからもらったの。あとでビデオ通話をして、わたしがヴァーチャルツアーを行うあいだ、シャンパンを飲む予定よ」

「テクノロジーのおかげで世界は狭くなってるな」トレイはやわらかそうな革のブリーフケースをつかんだ。そのかばんも、相当な距離を歩いたかのように見えるブーツ同様、くたびれて見えた。

「いまだにあなたが弁護士には見えないわ」ソニアは家族のダイニングルームへと引き返した。「あなたのお父様も、いかにも弁護士という感じじゃなかった。実は、母の勤め先が法律事務所なの」

「そう聞いたよ」

「彼らは弁護士に見えるわ。アルマーニのスーツにエルメスのネクタイ。タグ・ホイヤーやロレックスの腕時計」

その気になれば、トレイはふんわり微笑むだけじゃなく、ぱっと笑顔になれるのね。なんて魅力的な笑顔なの。

「法廷では、フランネルシャツにネクタイを締める。敬意を表して」

「きっと似合ってるはずよ」キッチンでシャンパンを冷やそうとして冷蔵庫のドアを開けた拍子に、彼女は目を丸くした。「信じられない。こんなにたっぷり補充してくれたのね」

「ドイル家は決して中途半端な仕事はしない」

「コーヒーが飲みたいわ」コーヒーメーカーをじっと見つめた。「でも、あの機械の使い方がわからない」

「喜んでいれてあげよう。コリンはおいしいコーヒーが大好きだった」彼はブリーフケースを置いた。「よく見て、使い方を覚えてくれ――これが説明しなければならないことの一番目だ」

ソニアはトレイの大きな手のひらや長い指が魔法のように動くのを見守った。どうかちゃんと使い方を覚えられますように。

ふたりはテーブルの席に座り、コーヒーを飲みながらクッキーを食べた。

「このスニッカードゥードルを採点したら、間違いなく十点満点だな」

「彼女のご自慢のクッキーよ。すごくいいご近所さんなの。わたしの家を借りた人がそのことをありがたく思うように願うわ。いまふと気づいたんだけど、ご近所さんがいないのは生まれて初めてよ」

「プールズ・ベイの住民はみなご近所さんだと思えばいい。文字どおり隣に住んでるわけじゃないが――」彼はブリーフケースのようにくたびれた革の名刺入れをポケットから取りだした。「この名刺に携帯電話とオフィスの番号が書いてある。何かあれば電話かメールしてくれ」

「ありがとう」

トレイはブリーフケースを開き、フォルダーを取りだした。「ほかにもいくつか電話番号を教えておくよ」

彼は連絡先リストが印刷された書類を手渡した。「警察署長のハル・コールソンだ。この屋敷はプールズ・ベイの一部だと見なされている。それと保安官の番号と、エースとデュースの番号もここに書いてあるし、配管工や電気技師、便利屋、清掃業者、庭師、車がらみのトラブルがあった場合の整備士やレッカー業者の名前や連絡先もある。私道の除雪や、ポーチや私道の雪かきは、ジョン・ディーが行うことになってる。暗くなる前に彼から連絡があるだろう、もし今夜積もれば明朝ふたたび連絡が来るはずだ。もしきみがかまわなければ、彼もおいしいコーヒーに目がないからいれてやってくれ」

「ええ、いいわ」

「レストランや食料雑貨店、薬局、コインランドリー、クリーニング店も書いてある。郵便物があれば、たいてい正午前後に配達人が届けてくれる。医者は村にふたりいて、歯科医もそうだ。それに小さな救急クリニックもある。地元の銀行が二軒。コリンが利用していた銀行は太字にした。それから〈ジョディーズ・サロン〉がヘアサロンとネイルサロンを兼ねている」

「あっ」ソニアはとっさに髪に手を伸ばした。「わたしは五年間同じヘアスタイリストに担当してもらっているの」

「きみならきっとそうだろうと、妹が言ってたよ。だが、とにかくリストに載せておいた。それに酒屋も。コリンはかなりのワインを所蔵しているし、ウイスキーもときどき飲んだ。酒類は配膳室だ。あとはケーブルテレビ会社。嵐のときは映像が乱れることがある」

トレイはもう一枚書類を取りだした。「Ｗｉ－Ｆｉのパスワードだ――変更してもらってかまわない」

「ＬＢＭａｎｏｒ」彼女は読みあげた。ロスト・ブライド・マナーの略語ね。「これでいいわ」

「あとコリンのパソコンのパスワードと、書斎の金庫の暗証番号」

「６・１２・９・６」

「彼の奥さんが、ジョアンナが亡くなった年月日だ」

「あなたはまだ幼かったから、彼女のことも、その日のことも覚えていないんでしょ

「当時、四歳だった。ぼくも妹もあの場にいた。アンナは生まれたばかりだった。だが、ああ、ぼくはほとんど覚えていない」

「なんてことかしら。最高に幸せな結婚式当日に、ちょっとつまずいて階段で足を滑らせ――」

屋敷のどこかでドアがばたんと閉じた。

「よくあることだ」

「そうでしょうね。古い家だもの」ソニアは急に寒気を感じて腕をさすった。「初めて見たとき――直接この目で見たとき――昔のホラー映画に登場するような家だと思ったわ。おまけに、二階の窓に人影が見えた気がした」

彼はしばし無言だった。

「きみは怖がり屋か、ソニア？」

「わからない。そうじゃないと思うわ」彼女は微笑もうとした。「ここは夜中に物音がするような家なんでしょう」

「まあ、そうだ。何かあれば、ぼくに連絡してくれ」

ソニアは小首をかしげた。「あなたのお父様は幽霊屋敷だと言っていたわ」

「そのとおりだ」

「たしかにそう言ったってこと？　それとも、たしかに幽霊屋敷だってこと？」

　トレイはじっと彼女を見つめてから、静かに微笑んだ。「その両方だ。ぼくが知ってる……存在は、屋敷で陽気に振る舞うだけだ」

「陽気ですって。本気なの？　本気で幽霊を信じているの？」

「信じるか信じないかというレベルの話じゃない。だが、きみは自分自身で判断するタイプに見える。だから……。コリンは防犯装置を設置したことがない――その必要性をいっさい感じていなかった。だがきみが望むなら、設置するよう手配するよ」

「幽霊退治屋（ゴーストバスターズ）が必要になるなら、防犯装置なんかつけても無意味ね」ソニアは肩をすくめた。「この件は検討するわ」

「クッキーをもう一枚食べるといい」

「もう一枚必要そうに見える？」

　驚いたことに、トレイは手を伸ばしてソニアの手をぎゅっと握った。「いいから、もう一枚クッキーを食べるんだ」

　彼はブリーフケースからシガー・ボックスを取りだした――文字どおり葉巻（シガー）を入れるための箱（ボックス）だ。

「クッキーに葉巻？」

「だったらよかったんだけどね。違う、鍵だ」

トレイが箱を開くと、ソニアは椅子に深く座り直した。「ああ、信じられない、そんなにあるの？」

「鍵にはラベルやさまざまな色の識別カバーがつけられている。ほら――これが入り口の鍵だ。正面や南側、北側、裏手、アパートメント、そして小屋のドアの鍵。小屋には連れていかなかったが、芝刈りトラクターと除雪機、シャベル、チェーンソーといったさまざまな道具の保管場所だ。あそこには発電機もある。停電しても発電機があれば電気が使える。真っ暗ななかに取り残されることはない」

「ハレルヤ」

「離れの車庫の扉のリモコン。それに、トラックのスマートキー」

「なんのトラック？　トラックがあるの？」

トレイはもう一枚クッキーをつかみ、食べながら彼女をじっと見つめた。「目録に目を通さなかったのか？」

「途中で頭がぼうっとして」

「きみは彼のフォードF-150を相続した」

「どんな車？」

「ぼくが乗ってる車種と同じ車だよ」

「あの大きなどっしりした車？」ぞっとするなんて言葉ではとても言い表せない。

「いままでトラックを運転したことなんて一度もないわ」

「きみのヒュンダイは全輪駆動車だけど、ここは都会じゃない。ジョン・ディーに除雪してもらったとしても、大きくてどっしりした車のほうが便利だと思うはずだ」

ソニアは立ちあがって窓辺へ移動した。

そっと降り積もる雪によってすべての音がかき消され、見渡す限り静寂に包まれている。まるで写真や絵画、ポストカードの景色のようだ。

また緊張が高まってきた。

「ワインがあるって言ったわよね」

「ああ」

「少しいただいたほうがよさそう。あなたは？」

トレイが立ちあがった。「きみだけに飲ませるようなまねはしない。で、どんなワインがいいかい？」

「どれでもいいわ。本当にどれでもけっこうよ」

「じゃあ、ぼくにまかせてくれ」

「あなたにはかなりのことをまかせている気がするわ」配膳室へ向かう彼に言った。「それに、あなたはすごく忍耐強いわ。それは弁護士特有のもの？　それとも、あなたの性格の一部？」

「両方かもしれないな」

「雪が降っているし、あなたはもう帰りたいはずよ。美人の奥さんとかわいいふたりの子どもが待っているんじゃない？」

「それにはタイムマシンが必要だ。妻と――ゴージャスな妻と、愛らしくて――きみは言い忘れたが、優秀な――ふたりの子どもは未来の家族だ」

「その家族は、わたしのハンサムでセクシーな夫と三人のかわいくて優秀な子どもたちと愛らしい陽気な犬とよく過ごすことになるかもしれないわね」

「三人か？　どんな犬種だい？」

「犬種は未定よ。抱きしめたくなるほどかわいい子猫も飼うわ。そして、みんなでだだっ広くて趣のある古いヴィクトリア朝風の家で暮らすの――決してこんなに広くない家で――ハンサムでセクシーな夫とわたしは残りの人生をかけて家のリフォームを行う。でも、それを大いに楽しむつもり」

「すごくいいね。ただ、ぼくはもう犬を飼ってる」

「犬を飼ってるの？」

「ムーキーっていうんだ。ラブラドール・レトリバーのミックス犬だよ」

「ムーキー？」

「ムーキー・ベッツにちなんで名づけた」トレイはふたつのグラスとワインボトルを

手に戻ってきた。「ゴールド・グラブ賞を何度も受賞した、レッドソックスの選手だよ。二〇二〇年にドジャースにトレードされたが、そのことで彼を責めることはできない」

「責めるつもりはないし、ボストン出身だからムーキー・ベッツのことも知ってるわ。ありがとう」麦わら色のワインが注がれたグラスを受け取り、一気に半分を飲み干した。

「ワオ。やるじゃないか」

「ふう」ソニアは息を吐きだした。「どうしてその犬を連れてこなかったの？」

「きみが犬好きかどうかわからなかったから。次回は連れてくるよ」

「うれしい。犬は好きよ。以前は……こんなことになるまでは犬を飼おうと思わなかった。一日中、仕事部屋で過ごすような生活じゃなかったから。ムーキーはきっといい犬なのね、あなたもいい人そうだから。わたしはムーキーを気に入ると思うわ。あなたを好きだから。あなたの忍耐強さや弁護士らしからぬところが気に入ったわ。それに、あんなに威嚇的じゃないから。ブルーの目には弱いの。もう少しでブルーの目をした人と――そのろくでなしと――結婚するところだった。彼の目はあなたほどすてきじゃなかったけど」

「ぜひその話を聞かせてくれ」

「ええ、たぶん今度。さてと、鍵ね」ソニアはふたたび腰をおろした。「鍵がこんなにあるなんて」

彼はひととおり鍵の説明をしたあと、箱を閉めて脇に押しやった。

「屋内の鍵の大半は使う必要がないだろう、だが、鍵がかかる部屋の鍵はすべてそろっている。電化製品の——すべての製品の——取扱説明書や保証書は、コリンの書斎でふたつのファイルに保管されている。だが、何か手助けが必要になったら連絡してくれ」

「わかったわ」

「主寝室やほかの寝室はガス暖炉だが、あとの大半は薪を燃やす暖炉だ。薪の暖炉を使ったことは？」

「あるし、慣れているわ。母の家に、実家にあるから」

「それはよかった。外に出るとすぐに棚があって、薪がぎっしり積んである。小屋のそばにも短い薪の山がある」

「ずいぶんありそうね。かなりの量なの？」

「メイン州の冬は長い。もしもっと必要なら、ぼくかジョン・ディーに知らせてくれ。薪割り機もあるが、使わないでもらえるとありがたい」

彼女は胸をばんと叩(たた)いた。「それに関しては正式な誓いを立ててかまわないわ」

「きみが知りたいことで、まだぼくが説明していないことはあるかい？　ぼくが説明したことに関して、何か質問は？」

「せめてあなたの説明の半分くらいは忘れないでいたいわ、でも、大丈夫そうよ。というか、もう充分。でも、ひとつ質問があるの。あなたのお父様は口にしなかったけど、コリンはどうして亡くなったの？」

「階段から転落したんだ。三十年近く前にジョアンナが落ちたのと同じ階段で。彼は睡眠薬を服用してた。検死官によれば一錠だけだったそうだが、それでも頭がふらふらするらしい。それと、風邪薬の市販薬を数錠。コリンは風邪をこじらせ、長引いてた。ぼくは母が作ったチキンスープを届けるついでに様子を見ることになっていた」

「あなたがおじを発見したのね」

「ああ」

一瞬、ソニアはあるにおいをかいだ気がした、父が使っていたアフターシェーブ・ローションのかすかな香り。だが、すぐに消えた。

「それはつらかったでしょうね」

「コリンは家族だったからね。つまり、ソニア、そのつながりできみも家族になったんだ」

「おじがあなたにとって家族だったことも、あなたが彼にとって家族同然の存在だったこともわかるわ。　理解できないのは、なぜおじがこのすべてをあなたやあなたのご家族じゃなく、わたしに遺したのかよ」

「コリンはきみがここに来ることを望んだ」トレイは淡々と言った。「そして、きみはやってきた。個人的な意見だが、きみはここにとどまるだろう」

「なぜそう思うの？」

「屋敷が呪文をかけたからだ。ぼくは屋敷がきみに呪文をかける場面を目の当たりにした。きみが腰を落ち着けられるように、そろそろおいとまするよ」彼は立ちあがった。「何か必要なものがあれば、ききたいことがあれば、ぼくへの連絡の仕方はわかるだろう」

「残ったクッキーの半分を持って帰って。あなたはそれに値する以上のことをしてくれたわ」彼女は片手いっぱいのクッキーをつかむと、ブリキの缶を手渡した。

「これは半分以上だ」

「じゃあ、あとでわたしにも食べさせてね」

ソニアは玄関まで彼を見送った。「かなり雪が降ってるわね。あなたの自宅があまり遠くないといいけど」

「ぼくは法律事務所の三階に住んでる。だから、そんなに遠くない」

「それは便利ね。職場まで通勤せずにすむなんて。わたしもそれに慣れてしまったわ」

「もうすぐジョン・ディーから連絡が来て、除雪が始まるだろう。私道は明朝まで待って、手をつけるかもしれないが」

「いずれにしても、彼にコーヒーをいれるわ。何から何まで本当にありがとう。早くよくなるように願っているとお父様に伝えて」

「どういたしまして。ああ、伝えるよ」トレイはパーカーをはおり、帽子をかぶらずに、彼女の手を握った。「きみは大丈夫だ」

「確信に満ちた口ぶりね」

「実際、そう確信してるからね。屋敷にようこそ」

「トレイ」彼がドアを開くと、風と雪が吹きこんできた。「もうひとつだけきかせて。実際に幽霊を目にしたことは？」

彼は長々とソニアを見つめてから、無言で微笑んだ。「あるよ」

「この屋敷で？」

「それはふたつ目の質問だ。答えはさっきと同じだ。彼女は純白のドレスを着てウィドーズ・ウォークに立っていた」

トレイは戸口で凍えるソニアを残して立ち去った。彼がトラックのエンジンをかけ、私道から走り去るまで、彼女は待った。

ドアを閉め、そこにもたれて、アストリッド・グランドヴィル・プールの肖像画を見つめた。「ああ、なんてこと」

いますべき最善のことは――賢いことは――二階にあがって荷ほどきをし、シャンパンが冷えるのを待つことだ。

あとでクレオとビデオ通話をして、母に電話をかけよう。

何か食べるものも作ろう――。あの冷蔵庫の中身からして、ドイル家は一カ月分の食料を用意してくれたようだ。

階段をのぼりながら、そこで亡くなったふたりのことは考えまいとした。長い廊下をたどり、自分の寝室となった部屋に足を踏み入れた。

窓辺に直行すると、そこからの眺めにただ目を奪われた。

吹き荒れる雪のカーテン越しにスチールグレーの海が見える。そのカーテンは湾や村を覆い隠し、ソニアを閉じこめていた。

だが、暖炉の火がぬくもりと明かりをもたらし、室内にはみずみずしい花の香りが漂っている。

きっと大丈夫だと、彼女は自分に言い聞かせた。自分さえその気になれば、ここで幸せになれるはずだ。

スーツケースを開き、自分らしい部屋にしようと荷ほどきに取りかかった。服は引き出しにしまうかクローゼットにつるした。化粧品やクリームはあとで整理することにして、とりあえず洗面台の引き出しに突っこんだ。ナイトテーブルに置いたタブレットは充電中だ。曾祖母の古い銀製ハンドルのヘアブラシと手鏡が置かれた化粧台には、クレオと集めたアンティークのすてきな小瓶を三つ飾った。四つ目の瓶には、ブランドンと別れたあとに愛用している高級な香水が入っている。

かなり自分らしい部屋になったわ。

明日の朝、あのすてきな図書室にホームオフィスを設置しよう。父の絵をあそこに飾って。

屋敷にはすでに父の絵が一枚あった。コリンはどうやってそれを入手したのだろう。その答えが知りたかった。

階段の中程までおりたところで、ひたひたと冷気を感じ、背後に誰かいるんじゃないかと振り返った。

「古い家だもの、隙間風は予想していたでしょう」

キッチンに入ると、用意されていたパンと薄切りハムでサンドイッチを作った。雪を眺めながら、それをシンクの前で食べた。

ジョン・ディーの除雪作業の音が聞こえたとき、ばかげているほどほっとした。すばやくあたりを探すと蓋つきのマグカップが見つかり、コーヒーを注いだ。さっき見たおかげで、コーヒーメーカーの使い方は覚えていた。

厚着をして、もうひとりの隣人に挨拶しようと、マグカップを手に外に出た。窓辺を人影が横切ったが、ソニアは気づかなかった。

7

長距離ドライブや屋敷のツアー、荷ほどき、クレオとのビデオ通話と短縮版のヴァーチャルツアーを行い、シャンパンのボトルの大半を飲み干したあと、ソニアは早々にベッドに入ることにした。

世界がスイッチを切ったかのように漆黒の闇に包まれ、十時にはベッドに横たわった。しっかりまぶたを閉じ、打ち寄せる波しぶきの音や、風のうなり声、眠りにつく古い家がきしむ音やうめく音に耳を傾けた。

二分後、ベッドサイドの明かりをつけ、起きあがって暖炉に小さな火をおこした。歩きまわって壁にぶつかるかもしれないし――それに、階段から落ちる可能性だってある。

別に、暗闇が怖いわけじゃない。内心そうつぶやき、ベッドへ引き返す。だが、暗い影がある、暗い影が。

暖炉の火がきらめくと、満足してベッドサイドの明かりを消した。

常夜灯を購入して寝室のコンセントに差しこみ、階段の踊り場近くにも設置しよう。それと……。

彼女はうとうとした。

その夜、夢を見た。音楽の調べと人々のざわめき。肖像画の女性がダークブラウンの髪の男性と踊っている。彼は糊(のり)が利いた高い襟のシャツにジャケット、歴史ドラマを彷彿(ほうふつ)させるぴったりした膝丈ズボンという服装だった。

ふたりは見つめあいながら笑い、笑みをたたえた唇を重ねあわせた。

〝たとえ命尽きようとも、わたしたちが別れることはない〟

ふたりが踊っている最中、純白のドレスに赤い染みが広がった。音楽が葬送曲に変わり、影が光をかき消す。その影のなかに横たわった彼女の純白のドレスは血まみれだった。頭上では、彼が首にロープを巻きつけ、つりさがっていた。

そのとき屋敷中の時計が鳴った。一、二、三回と。一瞬、暖炉の小さな火がぱっと燃えあがり、ぱちぱちと爆ぜたかと思うと、また小さくなった。

玄関ホールでは、肖像画の女性がすすり泣いていた。

ソニアが目覚めたとき、窓から日の光が降り注いでいた。まぶしい光にまばたきをしながら、上体を起こした。

「さあ、滞在二日目よ」

起きあがって、暖炉の火をおこし、窓辺に移動した。

誰かが小さなダイヤモンドをまき散らしたかのように、真新しい雪が冬の日ざしにきらめいている。すっかり葉の落ちた枝垂れ柳の白い雪に覆われた枝に、一羽の鳥がさっと舞い降り、高らかにさえずりだした。

雲が吹き飛ばされた空の下、真っ青な海が広がっている。

そのすべてが吉兆に思えた。

初めてここで一日を始めることに意気揚々としてタブレットをつかみ、コーヒーを求めて階下に向かった。屋敷が微動だにせず静まり返り、光に満ちあふれていることに驚きを覚えた。

ゆうべは暗闇に包まれていたのに。

車の騒音も、近所の庭で吠える犬の声も聞こえない。ただ、岩に打ち寄せる波の音が、屋敷の場所によって聞こえるだけだ。

ソニアは輝く雪に覆われた冬景色を見渡した。砦(とりで)を彷彿させる緑の森の枝にも雪が積もっている。ふいに森の影のなかで何かが動き、どきっとして心臓が喉元までせりあがった。

すると、ダークブラウンのぼさぼさした冬毛をまとった鹿が、優雅な足取りでゆったりと歩みでた。ソニアが喜んで見守るなか、鹿は陽光を浴びながらたたずみ、空気のにおいをかぐと、幽霊のようにまたすっと暗がりに姿を消した。

コリンのキャンバスや絵の具や絵筆を使わせてもらおうかしら。創作の源がいたるところにある。気晴らしに風景画を何枚か描いてみよう。

ただ、絵はソニアの情熱の対象ではなかった。その点に関して、母の言うことは正しい。でも時間ができたら、絵を描くのは楽しそうだ。

とはいえ、娯楽より仕事を優先すべきだし、やるべきことは山ほどある。

まずは仕事部屋を整えないと。今後三カ月の家賃が無料とはいえ、働かなくていいわけじゃない。

完成させなければならない案件をひとつ抱えているし――さらなる仕事を生みだす必要がある。

いずれ収納スペースも見てまわって、いったい何があるのか確認しないと。それから街に出かけて地域に馴染み、人脈を広げよう。

ひとり暮らしをするのはかまわないけれど、いまだかつて世捨て人だったことはない。

腰を落ち着けたらドイル家の人々をディナーに招こう。そうするのが礼儀だし――そのついでにこの家や、ここの歴史、かつて暮らした人々について情報を得られるはずだ。

ここで亡くなった人についても。

二杯目のコーヒーを飲みながらスクランブルエッグを作った。頭のなかで母の声が聞こえ、立ち食いではなくアイランドカウンターに腰をおろした。

メールを確認すると、自社のウェブサイトを通して新たな問い合わせがあり、ほっとすると同時にうれしくなった。

事業を立ちあげたばかりのケータリング会社で、メニューや価格、対応地域等を含むウェブデザインの依頼だった。

「起業したての会社は大好きだし、やってみよう」

ソニアは自分やその潜在顧客がいくつかの決断をくだせるよう質問リストをさっそく送った。さらに、探りを入れるべく慎重な提案も行った。

それがすむと食器を洗い、二階にあがり、ゆうべは疲れすぎて省いたシャワーを浴びることにした。

シャワー室は自宅のメゾネットのものと比べるとゆうに二倍の広さで、シャワーヘッドからはたっぷりの湯が噴きだした。

「ああ、シャワー・セックスが恋しい」湯に向かって顔をあげた。「セックス自体が恋しいわ。でも優先すべきことがあるから仕方ないわね」

どのみち、シャワー・セックスの相手候補が大勢いるわけじゃない。

クレオとの会話で、トレイ・ドイルとジョン・ディーを三語で言い表すよう命じられたときのことを思いだし、彼女は微笑んだ。

トレイは、忍耐強く、感じがよくて、セクシー。

ジョン・ディーは、陽気で、既婚者で、ゲイ。

ソニアはトレイとのシャワー・セックスを想像し始めたが、それを頭から閉めだした。そんなことをするのは正気の沙汰じゃない。

それに、きっと彼にはもうお相手がいるはずだ——もしかすると相手は複数かもしれない。セックスは恋しいけれど、恋人づき合いを恋しいとは思わない。いまはまだ。

それに、つきあう気もない相手とセックスする心の準備はできていない。

だから、とりあえずいまはすべて忘れよう。

シャワー室から出て、タオルに手を伸ばしたが、バスルームのドアを見て眉をひそめた。

たしか——習慣で——閉めたと思ったのに開いている。彼女はそのドアを閉めた。

屋敷にいるのが自分ひとりだろうとそうでなかろうと、バスルームのドアを開けっ放しにするのは無防備な気がする。

タオルを体に巻きつけ、もう一枚を髪に巻いた。洗面台の引き出しを開けると、スキンケア用品がきちんと整理されていて、また眉をひそめた。

あとで整理するつもりで、ただ放りこんだと思っていたけれど……。こんな勘違いをするなんて、荷ほどきしたとき、そんなにぼうっとしていたのだろうか。

明らかにそうだったようね。

スキンケアを行ったあと、タオルをつるして乾かし、フックにつるしておいたバスローブをまとった。

頭のなかで母のしつこい小言が聞こえ、ベッドメイキングをしようと寝室に戻ると、すでにベッドメイキングはすみ、枕がふっくらしていた。

ぼうっとしていたせいよ。きっと無意識にやったのね。

午前中は仕事部屋の設置に費やすつもりなので、汗をかいてもかまわない格好をすることにした。

化粧台に歩み寄り、引き出しを開けた。

今度は背筋に寒気が走った。

鏡の前にかわいい瓶が三つ並び、左側には銀製ハンドルのヘアブラシと手鏡、真ん中には花瓶が置かれていた。

三つの瓶は三角形を描くように片方の端に並べ、反対側にある花瓶とバランスを取り、ヘアブラシと手鏡は中心からずれた場所にあったのに。

間違いない。

それとも、シャンパンを飲みすぎたの？

だが荷ほどきの前は、シャンパンを一滴も口にしていない。明らかに、そのあとですべてを動かしたようだ、おそらく寝る支度をする前に。

ソニアは自分の好みに合わせてすべてを動かした。それを見てうなずくと、スウェットパンツとお気に入りのボストン・カレッジのスウェットシャツを取りだした。

濡れた髪をポニーテールにし、スニーカーを履くと、一日の準備が整った。

寝室を出る前に暖炉の火を消し、図書室に直行した。タブレットをコンセントにつなぎ、音楽を流すようにセットした。静かなのはいいけれど、静かすぎるのはいささか困る。

次にやるべきことは、暖炉の火おこしだ。

ドイル家のおかげで、すぐそばのラックには薪が積まれ――あとでさらに補充しよう――着火材や長いマッチもあった。

薪が音をたてて燃え始めると、彼女は満足してその場にたたずみながら眺めた。

さあ、決断のときよ。

図書室の一階部分に仕事部屋を設置して、大型モニターに作品を映したいときやその必要に駆られたときは、ノートパソコンを上の階に運ぶ。あるいは、すべてを上の階に設置するか。

「簡単な決断でしょう、だってこの部屋は最高だもの」

トレイとともに昨日運び入れた箱を開き、さっそく取りかかった。

時間はかかったが、いまは時間がたっぷりある。

コンピューターを設置して、立ちあげ――やったわ！――すぐ手が届く場所に自分のスケッチブックを置き、デスクの引き出しにオフィス用品をしまった。鉛筆やマーカー、定規、予備のスケッチブック、顧客ファイルを。

広い屋敷なので、一階の書斎のコンピューターは私用に使うことにした。仕事とプライベートを分けるのは賢明だ。

南向きの窓辺にジーナを置いた。

「お互いここで花を咲かせましょう」

キャビネットを開くと、デカンターを見つけた――においからして、片方はウイスキー、もう片方はブランデーが入っているようだ。背の低いグラスや背の高いグラス、ブランデーグラスが棚に並んでいた。

キャビネットを空にして、ほかのオフィス用品を収納することも可能だが、父にそっくりな顔をした男性が暖炉のそばでウイスキーのグラスを手に本を読む姿がぱっと頭に浮かんだ。

とてもキャビネットの中身を処分するなんてできない。

それに、あのゴージャスなデスクの隣にプリンターを置くことも。頑丈なテーブルかスタンドがどこかにあるはずだ。さもないと部屋の見た目を損なうことになる。階下の書斎とＷｉ－Ｆｉ接続することも可能だけど……不便よね。

ほかの選択肢を見つけようと、室内を歩きまわった。暖炉にもう一本薪をくべ、螺旋階段をあがった。

上の階にも蔵書が並び、眺めもすばらしかった。そこにはもう少し小さな女性らしいデザインの机と、ワイン色の革張りのソファがあった。薄型の大きなモニターとその下のキャビネット。

キャビネットの扉を開くと、ＤＶＤプレイヤーと映画ソフトの立派なコレクションが収納されていた。ホームシアターでもコレクションを目にしたし、コリンが大の映画好きなのは間違いない。

タイトルに目を走らせると、ありとあらゆるジャンルの映画があった。

本や映画、絵画、アンティーク。子どもがここに来ることもあったみたいだ。友人の子どもたちのためにゲーミング機器を用意したくらいだから、コリンはやはり子どもも好きだったのだろう。

「お父さんにそっくりだわ。ふたりは似たもの同士ね。きっと……仲のいい兄弟になったはず。それを確かめるチャンスがあればよかったのに」

階下のデスクから流れていた音楽がとまったかと思うと、バーズの《ターン！ターン！ターン！〜すべてのものには季節がある》が流れだした。父はよくアトリエでこの曲やほかの年代物のレコードを古いターンテーブルにのせて聴いていた。

「いまこの瞬間にぴったりの曲だわ」

だが、より重要なことは、キャビネットに空きスペースを作り、プリンターを設置して、レターヘッド入りの便箋や大量の紙を収納することだ。

もちろん、そのためにはプリンターを――あのかなり重いプリンターを――持って螺旋階段をのぼらなければならない。つまり、認めたくはないが、もっとたくましい人に運んでもらうまで待つしかない。

プライベート用の書斎と仕事部屋に関しては、昼下がりまでに自分にできることはすべてやり終えた。

そろそろ休憩をとろう。何か軽くつまむか、ちょっとこぎれいにして街まで出かけるか思案した。

決断する前に、ゴーンという鐘の音が階段の下から三回とどろいた。跳ねあがった鼓動が落ち着き、それがドアベルだと気づいたとたん、また鐘が鳴り響いた。

「ああ、もう！」トレイかジョン・ディーであることを――プリンターを運んでくれるたくましい人であることを――願いつつ、階下に駆けおりた。

屋根つきの玄関ポーチにたたずんでいたのは、ショートカットの黒髪に多彩色の毛糸帽をかぶり、ゴージャスな膝丈ブーツを履いた女性だった。彼女はケーキを入れた容器を手にしていた。

「初めまして！　わたしはアンナ、アンナ・ドイルよ。プールズ・ベイにようこそ」

「ありがとうございます」似ていると気づくべきだったが、アンナは目の色がグレーがかったブルーで、顔はハート形だった。トレイから、「さあ、なかへどうぞ」

「仕事中じゃないといいんだけど。きっとあなたは仕事をしているか、仕事部屋を整えてる最中だと聞いたわ」

「ちょうど設置が終わったところです。まあ、ある程度までは」

「これはあなたのために焼いたの。コーヒーケーキよ。わたしは考えごとをするとき、ケーキを焼くの」

「わたしは考えごとをするとき、何か食べるわ。コートを預かりましょうか？　すてきな赤いベルベットのコートね」

「数分お邪魔してもかまわない？」

「ええ、ちっともかまわないわ」

アンナはコートと帽子とバターのようにやわらかなマフラーを手渡した。

コートの下には冬向けの白いチュニックと、ブーツを際立たせるチョコレート色のレギンスをはいていた。ソニアもそのブーツがほしくなった。兄同様すらりと背が高く、ショートカットのつややかな黒髪に、なめらかな肌で、ファッション誌から抜けだしたかのように見える。

「ここにはもう慣れた？」アンナが問いかけるなか、ソニアはコートをクローゼットのハンガーにつるした。「本当に立派なお屋敷よね」

「まだ腰を落ち着けようとしているところなの」

それに、友だちを作って人脈を広げないと。

「このケーキをキッチンに運んで一緒に食べましょう。コーヒーをいれるわ」

「ええ、ぜひ――わたしには紅茶をいれてもらえる？　今日はもうコーヒーを一杯飲んだから」アンナは歩きながらおなかに手を当てた。「わたしたちは一杯しか飲むことを許されてないの」

「あら。おめでとうございます」

「ありがとう。わたしたちはわくわくしてるわ。妊娠中期に入って、もう大丈夫だと言われたの。家族や、夫のセスの家族、ごく親しい友人をのぞけば、このことを知らせるのはあなたが初めてよ」

アンナが書斎の前で立ち止まった。「トレイから聞いたけど、あの絵はあなたのお父さんの作品なんでしょう」

「ええ」

「わたしは昔からあの絵が大好きだった。コリンとあなたのお父さんが兄弟として顔を合わせる機会がなかったのが、とても残念だわ」

「同感よ。きっと仲のいい兄弟になっただろうなと、ついさっきも考えてたの。ふたりには共通点がたくさんあった。それがわかってきたの。友人は双子の以心伝心だと言ってたわ。たしか、ここに紅茶があったはず」

アンナがキャビネットを指した。「あなたのために母と食材を補充したの。やってもかまわない？」

「どうぞ。あなたの家族みんなに感謝しているわ、おかげで楽をさせてもらってる」

「楽なはずがないわ」アンナはキャビネットを開き、数種類の紅茶のなかからひとつ選んだ。「あなたはおじがいることを、あんな形で知らされた。おまけに、引っ越して、こんな屋敷に慣れようとしてる」

アンナは明らかにくつろいだ様子で、銅のケトルを水で満たした。

「わたしたちはコリンの家族だから、できる限りのことをしたいの。あなたにはここにとどまってほしい、それがコリンの希望だからというのが一番目の理由よ。二番目の理由は、父と兄がふたりともあなたを気に入ってるから。わたしもあなたを好きになるか確かめたくて、思いきって会いに来たの」

クレオからアンナ・ドイルを三語で言い表すように言われたら、こう答えるだろう。さわやかで、自由で、ゴージャスだと。

「で、わたしの印象は？」

「家に招き入れてくれたし、出だしとしては悪くないわ」

「わたしは着古したスウェット姿なのに、カジュアルシックのファッションモデルみたいなあなたを招き入れたんだから、もっと評価が高くてもいいんじゃない？」

「そうね、でも、着古したスウェット姿でも、あなたはきれいよ。だから、たいして変わりないわ」アンナは茶色と金色のマーブル模様のケーキを分厚くふた切れカットした。「わたしはケーキを持参し、プールズ・ベイについて何か質問があるなら、喜んで噂話をしてあげるわ。トレイはもっと口がかたいけど」

「もっといろんな人と知りあったら、ぜひ噂話を聞かせて。ジョン・ディーにはもう会ったわ」

「たくましくて魅力的な人よね、彼の夫はかわいいのよ。ケヴィンがオーナーを務めるお店で、わたしは自分の陶芸作品を販売してるの。プールズ・ベイにあるその店で、作品の一部を」

「あなたは陶芸家なの？」

水が沸騰すると、アンナはティーバッグを入れたふたつのカップに湯を注いだ。

「ええ。最初は趣味だったんだけど、ここまで上達したの。ケーキのお味はどう？」

「あなたはパティシエにもなれるわ」

「ケーキを焼くのは、考えごとをしたり、リラックスしたりするためよ。でも、このケーキは絶品よね。あなたの仕事のことは、まったくわからないわ。グラフィックアートや、グラフィックデザインのことは。だから、あなたのウェブサイトを見てみたの。すばらしかったわ」

「そうでなかったら失業してるわ」

「以前は会社で働いていたんでしょう」

「ええ、ボストンで。数カ月前にフリーランスになったの」

「自らビジネスを立ちあげるのは、ちょっと怖いわ。実は、わたしには万が一の支えがあるの。セスの家族がベイサイド・ホテルのオーナーだから。小さいけれど、高級ホテルなの。ここはバー・ハーバーのような観光名所じゃないとはいえ、かなり観光客が訪れるのよ。それでも起業しようとするのはちょっと怖いわ」

アンナは紅茶をひと口飲んだ。「あなたのウェブサイトを見たあと……こうして訪ねてきたのは、もうひとつ理由があるの。依頼を引き受けてもらえないかしら？」

「あなたの？」

「わたしのウェブサイトは……全然だめなの。もっと魅力的なウェブサイトにすれば、ネット上で存在感も高まるし、オンライン注文も増えるはず。現状は一カ月に作品がひとつかふたつ売れればいいほうよ」

ソニアはポケットから携帯電話を取りだした。「ウェブサイトを見せて」

「携帯電話だとよくないどころの話じゃないの」

「ウェブサイトのアクセス数を増やしたいなら、モバイル機器でも使いやすくしないとだめよ」

アンナは肩を丸め、がっくりとうなだれた。「使い勝手はよくないわ」

「わたしは仕事部屋を図書室に設置したの」

「いい選択ね」

「そこで見てみましょう」

「本当に？　見てもらってもかまわない？」

「ケーキをご馳走してもらったし、わたしには顧客が必要よ。それに、だめなウェブサイトには我慢ならないの」

「きっと一から作り直す羽目になるわ」アンナはソニアとともに立ちあがった。

「まあ、見てみましょう、でも、いずれにせよ、あなたは一から作り直したくなるはずよ。再出発には見た目も一新しないと。ビジネスにＳＮＳは利用してる？」

「それも改めましょう。わたしがデザインを手がけた別の顧客のウェブサイトを見せるわ。一から携わった会社よ。〈ベビー・マイン〉は新生児から幼児までの服や小物、ぬいぐるみを製造してるの。きっとあなたは夢中になるわ」

「ベビー用品のサイトでわたしをその気にさせようなんてフェアじゃないわ」

「あなたのサイトをリニューアルしたら、それをベビー用品の会社に見せて、自分たちももっとよくしたいと思わせるわ」

「わたしもお父さんやトレイ同様、あなたを気に入ったわ。ああ、なんてすばらしい部屋かしら」アンナは図書室に足を踏み入れた。「デスクにモニターを置いたおかげで、ますますよくなったわ。あなたのパソコンはどこ?」

ソニアはキーボードの脇の小さな箱を叩いた。

「そんな小さいのが? ちゃんと機能するの? だったら、わたしもほしいわ」

ソニアはコンピューターを立ちあげた。「あなたのウェブサイトを見せて」

ソニアはサイト名をタイプし、アンナのウェブサイトを見つめた。正方形のバナーには、渦を描くフォントのパステルカラーの文字で〈ポタリー・バイ・アンナ〉と書かれていた。〝ショッピング〟のタブをクリックした。

そのまま待った。

「読みこみ時間が長すぎるわ」

「よく言われるわ」

ようやく表示されると、ソニアは並んだ写真をしげしげと眺めた。

「わたしの部屋で花瓶の写真を撮ったのね」

「そうよ！　目ざといわね」

「それに、正面の応接間のマントルピースの燭台ね」

「なんて目ざといの」

「あなたの作品を気に入ったわ――写真も悪くないし、作品のよさを際立たせてる。でも統一感がなくて、背景のせいでちょっとぼやけて見える。いろんな花瓶があるけど――これが気に入ったわ」ソニアはその上にカーソルを移動させた。「花瓶を、ボウルや大皿――オーブン皿と一緒に配置するの」次のページが表示されるのを待った。

「壺（つぼ）はマグやワインクーラーなんかと。よくなりそう」

早くもアイデアが頭に浮かび、ソニアはうなずいた。

「あなたもあなたの作品も、淡くぼんやりしたイメージじゃない。もっと人目を引く芸術的なものにしないと。それに、フォーマットの大幅な改善が必要ね。読みこみ時間を短縮しないと――みんな忍耐強くないから。〝ショッピング〟のタブは修正して、〝作家について〟のタブを追加しましょう。あなたが壺やなんかを作っている写真を載せるべきね」

「ろくろを使っているの。壺はろくろで成形するのよ」

「それよ。少なくともひとつの作品について、ただの粘土の塊が美しい陶磁器になるまでのさまざまな工程を見せないと」

「いいアイデアね」

「フェイスブックや、インスタグラムは？」

アンナはどっちつかずの声を発して肩をすくめた。

「わたしがなんとかするわ。名刺は持ってる？」

「いいえ」

「わたしにまかせて。あとはパンフレットね、三つ折りの小さくてカラフルなものを作って、地元の店に置いてもらうの――あなたのご主人のホテルにも。そこに販売スペースを設置しましょう。じゃあ、今後の予定を説明するわ。わたしはムード・ボードとテンプレート――原案となる非公開のウェブサイトを作成する。無料で」

「ちょっと聞いて。それじゃ、あなたの時間が――」

「キッチンに食材を補充してくれたことに対する心からの感謝の証と受け取ってちょうだい。あなたはその原案にじっくり目を通し、もし気に入ったら、一緒にウェブサイトをリニューアルしましょう。たとえ気に入らなくても、あなたに支払いの義務はないわ」

「気に入りそうな予感がするわ」

「わたしは仕事に関しては優秀よ」アンナはポケットに両手を突っこみ、コンピューターのモニターをじっと見つめた。「あなたの言うとおり、これじゃ全然だめね」

「ちょっと座りましょう。たったいま、そこをコンサルティングエリアにすると決めたから」タブレットをつかみ、暖炉に面した革張りのソファを指した。「まず連絡先を教えて、いくつか選択肢を送るから」

いったん腰を落ち着けると、ソニアは連絡先にアンナの情報を追加し、次の段階へ進んだ。

「まず、あなたの会社名の変更を提案させて」

「本当に？」そう簡単に受け入れられないとばかりに、アンナは言葉を濁した。「かわいい会社名はいやだったの。シンプルなのがよくて、芸術品を扱ってるから陶磁器（ポタリー）にしたんだけど」

「そのとおり。あなたの作品は芸術品として展示できるわ。でも、このウェブサイトやこの屋敷で目にしたのは、暮らしのなかで使うことができる芸術品だわ。だから、〈プラクティカル・アート〉なんてどう？」

ソニアはデザインアプリを立ちあげ、タッチペンでその会社名を書いた。各単語の頭文字は流れるようなフォントにし、あとはシンプルではっきりした筆記体を用いた。

「すごくいいわ」

「これはあくまでも下書きよ。でも、どんな会社か端的に表現しているでしょう。ここでは日常使いができる美しい作品を購入できると。フォントはいろいろ試してみるけど、こんなイメージで、はっきりした色を使い、インパクトがあるものにするわ」

「パステルカラーを使ったほうがより親しみがわくと思ったんだけど」

「そういうケースもあるけど、これに関してはパステルカラーじゃメッセージが伝わらないわ。〝美しく、長持ちする、この作品を使ってみてください〟というメッセージが。作家の個性はウェブサイトのデザインに反映されるべきよ。あなたはパステルカラーのタイプじゃないわ」

アンナは椅子の背にもたれてうなずいた。「続けて」

ソニアは一時間かけてさまざまな問いを投げかけ、質問に答え、ロゴを調整し、最新の顧客のニーズを把握した。

「これでデザインに取りかかるのに充分な情報を得たわ。基本的なアイデアを印刷して検討してもらいたいけど、どうにかしてプリンターを上の階に持ちあげないといけないの。あそこには視界に入らない場所にキャビネットがあるから」

「DVDの収納キャビネットね。手伝いましょうか？」

「あなたが妊婦じゃなくても遠慮するわ。怪物並みに大きいプリンターだから」

「トレイに電話すればいいのに」

「きっと彼にはやることが山ほどあるはずよ。どうにかするから、とりあえずあなたのウェブサイトに関して選択肢をあれこれ考えるわ。もしあなたが気に入れば、このプロジェクトを進めましょう」

「もう気に入ったわ。あなたの〈プラクティカル・アート〉に心を奪われたから。コーヒーケーキのお返しにたくさんのものをもらったわね」アンナは立ちあがった。

「まもなくおばあちゃんになるふたりが〈ベビー・マイン〉を見たときのリアクションを楽しみにしてて。あなたが仕事に取りかかれるよう、そろそろおいとまするわ」

「一日か二日後にはあなたに何か見せられるはずよ」ソニアはアンナとともに階下へ向かった。

一階におりたところで、ソニアが玄関ドアを開けたときに消しておいた音楽がまた流れ始めた。

「えっ……変ね」ソニアは二階を見あげた。「きっと間違ってアプリをクリックしたんだわ、それか何か別の理由で」

「きっと後者ね。聞き覚えのない曲だわ」

「ますます変ね」ソニアはアンナのコートを取りだした。「これは母のお気に入りの曲なの。母がわたしを出産したとき、父がかけていたんですって。《オール・フォー・ラヴ》——昔の曲よ」

「みんなあなたが好きなのね」アンナはさりげなくそう言うと、コートを身につけた。

「みんな？」

「失われた花嫁たち、それ以外のみんなも。あなたにとって個人的な思い入れのある曲を選んでるわ」

「まさか幽霊を信じているわけじゃないでしょう」

アンナは黙って帽子をかぶり、微笑んだ。「ここで一週間暮らしてから、またその質問をして。つきあってくれてありがとう。思っていた以上に、わたしにはあなたが必要だわ。じゃあ、また話しましょう」

アンナがドアを閉めると、ソニアはその場に立ちつくしたまま音楽が流れている二階を見あげた。

機械の誤作動よ、と自分に言い聞かせる。そういうことはある、幽霊の仕業なんかじゃない。

数秒間は階段をのぼる気にはなれなかったが、やがて二階へあがり、仕事に取りかかった。

8

一八二八年

わたしは分別がある女性だと自負している。教養があり、フランス語を流暢に話し、ピアノを上手に弾くだけでなくハープの腕前もなかなかだ。長女として一家の切り盛りの仕方も学んだ、それは当然のごとくいつか立派な相手と結婚するからだ。そのうえ、うれしいことに、若くして父から家業について学んだ。世の中には、若い女性には商売の知識など必要ないと言う人もいる。そんな人たちに良識があるとは到底思えない。

父――七分遅れて生まれた双子の弟――は、一八〇六年の秋、この屋敷と兄が受け取っていたプール家の事業の配当を相続した。わたしのおじの花嫁が、結婚してわずか数時間後に悲劇的な死を迎え――殺されたのだ――ほどなくおじが自殺したからだ。

当時すでに婚約していたわたしの愛する両親は、翌年の春に結婚した。その十カ月後に生まれたのが、わたしだ。

わたしには弟がふたりと妹がふたりいる。わたしは第一子だが、プール家の伝統として、いずれ屋敷が弟のホレイショに受け継がれることを受け入れなければならない。それは取るに足りないことだ。立派な相手に嫁げば、いずれ自分自身の家庭を築くことになるのだから。

思慮深いわたしは──浮ついた妹たちと違って──ジェーン・オースティンの小説の楽しくも非現実的な見方に賛同しなかった。結婚相手には、ロマンティックな愛情を抱く男性を選ばなければならず、またそうすべきだという見方に。

似た考えや、互いへの敬意、そして言うまでもなく社会的地位のほうが、幸せな結婚にとってははるかに重要だ。

ウィリアム・キャボットはそのすべてを備えていた。ただ、そんな彼を愛するようになるとは、自分でも驚きだった。

考えが似ていたことから交際が始まり、互いに惹かれあって胸がときめいた。その好意が愛情へと花開いた。

彼のプロポーズを受け入れ、父が祝福してくれた日は、人生でもっとも幸せだった。あの結婚式当日までは。

わたしは冬に花嫁となり、誓いを交わした──お互いそれ以上待ちたくなかったからだ！　思慮深いわたしは純白のシルクのドレスをまとった。毛皮で縁取られた裾には星の刺繍が施され、ウエストをサテンのリボンで結ぶデザインのドレスを。季節柄、長袖のパフスリーブで、ふんわりとした肩の部分にも星の刺繍が入っていた。

わたしは一度も自分を美人だと思ったことはない――ウィリアムはきれいだと言ってくれるけれど――でも、ウエディングドレスを身につけ、高く結いあげた髪にヴェールをかぶり、祖母のパールのネックレスを身につけると、美しくなった気がした。黒の燕尾服(えんびふく)姿のとてもハンサムなウィリアムが、わたしの目をじっと見つめ、金の指輪をはめてくれた。

わたしは心から望んだこの結婚を祝うべく、妻として屋敷に戻った。夫や父や弟たちとダンスを踊ったあと、母を抱きしめて、うれし涙に濡れる頬にキスをした。

ハネムーンのヨーロッパ旅行は春が訪れるまで待つ予定だったので、少女時代を過ごした実家で初夜を迎えることにした。そして、ウィリアムの腕のなかで大人の女性に生まれ変わった。

深夜まで彼に愛され、わたしは分別など微塵も感じなかった。感情や発見、目覚めた情熱で占められていた。

ついに夫とともに眠りについたとき、わたしは夢を見た。寝間着姿で蠟燭を道しるべのように高くかかげ、子ども時代の実家をさまよう夢だった。

祖父が建てた屋敷の立派な玄関ドアは開け放たれていた。戸口を抜けて春へと足を踏みだすと、日ざしを浴びて花々が咲き乱れていた。分別があるはずなのに、笑って蠟燭を放り投げ、その蠟がわたしには見えず感じない雪の上に飛び散った。

吹き荒れる風を浴びつつ、雪のなかを歩きながらも、やわらかい芝生とそよ風を感じた。

防潮堤でわたしを手招きしている女性が目に入った。

近づくと、その見知らぬ女性は狂気に駆られた目でわたしを見つめた。手をぎゅっと握られた瞬間、骨身を削るような冷気を感じた。

女性が口を開いた。

「彼はわたしよりも死を選んだ。彼女とともにいるために死を選んだ。ふたりとも地獄に落ちればいいわ、そして今度はあなたの番よ。ふたりとともに行きなさい、キャサリン・プール。永遠に花嫁のまま」

わたしは逃げようとしたが、突風にあおられ、雪のなかでよろめいた。女性の笑い声が――風よりも容赦ない笑い声が――響くなか、わたしは転倒し、なんとか立ちあがってまた転んだ。

いまや辺り一面真っ白で、ぐるぐる回転していた。わたしの必死な叫び声は、とどろく強風で海へと吹き飛ばされた。

初夜のベッドで眠るウィリアムのことが頭に浮かび、助けてと叫んだ。

実家の屋敷へと手を伸ばしたけれど、わたしを覆う冷たい雪の毛布のせいで、もう見えなかった。真っ赤になった手はほぼ紫に変色し、ウィリアムがはめてくれた指輪は消えていた。

凍てつくような雪のなかで、うとうとし、眠りに落ちた。

そして、そのまま命を落とした。

ソニアは夕食の時間になっても仕事を続け、エネルギー切れで頭がくらくらすると気づいたところで、休憩をとった。

キッチンにおりたが、サンドイッチは作らないことにした。その代わりに缶入りスープを温め、サラダを作った。食事中も、タブレットを使ってさらにいくつかのアイデアを練った。

母のメールにも返信した。

〈万事順調よ！　仕事部屋はほぼ整い、今日は一日中働いたわ。アンナ・ドイルに――あの弁護士のお嬢さんに――会ったんだけど、新規の顧客になってもらえそうよ。やった！　彼女は陶芸家なの――すばらしい陶芸家よ。今夜はスープとサラダの夕食にしたから、飢えてないわ。世捨て人にならないように、明日は街に繰りだすつもり――遅くともあさってには。お母さんに愛を、たくさんの愛をこめて〉

母と何度かメールをやりとりして切りあげると、今度はクレオにメールした。

〈ハイ！　トレイの妹のアンナに会ったわ。彼女もゴージャスよ。アンナは陶芸家で、ビジネスのデザインを一新する必要があるの、うれしいことに、その依頼が入りそう。お母さんとメールでやりとりしたら、日帰りで来たがってた、もしかしたら一泊するかも。あなたもぜひ来て〉

友人をその気にさせる方法を心得ているソニアは、こう続けた。

〈この屋敷はすばらしいだけじゃなく、幽霊が出るそうよ。玄関ホールには一八〇〇年代初頭からのプール家の花嫁の肖像画が飾られてるの、結婚式当日に殺されたんですって。なんて恐ろしい！〉

案の定、すぐさま返信が来た。

〈花嫁の幽霊ですって！　ぜひ行くわ。仕事を片づけるから二週間待って。週末に泊まりに行く。一緒におばけ探しをするわよ〉

冗談でしょうと内心つぶやきつつも、ソニアは両手の親指を立てた絵文字を送った。

キッチンを片づけたあと、さらに一時間仕事をした。まだ寝るには早すぎるけれど、正直脳が疲れ果ててしまった。

明朝、もう一度すべてを見直して、それでも問題がなければリニューアル案をアンナに送ろう。そして、車で街まで出かけ、ちょっと散策しよう。

でも、いまはあまりにも疲れすぎて仕事はできず、興奮しすぎて寝つけない。ソニアはワインを飲みながら映画を見ることにした。何しろＤＶＤが何十枚もあって選びたい放題だし、すぐ上の階には大型モニターもある。

気軽に楽しめるロマンティックコメディを選び、大きなソファに横たわった。

グラスに注いだワインをほぼ飲み干し、映画が終盤に差しかかったころ、彼女はうとうとした。

時計の音が三回響き、はっと目覚めた。横たわったまま混乱し、寝ぼけながら、鼓動が激しくなった。音楽が、ピアノの音色が聞こえる。タブレットの不具合かと思い、まぶたをこすった。

誰かのすすり泣く声が聞こえた気がする。

きっとテレビは眠りに落ちる前に自分で消したのだろう。彼女は部屋の反対側の明かりをつけ、体に巻きついていた毛布をさげた。

思っていたより疲れていただけよ、それに馴染みのない家とその空間にまだ慣れようといるからだと、内心つぶやく。ふらふらしたまま、ソニアは携帯電話を夜間に充電しようと手探りした。

夜間といっても、もうたいして時間がないが。

テーブルに携帯電話はなかった。あくびをしながら、スウェットパンツのポケットに両手を突っこむ。ポケットがからっぽだとわかった瞬間、パニックに襲われた。

飛びあがって毛布をはねのけ、ソファのクッションの隙間を探し始めた。

別に、携帯電話がなければ生きていけないタイプじゃないと、自分に言い聞かせたが……。携帯電話は生活必需品だ。

床におり、しゃがんでソファやテーブルの下をのぞいた。

ふと、ワイングラスやリモコンがテーブルにないことに気づいた。

眠りに落ちる前に、しまったのだろうか？

コーヒーテーブルの引き出しを開けると、見つけたときのようにリモコンが入っていた。

「つまり、自分で片づけたのね。誰だって寝ぼけると、自分のしたことを忘れるものよ」

立ちあがって手すりまで移動し、下の階を見おろした。

暖炉では火が燃え——もう消えていてもおかしくないのに——デスクの充電器に携帯電話がつながれているのがはっきりと見えた。そのかたわらで、タブレットも充電中だった。

ほっとして階段に向かった。

するとどういうわけか音楽が消え、突然の静寂に彼女はびくっとした。

タブレットはその場に残し、充電が終わった携帯電話をつかむと寝室に向かった。

ベッドサイドの明かりが灯り、上掛けとシーツがきれいに折り返されていた。

「夢遊病かしら。たぶん不安のせいね。いまは不安でたまらない」

サイドテーブルに携帯電話を置き、スウェットを着たままベッドに入ったが、明かりはつけたままにした。

念のため、用心として。

まぶたを閉じると、静かにドアが閉まる音が——聞こえたような気がした。

生まれて初めて、ソニアは上掛けを引っ張って頭を覆った。

日ざしに包まれて目覚めたとき、あれは想像の産物だと、ソニアは自分に言い聞かせた。ただ不安に駆られただけだと、改めて思った。これまで認めなかったが、今回の引っ越しは相当なストレスを引き起こしたのだろう。服を着たまま寝てしまうほどのストレスを。

別に、たいしたことじゃない。コーヒーを飲んで――コーヒーケーキを食べたら――仕事を確認して必要な調整を行おう。その後はシャワーを浴びて、ちょっとおしゃれをし、街までドライブだ。

屋敷を抜けだして銀行で口座を開設し、いろんな店を見てまわって、湾を間近でじっくり眺めよう。

彼女は階段をおりてキッチンに直行した。すると、シンクの横に置かれたワイングラスが目に入った。

「ああ、もう、わかったわ。もう二度とテレビの前で寝落ちしない」

コーヒーをいれてケーキをカットし、その両方を手に図書室に向かった。それを口にしながら、仕事をしよう。

一、二時間しか働くつもりはなかったので、暖炉の火はおこさなかった。

結局、間違いなくいい出来だと確信するまで、二時間以上かかった。

これは最高の出来だ。

それをしばらく寝かせることにした。まだ九時前だし、ちょっと寝かせているあいだにシャワーと着替えをすませ、アンナに送信する前にもう一度目を通そう。

ドアベルがゴーンと鳴り響き、ソニアは思わずびくっとして履き古したスリッパが脱げそうになった。

「ああ、もう！　あれを変えてもらえるかきかないと」

階段をおりて玄関ドアを開け、トレイを目にした瞬間、〝どうして？　どうしてまずシャワーを浴びて着替えなかったの？〟と真っ先に思った。

「おはよう。動かさないといけないプリンターがあるんだって」

「あっ、アンナね、わざわざあなたの手をわずらわせなくてもよかったのに」ソニアは後ずさり、彼を招き入れた。「急いでるわけじゃないのよ」

「ちょうどクライアントに会いに行く途中で、たいして遠回りじゃない。プリンターはどこにあるんだ？」

ソニアはふと思った。彼はいいにおいがする――さわやかなアウトドア風のにおいが。一方、自分はとてもいいにおいとは言えない。

「図書室の一階よ。プリンターを上の階に設置したいの。コーヒーをいれましょうか？」

「いや、おかまいなく。どうせこのあと飲むから。クライアントがコーヒーを何杯も飲むんだ」

せめて髪をとかせばよかったと思いつつ、彼女はさっと手ぐしで整えた。「お父様の具合はどう？」

「今日は働いてもかまわないと、ボスが許可を出した、だから具合はいい」

「ボスっていうのは、お母様のことね」

「ああ。きみはアンナのウェブサイトをリニューアルしてるんだって」

「わたしが考えたデザインを彼女に気に入ってもらえるように願ってるわ」ソニアは彼とともに階段をのぼった。「手始めにコリンの書斎のプリンターとＷｉ‐Ｆｉ接続したけど、日々の使い勝手を考えるとあまり合理的とは言えないわ。デザインの一部を印刷してムード・ボードにぱっと追加できれば便利だから」

「ムード・ボードか」彼は図書室に入って彼女のムード・ボードを目にすると、うなずいた。「なるほど。これはアンナにとって劇的な変化だな」

「やりすぎかしら？」

「気に入ったよ、ぼくの意見なんて意味がないかもしれないが」

トレイは前ポケットに両手の親指を引っかけ、ボードをじっくり眺めた。

じっくり時間をかけて真剣に眺めていることに、ソニアは気づいた。

「ああ、気に入った。アンナは大学時代の友人にウェブサイトをほとんど作ってもらったんだ。あまり、その、インパクトがないよな。おまけに、読みこみが遅くて使い勝手も悪い。でも、これはインパクトがある」

「それに、読みこみが速くて操作も簡単よ」

ふたりは肘を突きあわせて立ち、彼女のデザインをじっと眺めた。

「これがロゴか？　アンナにはちゃんとしたロゴがなかったが」

「ロゴはあったほうがいいわ。それはデザイン案のひとつよ。シンプルなものにしたがってたから、濃い色で花瓶と燭台をスケッチしてみたの。形は異なるけど、どちらも彼女のスタイルでしょう。写真よりスケッチのほうがいいと思って、でも、写真を試すことも可能よ」

「短期間にずいぶん成し遂げたね」トレイがあたりを見まわした。「これはいい仕事場だ。ここにプリンターがなくていいのかい？　すぐ手が届く場所になくて」

「あれを見て」ソニアは指さした。「効率的だけど見栄えが悪いわ。この部屋はあまりにもすてきすぎて、あんな怪物は置けない。二階にキャビネットがあるでしょう」

「ああ、ＤＶＤの収納棚だな。じゃあ、上の階に運ぶとしよう」

プリンターを持ちあげようとしてぱっとこちらを見たトレイの表情に、彼女は笑いがこみあげた。

「怪物って言ったでしょう。いますぐ運ぶ必要はないわ。ジョン・ディーにも手伝いを頼んでもいいし」

「ぼくの男らしさに疑問があるような口ぶりだな」

トレイはコートを脱いで椅子に放った。

今日はフランネルのシャツではなく、ネイビーブルーのセーターに黒のパンツ姿だ。彼がプリンターを持ちあげたとき、ソニアは両手をぐっと組みあわせた。

「すごく重いでしょう。本当にいまじゃなくていいのよ、今度――」

「大丈夫だ」

トレイはプリンターを抱えて階段をのぼり、彼女はそのあとに続いた。

「どっち側だい？」

「左よ」ソニアはあわてて扉を開いた。「ほかのものは右側に移動させたから。電源コードはすぐそこよ。本当にありがとう」

「ついでにコンセントを差しこんでおくよ」

そのあいだに彼女はソファに目をやった。畳まれた毛布がソファの上にかけてあった。

「電源を入れようか？」

「えっ？」

「プリンターの電源だよ。スイッチを入れようか？」

「あっ、ええ、お願い。あなたは見た目よりたくましいわね」

トレイは背をまっすぐ起こすと、彼女に微笑んだ。「ぼくはどんなふうに見える？」

「ひょろっとして、重量挙げ選手というより陸上選手に見えるわ」

「どちらもこなす男もいる」

「明らかにそのようね。本当にコーヒーをいれなくていいの？　それか、コーヒーケーキはどう？」

「アンナのコーヒーケーキにはそそられるが、クライアントが待ってる」

「わざわざ来てくれて、心から感謝してるわ」

「お安いご用だ」ふたりは階段をおり始めた。「調子はどうだい？　いろんなことを理解しようとしているところだろうけど、よく眠れてるかい？」

「徐々に理解しつつあるわ。ふた晩連続で早々に寝てしまったから、睡眠も問題なしよ。寝ぼけているときに、いろんなものを動かしてるみたいで、ちょっと戸惑うけど」

トレイはソニアを見つめながら、ふたたびコートを着込んだ。「それは本当か？」

「たとえば、携帯電話を充電器につないだのに覚えてないとか。でも、そういうことってあるでしょう。うわの空でしていることって。だから出かけないといけないと思ったの。いまいる場所について知るために、今日は街に繰りだすつもり」

「いい考えだ」

ムード・ボードを眺めていたときのように、トレイが彼女を見つめた。じっくりと。

「もしきみさえよければ、事務所に寄って父と面会しないか？　父はきみのフォローアップをしたがってる」

「ええ、立ち寄れると思うわ」いや、面会すべきだ。「予約を入れるわね」

「ぼくが確認するよ」トレイは携帯電話を取りだした。「父のスケジュールはここに入ってる。ボスが許可しない限り、父の予約はエースとぼくで対応することになってるから。父は十一時半と午後一時半と三時が空いてる」

「そう、それなら……三時はどう？」

「きみの予約を入れたよ。ぼくらの法律事務所はベイヴュー通り沿いにある、大通りから一ブロック入ったところで、村の北側だ」

「ありがとう。本当に感謝してるわ」

「どういたしまして。本当に気にしないでくれ」

彼の背後でドアを閉めたとたん、音楽が流れだした。

「嘘でしょう?」《ウガ・チャカ(フックト・オン・ア・フィーリング)》が流れだし、ソニアはぐるりと目をまわして階段をのぼり始めた。プレイリストにこの曲を加えた覚えはない、『ガーディアンズ・オブ・ギャラクシー』のサウンドトラックでしか聴いたことがないのに。

「それに彼がブルーの目で、おまけに魅力的だからって、わたしは恋の虜(フックト・オン・ア・フィーリング)になってるわけじゃないわ。もうひとり言はやめる。いますぐに」

仕事の時間を見積もり、やはり暖炉の火をおこすことにした。必要なものを印刷し、アンナのためのリニューアル案をもう一度確認してから送信し、おしゃれをして街に車で出かけるまで二時間はかかるだろう。

暖炉に近づくと、炉床がきれいに掃除され、薪が組まれていた。

「いったいいつやったの?」

いままでしたことをひとつひとつ思い返してみたが、記憶になかった。

「まあ、どうだっていいわ。手間が省けたから」

ソニアは着火材に火をつけ、後ずさりながら、気がつくと凍える腕をさすっていた。

「いまは適応期間よ。新たな環境の何もかもに適応しようとしているの。それに、ひとり言をつぶやいたっていいじゃない。誰が気にするっていうの?」

デスクに戻り、先日提案したパンフレットや名刺のテンプレート、広告のデザイン案を印刷した。

それをムード・ボードに追加し、ふたたび腰をおろした。非公開のウェブサイトをコンピューターやタブレット、携帯電話の画面に映しだした。

「粘土から作品が完成するまでをおさめた写真がどうしてもほしいわ。タイムラプス動画とか。そうよ、すごくよさそう」

〝作家について〟のタブに、村の風景写真を加えてもいいかも。街に着いたら携帯電話で何枚か撮ってアップロードし、画面で確認してみよう。

ソニアは携帯電話の画面をスクロールした。モバイル端末でも、ウェブサイトの基本的なレイアウトの見栄えはよかった。タイポグラフィーや配色やスタイルも悪くない。もちろん、写真をアップロードして、ショッピングカートを作成しなければならないが、いいレイアウトだ。

ソニアは満足し、アンナにメールを書いてリンクを送った。

もしアンナが気に入らなければ、それは間違った判断とはいえ、彼女にはそう思う権利がある。

充電器につないだまま、タブレットの電源を切った。携帯電話をつかみ、寝室に向かった。

寝室でも暖炉の火が燃えていた。

火をおこした覚えはないのに。それに、ベッドメイキングをした記憶もまったくない。

まぶたを押さえ、深く息を吸い、突然こみあげた不安をやわらげようとした。

とにかく家を出て、新鮮な空気を吸い、屋外を散歩しよう。

シャワーを浴びると気持ちが落ち着き、ダークグリーンのセーターにグレーのウールのベストとパンツを身につけた。店主たちや地元住民に会うつもりだし、第一印象は重要なので、メイクは念入りにした。

よし、はるかによくなった。これなら親しみやすくプロフェッショナルに見える。

そして、まともな人物に。

あえて暖炉の火を消し、それを頭のメモに記録した。

階下におりて、コートと帽子をつかみ、マフラーはちょっと凝った巻き方にした。あたたかいだけでなく、おしゃれな巻き方に。

手袋に手を伸ばした矢先、ドアがきしみながら開く音がした――それとも閉じた音かしら。それを無視し、鍵をつかんで屋敷をあとにした。

大気はさわやかで――ひんやりと肌寒く、海から強い風が吹いていた。果てしない海原と、岩だらけの海岸に激しく打ち寄せる波音に、心が満たされた。

こんなふうに外に出るべきだ――散歩だけのためじゃなく。敷石を横切って車に向かい、吹雪のあと敷石や車の除雪を行ってくれたジョン・ディーにお礼のメールを送信した。

慎重に運転しながら、路面もひどい雪に覆われていないことに気づいた。そのうちガレージとそのなかのトラックも確認しないと。でも、自分の車でも大丈夫そうだ。予約の時間まで一時間半あるし、それを有効活用することにした。

坂道をくだっていると、湾や村のすてきな景色が垣間見えた。そのはるか先の岬には、白壁と赤い屋根の灯台があった。

別の機会に行ってみてもよさそうだ——もっとあたたかい時期に。今日はまず駐車スペースを見つけて、何軒か店をのぞいてみよう。いろんな人々と会って、ちょっとしたものを購入し、地元の店を支援するのは重要だ。

軽くランチするのもいいわ。ピッツェリアでピザをひと切れ頼めるかしら。ピザをひと切れ食べたいわ。

湾まで車を走らせて何枚か写真を撮ろう。アンナのウェブサイトに使えるかもしれない——それか、自分の会社のウェブサイトに。いずれにしても、母やクレオに写真を送ろう。

街にたどり着くと、喜びのため息がもれた。これこそまさに必要なものだ。人々や、さまざまな場所、活気。屋敷でたった二日過ごしただけで、いとも簡単に——おじのような——世捨て人になれることがわかり始めた。

あそこにはすべてそろっているし——広大な空間もすばらしい眺めも——おもてで冬の嵐が吹き荒れていれば、屋内でぬくぬくとおとなしくしていようと思うはずだ。

そして、ひとり言をつぶやくようになる。

誰が行っているにせよ、道路の除雪作業は完璧で、ソニアは書店の前に車をとめた。

今日は地元の店や、それぞれのウェブサイト、インターネット上の存在感について情報収集するつもりだ。

二階建ての図書室がある女性には、もう本はほぼ必要ないけれど、ソニアにとって書店ほどコミュニティの鼓動を感じられる場所はなかった。

看板をじっくりと眺め——いいグラフィックデザインだわ——屋根つきのポーチまで三段の階段をのぼった。ドアを開けると、チャイムが鳴った。

店内は本やコーヒーやオレンジピールのさわやかなにおいに包まれていた。

左側の長いカウンターには、コーヒースタンドやレジ、モニターが置かれたワークスペース。右側には、本棚や、巧妙に本が平積みにされた台が並んでいた。さらに、本棚に沿って、しおりやグリーティングカードの回転ラックがあった。ハイライトが入ったブラウンの髪をポニーテールにした女性が、モニターから顔をあげた。「いらっしゃいませ、〈ブックストア〉にようこそ。何かお探しですか？」

「ちょっと見てまわろうと思って」ソニアはカウンターに近づき、片手を差しだした。「ソニア・マクタヴィッシュです。いまは崖の上の屋敷に住んでます」

「コリン・プールの姪御さんね」女性がスツールから立ちあがり、ソニアの手をつかんだ。「会えてとてもうれしいわ！ わたしはダイアナ・ロウよ。みんな、あなたがいつ街に来るんだろうって思ってたの。コーヒーか紅茶かココアをいれましょうか？店のおごりで」

「コーヒーをいただけますか」

「今月のフレーバーは、ホワイトチョコレートモカよ」

「それはぜひいただかないと。すてきなお店ですね」

「奥にもっとあるわ。もちろん、本が」ダイアナはコーヒースタンドに移動した。「それに、サイドビジネスの商品も。地元で作られたソイキャンドルやTシャツ、ブックバッグよ。どうぞ自由に見てまわって。それと、わたしのパートナーのアニータよ」

「まあ！ わかるわ。彼女はコリン・プールの姪御さんのソニア」

「あなたはおじさんと同じ目をしてる。プールズ・ベイにようこそ」

「ありがとうございます」

茶褐色のやわらかい髪のアニータが、ソニアとしっかり握手を交わした。

「もう慣れてきた？　あの屋敷はすばらしいでしょう」

「ええ。徐々に腰を落ち着けているところです」

「あの図書室」アニータの声音に敬意がにじんだ。

「わたしのお気に入りの部屋です」

「コリンは大の読書家だった」ダイアナがカウンターの背後から出てきて、コーヒーを差しだした。「以前は少なくとも一カ月に一度か二度、この店を訪れたわ。ここ数年はあまり顔を見せなかったけど」

「でも、電話で注文してくれた」アニータは続けた。「デュース・ドイルが――彼は屋敷の管理を担ってたから、あなたも面識があるでしょう――彼がその本を受け取ってコリンに届けてたわ。それか、トレイが――デュースの都合がつかないときは、彼の息子が」

「あなたはコリンと会う機会がなかったのよね」ダイアナが言った。「彼はとても慕われてた。みんな彼のことが大好きだったわよね、アニータ？」

「ええ、だから、みんな彼のことを恋しがってる。店の奥も案内しましょうか？」

ドアが開き、ベルが鳴ると、ダイアナはふたりに手を振ってうながした。「わたしが応対するわ」

「あなたはグラフィックデザイナーなんでしょう？」

「ええ、そうです。まあ、すばらしいわ」

電気暖炉に面した二脚の座り心地のよさそうな椅子。さらに本が並び、児童書のセクションには小さな椅子が置かれていた。店の隅には、地元で作られたキャンドルやディフューザーの棚や、色鮮やかなTシャツやブックバッグの棚があった。

「外観から想像したよりも広いですね。それに、居心地のよい空間になっています」ソニアはコーヒーをひと口飲むと、眉をあげた。「なぜいままでこのコーヒーに出会わなかったのかしら」

「ダイアナはそういうものを見つけるのが得意なの。これは地元で焙煎されたコーヒーよ。プールズ・ベイで地産地消してるの。もういとこたちには会った？」

「いいえ」

「やっと荷ほどきしたところだものね。プール家はいまでも木造帆船造りにかけては、メイン州で一番よ――これはわたしの意見だけど。ファイバーグラスボートやなんかも製造するけど、彼らは創業者の伝統を守っているわ。では、自由に見てまわってね。何か必要なものがあれば、わたしかダイアナを呼んでちょうだい」

屋敷には二階建ての図書室があるのに、結局三冊の本と二枚のしおりとすてきなブックバッグを購入して店をあとにした。

その後、ピザをひと切れ注文し――絶品のピザだった――カウンター席に座って勤務中の料理人と談笑した。彼はピザ生地を放り投げては、ランチ客から賞賛を浴びていた。

アンナの陶磁器を販売するギフトショップにも立ち寄り、アシスタントマネージャーとおじにまつわる会話を交わし、アンナの壺を購入した。本物の壺に植え替えたら、ジーナはさぞきれいに見えるだろう。

別の店では、手編みのマフラーがあまりにもやわらかくきれいだったので、買う必要もないのに購入した。そこでも世間話をして人脈を広げたあと、湾まで車を走らせた。

冬の風に吹かれながら、写真を撮り、ボートや波間で弾むブイを眺めた。そして、北側の断崖にそびえる屋敷に目を奪われた。

南に目を向けると、灯台の先に風雨でさらされてきた煉瓦造りの建物が見えた。プール造船会社がある建物だ。

改めて別の機会に――訪ねてみようかしら。そうでなければ、ソニアの相続に関して、〝いとこたち〟がどう思っているのか知るすべがない。

いとこたちのことはしばらくそっとしておこう。

オリヴァー・ドイルに会えば、あの会社やいとこたちについてもう少し情報が得られるかもしれない。

携帯電話に目をやり、時刻を確認した。

いまはそれを突きとめるのに絶好の機会だ。

さわやかな一陣の風が吹き抜けるなか、車に引き返し、予約の場所へ向かった。

9

よほどのことがない限り道に迷わないのが、小さな村のよい点だ。

大通りから西に一ブロック入ると、ソニアは目的地に到着した。

十字路に立つ法律事務所も、ヴィクトリア朝風の建築だった。屋敷ほどの大きさではないものの、魅力的な建物であることに変わりない。

こちらは石を積んだようなセージグリーンの外壁にクリーム色の縁取りの三階建てだった。片側には屋根つき玄関ポーチ、反対側には角張った小塔があった。とんがり屋根に、対になった屋根窓。三階の端に半円の小塔のようなものが見える。あれがトレイのアパートメントだろう、きっとそこから湾や岬や灯台が一望できるはずだ。

法律事務所の専用駐車場が満車だったため、道路沿いに車をとめて小道をたどり、両側に手すりがついた短い階段をのぼった。

かつて住宅だったことがひと目でわかる造りで、いまも住宅だったら、ドアをノックしただろう。だが、ここは事務所だと、ドアに手を伸ばした。

足を踏み入れたとたん、オフィスの物音に包まれた。

必需品である暖炉では煌々と火が燃え、大きな窓から日が差しこんでいる。

居心地のよい空間でありながら、ドアや縁取りにダークブラウンを用い、待合室にはワインレッドやネイビーの革張りの椅子を並べ、重厚な雰囲気を醸しだしている。五十代とおぼしき女性がデスクに座っていた。屋敷でほんの数日過ごしただけで、ソニアにはそれがアンティークだとわかった。

女性はスチールグレーの髪をショートカットにし、顎が細く、鼻に眼鏡をのせていた。

キーボードの上を――文字どおり――飛びまわっていた指がとまった。

「こんにちは」

その挨拶には、ソニアが耳にしたかった東部訛りがあった。

「こんにちは。わたしはソニア・マクタヴィッシュです。ミスター・ドイルと三時に面会することになっています。ミスター・ドイル二世と」

「あなたは彼に似てるわ。プール家のグリーンの瞳ね。北東の強風に吹き飛ばされたくなければ、もう少し太ったほうがいいわ。どうぞ座って。デュースにあなたが来たことを伝えるわね」

「ありがとうございます」

ソニアは椅子に腰をおろし、部屋の反対側の別のデスクに――いまは無人のデスクに目をとめた。

「コリンの姪御さんが来たわ、ええ（エィヤ）」そのメイン州訛りに、ソニアは思わず笑みを押し殺した。

女性が電話を切って立ちあがった。百五十センチをかろうじて上まわるくらい小柄だったので、座面にクッションを重ねていたのだろう。

「オフィスに案内するわ」

「ありがとうございます。わたしのおじをご存じですか？」

「もちろんよ。一緒に通学した仲だもの」

女性は先に立って幅広い廊下を進み、両引き戸の前で立ち止まった。

「わたしが初めてキスした男の子よ。お互いときめかなかったけど、そういうことって試してみるまでわからないでしょう」彼女が引き戸を開けた。

「わたしがいれたそのお茶を飲むまで、コーヒーはお預けよ。それと、たとえ嘘をついても、わたしにはわかるわ」

デュースはずり落ちた眼鏡を押しあげた。

「お茶は飲んだよ、セイディー。前回同様、ものすごくまずかった」

女性は戸口にたたずんだまま彼をじっと見つめ、やがてうなずいた。「それならコーヒーを持ってくるわ。あなたはコーヒーにミルクやお砂糖は？」

「実は、さっき書店でコーヒーを飲んだばかりで――」

「だったら、お水にしましょう。水分補給は大事よ」

セイディーが立ち去ると、デュースが立ちあがった。「ここではセイディーがわたしの生活を取り仕切り、自宅では妻が主導権を握ってる。自分の思いどおりにできる場所があればいいんだが」部屋を横切ってソニアの両手をつかんだ。「屋敷で出迎えられず、申し訳なかった」

「具合がよくなったようで安心しました」

「ただの風邪だよ、だが、わたしの生活を取り仕切るふたりの女性にかかると、ペストに感染したかと思われそうだ。さあ、入って座ってくれ。近況を聞かせてほしい」

彼はデスクのほうを向いた袖つき安楽椅子のひとつを引いた。

「アンナのために手を貸してくれるそうだね」

「はい、街に来る前に、いくつかリニューアル案を彼女に送りました。あなたや、あなたのご家族には心から感謝しています、何から何までよくしていただいて」

「コリンだってわたしの家族のために同じことをしてくれたはずだ。それで、屋敷を実際に見た感想は？」

「ありきたりな言葉になりますが、やはり写真では実物のすばらしさは伝わりませんね。父の絵が……」

デユースは身を乗りだし、ソニアの手に手を重ねた。

「あれがきみのお父さんの作品だと正直気づかなかった、どうして見落としていたのかわからない。てっきりコリンが描いたのだと思いこんでいた」

「ふたりの画風は似ています」

「コリンがあの絵をいつどのように入手したのか伝えられればいいんだが、わたしにはわからない。コリンが屋敷に引っ越したのは、わたしたちが二十代のころだった。彼があそこを書斎にしたとき、あの絵があったのかも正直思いだせない」

セイディーがコーヒーのマグカップと水のグラスを運んできた。

「セイディーとコリンとわたしは同級生なんだ」

「ふたりとも試してみたけど、恋の火花は散らなかったわ。それで、わたしが好きなのは女の子だと判明したの」

セイディーは部屋を出て、ドアを閉めた。

デユースはかぶりを振った。「セイディーはわが道を行くタイプで——口うるさくして相手に言うことを聞かせるんだ。わたしは彼女なしではやっていけないよ。セイディーがモーリーンと一緒になって、三十年近く経つ。ふたりは、この四、五年でコリンが直接顔を合わせた数少ない人々に含まれる。だから、もしきみが望むなら、ふたりはきみの知らない空白を多少埋めてくれるだろう」

「セイディーはちょっと怖いけれど、思いきって尋ねてみるかもしれません」

「ああ、彼女はものすごく怖いよ」デュースは笑った。「そして、コリンのことが好きだった。それはそうと、トレイが渡した地元の銀行や医者などのリストに関して、何かききたいことはあるかい？」

「今週、銀行口座を開設する予定です。今日やればよかったんですが、ただ……散策したくて。おじと同じ銀行を利用することにしました。そのほうが簡単そうなので」

「それはいい選択だ。図書室に仕事部屋を設置したそうだね！　それもいい選択だ。あれはすばらしい部屋だから」

「ええ。何もかもがすばらしいです。だから、どうすればいいのかわかりません。こんなに気に入るとは思わなかったんです。でも、とても気に入りました、と同時に、とても威圧的にも感じています」

「それはわたしがセイディーに抱いている感情と同じだな。あそこにたったひとりで住むことが不安なのかい？」

「いえ、そういうわけでは。静かなのは好きですし、ひとりのほうが仕事に集中できて、ビジネスを広げられそうです。プール一族について――いとこたちについておききしたいのですが、彼らや――わたしの――相続で何か問題はありますか？ 屋敷だけでなく――それだけでも莫大な価値がありますが――金融資産の相続に関して」

「コリンは受け取っていた家業の配当の五パーセント以外をすべて彼らに遺している、それは莫大な額だ。彼らは、それぞれの顧問弁護士も含め、誰も遺書の内容に疑問を投げかけなかった。オーウェンは――トレイの友人だから、わたしもよく知っているが――ここで家業を経営している。名ばかりの管理職ではなく、実際に。信じてほしいんだが、もし彼が不満を抱いているなら、わたしにはわかる。彼のいとこたちのなかには――きみのいとこたちでもあるが――広報担当や、業務の実施を担う者、設計担当、ロンドン支社の責任者もいる。プール造船会社におけるきみの取り分は最低限の額だし、彼らにはまったく影響がないよ、ソニア」

「わかりました。この件で誰の怒りも買いたくないんです。わたしはもっと歴史を学ぶべきだと思っています――一族の歴史を」

「それに関しては手助けできる。コリンのためにプール家の家族史を作ったからね――その本は彼の書斎にある。彼のパソコンには家系図のデジタルコピーもあるはずだ。図書室には一族の歴史を記した本があるが、完全に正確な内容とは言えない」デユースは彼女のほうを指した。「きみの存在が、その証だ」

「なぜ彼らはそんなことをしたんでしょう？ 兄弟を引き離すなんてことを」

「パトリシア・ヤングスポロはマイケル・プールと結婚し、一部の改宗者のようにプール家の家名の狂信者となった。もっとも、彼女自身は屋敷で暮らすことを拒否したが」

「それは本当ですか？」

「わたしが知る限り、屋敷には一歩も足を踏み入れたことがない。パトリシアは辛辣な女性だったんだ、ソニア。おそらくコリンを引き取って娘に託したのは、家系を途絶えさせないためだ。彼女には双子の孫をふたりとも引き取る理由がなかった、彼女の頭には」

「でも、真実を知っていた人々がいるはずです」

「お金の力でうやむやにすることは可能だ。作り話を流すことも。コリンは生まれてから数十年、自分が非嫡出子で、父親は母親と結婚する前にベトナムで戦死したと信じていた。グレタは従順な母親だった」

「従順？」

「高圧的な母親に怯えていた。グレタは一度も結婚しなかった。コリンは母親とともに祖母の家で暮らし、そこで育った。彼の祖父は家業にほとんど関心がなかったが、パトリシアがそれを十二分に補った。マイケルは旅行ばかりして、興味を引かれたものに片っ端から夢中になった。女性や酒や冒険に。飛行機を操縦し――スカイダイビングをし――ボートレースやスキューバダイビング、山登りを楽しんだ。五十八歳のとき、アラスカのデナリ山の登山中に亡くなった」

「ミスター・ドイル――」

「デュースと呼んでくれ。ここではミスター・ドイルやオリヴァーはまぎらわしいからね」

「デュース。あなたは以前彼女が――パトリシアが――屋敷に住むことを拒み、何年も閉鎖したと語っていましたが、なぜ彼女は屋敷を売却しなかったんですか？」

「理由は単純だよ、売りたくても彼女のものではなかったんだ。マイケルは屋敷を息子のチャールズに遺し、チャールズから弟のローレンスに引き継がれた」

「わかりました。その家族史や家系図にじっくり目を通してみます。パトリシアの娘は――コリンを育てた女性は――いまもご存命ですか？」

「ああ、だが、具合はよくない。アルツハイマーでね、認知症を発症してる。いまはオガンキットの認知症患者向けの施設に入っているよ。もはやコリンのこともわからなくなっていたが、彼は一カ月に一回、面会に行っていた。彼女は従順な母親だった」デュースは先ほどの言葉を繰り返した。「それに、不幸な女性だった、鬱病や偏頭痛を患い、歳を重ねるにつれ、極度の社交不安症にも陥った。パトリシア・プールが長年暗い影を落としたせいで」

「ええ、わかります」

問題を抱えて複雑にからみあった一族の構図を、ソニアは徐々に理解し始めた。

「込み入った家族史を理解できるように説明してくださって、ありがとうございました」

「きみは親友の姪だ。わたしにわかる範囲でどんな質問にも喜んで答えるよ。きみのおじい様にそうしたように」

「えっ？」

「きみの父方のおじい様から連絡があった。当然のごとく、きみのおじい様やおばあ様は息子に兄弟がいたことや、養子縁組の際、その事実を知らされなかったことに動揺しておられた」

「それに、怒ってたんですね」

「ああ、それも当然だ。だが、いまは何よりきみのことを案じておられた。きみがここで安全なのか、ちゃんと面倒を見てもらっているのかと」

「それは――」

「わたしにも初孫が誕生する」デュースは満面の笑みを浮かべた。「だから、孫を心配する気持ちはわからないでもない。おふたりとは建設的な話し合いをしたよ。ソニア、きみのお父さんは兄より幸運に恵まれていたと思う。きみはおばあ様のことを息子にとって従順な母親だったとは言わないだろう」

「ええ、言いません。祖母は、父や、母や、わたしにとって、愛情深く支えてくれる存在です。屋敷に戻ったら、祖父母に電話しますね」彼女は立ちあがった。「ここに慣れるのにもう少し時間が必要ですが、あなたを——あなたのご家族を——ディナーに招待したいと思っています」

「それは楽しそうだ」

「楽しんでいただけるといいんですが。わたしはあまり料理上手じゃなくて、でもなんとかします。あっ、それからもうひとつ。まだここに慣れる時間が必要ですが、もしとどまるなら、犬を飼いたいと思ってます。静かなのは好きですし、ひとりでいるのもかまいませんが、ときどき物音がして同居仲間がいるほうがよさそうなので。この辺に動物保護施設はありますか？」

「ああ。トレイの愛犬は地元で保護された犬だ。あとで情報を知らせよう」

「ありがとうございます」彼女は片手を差しだした。「心から感謝しています」

「きみは思いきって来てくれた、ソニア。そのことに感謝しているよ」

デュースが戸口まで見送ってくれたとき、二番目のデスクに男性がいた。見たところ、ソニアと同世代だった。スパイラルパーマの短い黒髪の男性はブレザーとセーターを身につけ、とてもキュートだった。

別の男性がそのかたわらに立ち、肩越しに見おろしていた。見間違いようがないほど似ている。このドイルはふさふさした髪に――新雪を彷彿とさせる純白の髪に――覆われた頭のてっぺんから、オックスフォードシューズの爪先まで、見るからに弁護士だった。グレーの三つぞろえにチョークストライプのシャツというでたちだ。

「そう、それこそわれわれが狙っているものだ、エディ！」彼はデスクの若者の肩をぴしゃりと叩いた。

彼はこちらを見ると、黒縁眼鏡を押しあげ、ソニアを長々と見つめた。

「きみがソニア・マクタヴィッシュだな」彼は近づいてくるなり、ぱっと彼女の手をつかんで握手した。「わたしはエース・ドイルだ。きみはとびきりの美人だな」

ソニアは自分を美人だと思ったことは一度もなかったが、気がつくと笑みを浮かべていた。「あなたもすてきですね」

エースは大きな声で笑った。「しかも頭の回転が速い」

彼もまたブルーの目で、遠近両用眼鏡をかけていてもその魅力は損なわれず、眉はくっきりと黒かった。七十代後半、または八十代前半のはずだが、息子同様、十歳は若く見えた。

「屋敷は気に入ったかな？　あそこのみんなはきみによくしてくれるかい？」

「ええ、とても気に入りましたが、あそこにはわたししかいません」

彼はソニアにウインクをした。「失われた花嫁の館（ロスト・ブライド・マナー）では、決してひとりになることはない」

「エース」

彼は息子に向かってにやっと笑ってみせた。「幽霊はあの世に旅立つ心の準備ができず、生まれ変われないだけの人だろう。わたしだってそのときが来たら、きっとこの事務所に取り憑（つ）くぞ」セイディーを指さす。「だから、慣れてくれ」

「あなたはもうこの事務所に取り憑いてますよ」

彼女のドライな切り返しに、エースはまた噴きだした。

「今度街に来るときは電話してくれ。ランチに連れていくよ。きれいな女性をランチに連れていくのが好きなんだ。わたしの元気の秘訣（ひけつ）さ。エディ、ソニアに挨拶するといい、彼女はコリン・プールの姪御さんだ。エディはわたしの最新の被害者だ」

「こんにちは」エディは彼女に向かってにっこりした。「エース、五分後に電話会議の予定ですよ」

「仕事、仕事、仕事」エースはもう一度ソニアの手をつかみ、ぎゅっと握った。「また来てくれ」

エネルギーをまき散らしながら、エースはその場をあとにした。

「あの」ソニアは口を開いた。「彼は——」

「変わり者だろう?」デュースが言葉を継いだ。

「すごい人ですね、と言うつもりでした」

「またひとり父に魅了されたか。用心してくれ。父は五分もしないうちに、きみの生い立ちや心の奥底にしまっていた秘密を聞きだすぞ」

「そうでしょうね。もう一度お礼を言わせてください。では、そろそろ幽霊屋敷に帰らないと」

ソニアは事務所をあとにした。幽霊なんてただの冗談よ。そんな妄想は振り払わないと。


時刻を確認したあと、デュースは引き返し、父のオフィスや、息子のアシスタントのジルがキーボードを叩いているオフィスを通り過ぎ、この家で育ったときキッチンだった部屋に足を踏み入れた。

いまはリフォームされて息子のオフィスとなり、窓から裏庭が見えた。トレイは司法試験に合格したときにコリンからもらったデスクの椅子に座っていた。それはあの屋敷の屋根裏にあったもので、トレイ自身が表面を美しく再仕上げした。

トレイが電話で話しながら人さし指をあげたので、デュースは椅子に座った。すると、デスクの脇でうたた寝していた犬が起きあがり、堂々とのびをして、撫でてほしいとやってきた。

犬の両耳のあいだをかいてやりながら、デュースの脳裏にさまざまな光景が浮かんだ。徒歩で学校に行く前、古いコンロでオートミールをかき混ぜていた母の姿。オートミールは栄養価が高く、腹持ちがいいと母は主張していたっけ。父とキッチンテーブルの席に座り、初めて――合法的に――飲んだビール。

コリンとともにカウンターの容器からくすねたクッキー。

かつてカウンターがあった場所は、法律書をおさめた本棚に取って代わった。

古くて趣のあるいい家だ、当然のごとく思い出がぎっしり詰まっている。いまは新たな用途に利用され、新たな思い出ができた、息子の年齢とほぼ同じ期間の思い出が。

デュースはそのことがうれしかった。

トレイは電話を切ると、息を吐きだした。「ハイジ・ギッシュがまたスピード違反でチケットを切られた」

「スピード狂だな」

「ハイジは裁判沙汰にして、時速百五十キロを計測した州警察官を訴えたがってる、彼が失礼だったからと。彼女は今回免停をくらうことになる。それを聞きたくないんだ、だが、我慢せずに法廷で争えば、高いつけを払う羽目になるだろう。それはさておき、父さんの一日はどうだった?」

「さっきソニアに会ったよ」

「そうか」トレイは時計に目をやった。「すっかり忘れてた」

「彼女は今回の件に完璧に対応している。だが、亡き親友が生前ソニアに連絡を取って事情を説明し、質問に答えなかったことにいらだちを覚えるよ」

「コリンはいずれそうしたかもしれない。きっとまだ時間は充分あると思ってたはずだ」

「そうかな」

トレイは椅子の背にもたれた。「父さん。あれが事故じゃないと示す証拠はいっさいない」

「これはあと知恵でしかないが、コリンとの最後の会話で」デュースは膝にのったムーキーの頭をぼんやり撫でた。「おまえにも話しただろう、彼がソニアの話を持ちだし、彼女がプールズ・ベイに来て屋敷を相続するよう必ず説得してほしいと頼んできたことを。コリンは悲しんでなかったし、自殺の可能性を疑ったことは一度もないが……なんとなくぼうっとしていた。まるで、すでにあの世に旅立ったかのように。それでも、ソニアに連絡するよう彼を説得できなかった。コリンは微笑み、そのときが来ればそうすると答えただけだった」

「それこそまさに、まだ時間が充分あるとコリンが思ってた証拠じゃないか」

デュースは黙ってうなずいた。「まあな。おまえは今後も彼女の面倒を見てやってくれ」

「ぼくならそんな言い方はしない。きっと、ソニアもそんなふうに言われるのは心外だろう」

「おまえの言うとおりだ。ときどき彼女の様子を確認してくれればいい」デュースは犬の顔を両手ではさんで、さすった。「それと、もうひとつ。ソニアは犬を飼いたがってる。おまえがこのミックス犬を手に入れた施設の情報を彼女に送ってくれ」

「ああ、そうするよ」

「よし。じゃあ、仕事に戻っていいぞ」

「父さん」トレイは父親が立ちあがると言った。「ソニアは有能な自立した女性に見える」

「ああ。それに、彼女はそうでなければならない」

ソニアが屋敷にたどり着いたところで携帯電話が鳴った。車をとめて携帯電話を取りだし、画面に表示されたアンナ・ドイルの名前を見て、思わず息をのんだ。

「もしもし、ソニアよ。こんにちは、アンナ」

「仕事中だったから、携帯電話を手に取らなかったの。でも、手に取ったら、すべてに目を通さずにはいられなくて、そして最初からもう一度、いえ、もう二度見たわ。最高よ。何もかも最高。あなたは天才だわ」

ソニアは息を吐きだした。「それは事実だけど、天才だと認めてもらえるのはいつだってうれしいわ」

「一番目のリニューアル案で進めてちょうだい――そのトータルデザインで。色遣いも、すっきりとしてそれでいて親しみやすいデザインもすごく気に入ったわ。それと！　携帯電話の画面での見た目も！」

ソニアはかかげた拳を振った。期待どおり一番目の案になった。「車から買い物袋を取りだせるように、スピーカーフォンにするわね」

「えっ、あとでかけ直してもかまわないわ」

「いいえ、大丈夫」ソニアは後部座席から袋を取りだし、それと携帯電話をなんとか抱えながら、家の鍵を手探りした。「オンラインショッピングのページとショッピングカートを作成するために、すべての商品写真と説明文が必要だわ。あなたのプロフィールやほかのものも完成させないとね――それに関しては、添付ファイルでリストを送ったわ――そうすれば――」

何かが目にとまり、ソニアは口ごもって見あげた。最初の日のように、窓辺に人影が見えた。カーテンが揺れたのも見間違いじゃない。バッグを持ち替えていると、人影が消えた。

「そうすれば?」

「ごめんなさい、ちょっと気が散ってしまって」この角度だと窓に光が反射しただけだろう。そう結論づけ、屋根つきのポーチに向かった。

「ソーシャルメディアを始める準備が整うわ」

「ええ、それがわたしの弱みよね」

「わたしが立ちあげて管理し、あなたの代わりに更新することも可能よ。あなたが更新内容を提供してくれる限り。でも、あなたの存在感を示す必要があるわ」

玄関の鍵を開け、荷物をおろした。

「まず写真から始めましょう」ソニアはコートを脱いだ。「それと、プロフィールね」

「今日母親をアトリエに引きずりこんで、わたしがろくろをまわすところから作品を焼成するまでの過程を写真に撮ってもらったわ。母はかなり腕のいいカメラマンなの。母の作品もわたしの陶器とともに同じ店で販売されてるのよ」

「今日その店に行ってきたところよ。あなたの壺をひとつ買ったわ」

「やったわ」

「写真を送ってちょうだい」ソニアはコートをつるしたあと、買い物袋を二階に運ぶべく引き返した。「そこから始めましょう、そしてパンフレットのデザインを完成させるわ」

寝室に足を踏み入れた瞬間、香水のにおいに気づいた。わたしの新しい香水だ、去年のバレンタインデーにブランドンからもらった香水は捨てたから。

香水瓶は飾り用の三つの小瓶の隣にあった、手鏡の隣ではなく。

「ソニア？」

「ごめんなさい、聞き逃してしまったわ」

「たぶんわたしがぺらぺら早口でしゃべってるせいね。契約書を送ってちょうだい。あなたのリニューアル案が気に入ったから、それと写真を送るわね。プロフィールは夫の助けを借りてみる。彼はホテルで広報文書を作成することが多いから」

ソニアはあえて化粧台に近づき、香水瓶を好みの位置に戻した。今朝はぼうっとしていたから。このところずっとそうだった。

「午後、契約書を送るわ。あなたのハンサムな三人の弁護士のどなたかに確認してもらって。あなたが望むなら、名刺の印刷はわたしが手配するわ」

「ホテルに設備があるから大丈夫。思っていたよりはるかにすてきだし、簡単だわ、ソニア。それに、あっという間ね。何もかもすっかり気に入ったわ」

「すべて完成したら、もっと気に入るはずよ。手元にある写真を送ってちょうだい。今日作った陶芸作品が完成したら、その写真も必要よ」

「それは明日になるけど、あとの写真は送るわ。じゃあ、また」

「ええ、また」

ソニアは喜びのダンスをさっと踊ったあと、図書室の二階のテーブルに置きたいボウルと、バスルーム・カウンター用のキャンドルを包みから出した。

購入した本を一冊取りだし、しおりとともにナイトテーブルに置いた。あとで階下にしまうつもりのマフラーを巻き、残りの本とボウルを手に図書室に向かった。

本は棚にしまわずに、ソファのそばのテーブルに置き、これから仕事をするので炉床に薪を入れ、火をつけた。

ボウルを上の階に運んでうっとり眺めたあと、ふたたび階段をくだり、キッチンにコーラを取りに行った。

「階段、この家はやたらと階段が多いわ。毎日階段をのぼりおりしていたら、ジムを試す必要はなさそうね」

いまも秘密の通路だと思っている場所を探検したい気持ちと、その隠し通路から――なぜか――出られなくなるんじゃないかという不安がぶつかりあった。

「明日探検してみようかしら。携帯電話があれば、もし出られなくなっても、誰かに連絡して救出してもらえる。まぬけな気分を味わうだろうけど、だからなんだっていうの？」

それに、収納スペースにあるものにじっくり目を通さないと。週末にしよう。プロらしく平日は働き、仕事以外は週末だ。

「土曜日に下や上の階の収納スペースをのぞいてみよう」

仕事に取りかかるべく階段をのぼり始めた矢先、音楽が流れだした。エルトン・ジョンがシャウトしている。〝もうこんな時間だ、仲間はまだか？　あいつらが来たら教えてくれ〟

「ああ、もう、信じられない！」

残りの階段を駆けあがり、図書室に飛びこんだ。エルトン・ジョン卿が彼女のｉＰａｄで熱唱していた。

「いったいどうしちゃったの？　それに大きすぎるわ」

ボリュームをさげ、かぶりを振って腰をおろした。

もういいわ。どうせ音楽をかけるつもりだったし。

まず、アンナが送ってくれたばかりの写真をダウンロードした。

「いいじゃない。すごくいいわ。というより完璧ね。まさに望みどおりだわ。アンナのお母さんのお手柄ね。さあ、やるわよ」

契約書のファイルを開き、送信してから、ふたたび画面に写真を映した。

レイアウトを調整している最中、気がつくと音楽に合わせて歌っていた。「サタデー、サタデー、サタ――」

口ごもると、タブレットを振り返った。

「変ね。ちょっと変だわ、土曜日(サタデー)のことを考えてたら、この曲が流れ始めるなんて」

どきっとして、両手で太腿をさすった。

「ただ曲が流れただけで、曲とアプリの不具合でしょう。さあ、仕事に取りかかるから、集中しないと」

今度は、その言葉を耳にしたのが自分だけなのか確信が持てなかった。

その晩、時計が三回鳴った。ソニアは屋敷の長い廊下を歩きながら、どこかから女性のすすり泣く声がする夢を見た。

夢のなかで、彼女は鏡の前に立っていた。うなり声をあげてぱっと噛みつきそうな捕食動物が縁に彫られた鏡の前に。だが、そこに映っていたのは、自分ではなく別人だった。

夢に出てきた女性は濃い栗色(くりいろ)の髪をウエスト近くまで垂らし、丈の長い白のネグリジェをまとっていた。

ソニアが見守るなか、女性は屋敷の立派な玄関ドアから吹雪のなかに踏みだした。

夢のなかで激しい波しぶきの音や猛々(たけだけ)しい風のうなり声が聞こえたが、女性は微笑みながら素足を引きずって雪のなかを進んだ。

防潮堤では、黒いドレスを着た別の女性が待ちかまえていた。激しい風にもかかわらず、ウェーブがかったダークブラウンの髪はまったく乱れていなかった。

ソニアにはふたりの女性の話し声は聞き取れなかった。二番目の女性の目に宿る激しい怒りと、そのダークブラウンの髪の女性に両手をつかまれた栗色の髪の女性の目に浮かぶ恐怖しか見えなかった。

ネグリジェの女性は冷気に身を震わせ、凍えているはずの素足で屋敷に駆け戻ろうとした。

屋敷は渦を巻く雪の影となり、立派な玄関ドアはかたく閉ざされていた。

二番目の女性が見守るなか、彼女は倒れた。なんとか立ちあがったが、また倒れ、唇が青くなった。

そのグリーンの瞳から、プール家のグリーンの瞳から、あふれた涙が頬で凍った。

最後に倒れたとき、雪が埋葬用の白布のように彼女を覆った。

夢のなかで、ソニアは長い廊下をたどり、ふたたびベッドにもぐりこんだ。

眠りながらもがき、やがてすすり泣いた。

10

翌朝までに、その夢はソニアの頭や記憶から消えていた。目覚めた彼女は仕事に取りかかりたくてたまらなかった。

まず日課のコーヒーから一日をスタートし、タブレットを手にカウンターに座った。メールをチェックすると、新たな問い合わせが届いていた。〈ベビー・マイン〉からの推薦で――ありがたいわ。

胸のうちで十字を切り、そのメールに返信した。

次は、動物保護施設に関するトレイからのメールだった。

〈施設のウェブサイトには写真がある、それと、犬の生い立ちに関して把握している情報も。この施設は犬だけを取り扱っている。年齢や気性、血統――まあ、わかる範囲での血統だが。ムーキーとぼくはすばらしい施設だと思っているよ。郡全域で活動する組織なんだ。ルーシー・キャボットはその団体に協力し、プールズ・ベイの自宅で犬を世話している。もっと情報が必要なら、知らせてくれ。

トレイ〉

彼女はリンクの上にカーソルをのせてクリックしようとしたが、思いとどまった。

〈ありがとう。でも、まだ施設のウェブサイトを見るつもりはないわ。わたしは意志が弱いし、犬を連れ帰る前に身のまわりを整える時間がもっと必要だから。やっぱり無性に犬を飼いたくなったけど、一週間ウェブサイトをのぞき見せずに乗りきれるよう願ってる。

あなたのご家族全員をディナーに招待したいと、お父様に伝えたわ。味は保証できないけれど、いい関係を築く第一歩にしたいの。ご家族のなかにヴィーガンや菜食主義者、食品アレルギーがある人、特定の料理が大の苦手な人はいる？ 返信は急がなくていいわ。ディナーに関してもまだ時間が必要だから。本当にありがとう。

ソニア〉

彼女はコーヒーを手に二階にあがった。着替えようとした矢先、きちんとベッドメイキングされたベッドと下火になった暖炉を見て、ぱっと立ち止まった。

「わたしはやってない。やってないのは確かよ」

マグカップを持つ手が震え、カップを置いた。

「今朝はぼうっとしてなかったし、そんなに忘れっぽいはずがないわ。それとも、そんなに忘れっぽいの？」

どんな可能性が考えられる？　侵入者がベッドメイキングをしたとか？　わたしが無意識にやったとか？　あるいは、ここが幽霊屋敷だから？　ベッドメイキングを行う幽霊が取り憑いているから？

「二番目の可能性を選ぶわ。そうよ。ベッドメイキングは習慣化してるもの。お母さんのおかげで」

ふいに着替えることに不安を覚え、パジャマのまま仕事をすることにした。そうしたって何も悪くないでしょう。

コーヒーとタブレットを手に廊下を進み、階段を通り過ぎて図書室に入った。タブレットをコンセントにつなぎ、暖炉の火をおこそうと部屋を横切った。

きれいに掃除された炉床には、すでに薪が組まれていた。

コリンの元使用人がこっそり家事をやってくれてるのかしら。

その可能性は、ベッドメイキングをする侵入者や幽霊に負けないくらいばかげている。

これも無意識にやったのよ。

彼女は暖炉の火をおこし、気持ちを落ち着けようとコーヒーを飲んだ。デスクに引き返そうとした矢先、タブレットからディスコ・ビートの《情熱物語（シー・ワークス・ハード・フォー・マネー）》がいきなり流れ始めた。

思わず噴きだしたあと、身震いした。

もうひとつ可能性がある。誰かがソニアを怯えさせようとしているという可能性が。プール家のいとこたちに関するデュースの解釈は、たぶん間違っているのだろう。いとこたちはソニアを屋敷から追いだし、彼女の相続権を剥奪（はくだつ）したいのだ。そのために、さまざまないたずらを仕掛けているのだろう。

「その手には乗らないわ。そんなことをしてもわたしを怒らせるだけよ。わたしにはやるべき仕事があるんだから、もうやめてちょうだい」

彼女は暖炉の火かき棒をつかみ、デスクの端に立てかけた。

万が一に備えて。

仕事は順調だった。ソニアは自信に満ち、創造力を発揮した。午前中はアンナの陶磁器のレイアウトに専念し、種類や用途ごとに分類して〝ショッピング〟のタブに追加したプルダウンメニューと連携した。

テストしては調整し、また確認した。次にショッピングカートの作成に取りかかった。

「うまくいったわ」

いったん作業を中断し、階下にコーラとオレンジを取りに行った。早くも次の段階の計画を立てながら戻ってくると、メールの着信音が鳴った。

〈ぼくは保護団体のウェブサイトをのぞき見してしまったんだ。きみもきっとそうなるよ。

ディナーの招待に前もってお礼を言うよ。ぼくらはみな大食いの肉食家族で、食品アレルギーや大嫌いなものなどない。日にちを知らせてもらえば、全員でお邪魔するよ。

ちなみに、アンナに進行中のウェブサイトを見せてもらった。きみのリニューアル案は完璧だ。

トレイ〉

〈保護団体のウェブサイトはのぞき見してないわ――いまはまだ。

大食いの肉食家族にふさわしい料理を考えて、食べられる代物を作るようにするわね。

進行中のウェブサイトを気に入ってもらってうれしいわ。アンナに気に入ってもらえたらもっとうれしいけど、あなたの意見も大事だから。もし〈ドイル法律事務所〉がインターネット上での存在感をアップデートすることにしたら、連絡してちょうだい。
ソニア〉

そのメールを送信すると、別のメールが届いた。アンナが昨日ろくろで成形した背の高い花瓶の写真を送ってきたのだ、彼女が素焼きと呼ぶ焼成後の写真だった。今後、さらに釉薬(ゆうやく)をかける行程や施釉が完了したときの写真と説明文を送ってくることになっている。そして、本焼きのあとは完成作品の写真を。

アンナはプロフィールも添付し、必要なら手直ししてほしいと頼んできた。

「文句なしの出来よ」

ソニアはそう答えると、一時間半待ってから、ウェブサイトの〝ショッピング〟と〝作家について〟のタブを確認するようクライアントに伝えた。

「それじゃ、現状を確認して、それをどうするか見てみましょう」

四十五分経ったところで、やはり二時間待ってほしいとアンナにメールした。

完璧に仕上げたかったからだ。

すべてのデバイスでテストしたあと、椅子の背にもたれた。

「問題ないし、かなりいいわ。いったん棚上げにして、その後、微調整ね」

暖炉の薪が落ちたので、ソニアはびくっとした。

もう一本薪をくべたら、散歩だ。十分ほど外に出よう。アンナのことだから、ウェブサイトに目を通すのにそれほど時間はかからないはずだ。

立ちあがった拍子に、窓の外で舞い落ちる雪が見えた。先日のような吹雪ではなく、美しい粉雪だ。

この程度なら散歩できるだろう。

薪をくべたあと、まだパジャマのままだったことを思いだした。さすがにパジャマで外には出られないし、セーターと冬用のレギンスに着替えた。階下におりて履き古した頼りになるUGGのブーツを履き、残りの防寒具を身につけた。

家の鍵は持たず、玄関ドアは施錠しなかった。そして美しい雪景色へと足を踏みだした。

コットンのようにそっと舞い落ちる雪が枝にしがみついている。小道や防潮堤はまだうっすら覆われているだけだ。風の音しか聞こえないなか、屋敷のまわりの小道をたどった。

煙突から立ちのぼる煙や、冷たい新雪、とがった松葉のにおいがする。

グリーンと白が入り交じる深い森は、まるで絵画のようだ。以前見かけた鹿がぱっと頭に浮かんだが、現れる気配はなかった。

もし犬を飼ったら、一緒に散歩して静寂のなかをさまようのに。ソニアはアパートメントの平屋根の上のデッキへと階段をのぼり、あたりを見まわした。あじさいの古木の骨のような枝が雪のかけらに覆われている。アザレアとおぼしき木は高く横に広がり、雪の絨毯から突きだしていた。

園芸の知識はほぼジーナに関することだし、もっと草木について学ぶ必要がある。そうでなければ、あきらめて庭師を雇うしかない。

屋敷のまわりを歩き続けながら、新たな習慣をあれこれ作ろうと自分に言い聞かせた。

街までのドライブや、屋外の散歩――春がめぐってきたら、散歩の距離を延ばしたい。仕事は大好きだし、必要だが、こういう時間を作るべきだ。屋敷の残りの部屋を見てまわる時間も。

正直、棚上げにしてきた。あまりにも広い屋敷にただただ圧倒され、ひと握りの部屋にこもって。

この屋敷はもっといい扱いを受けるべきだ。わたしだってそうだ。

しばしその場にたたずんだまま、海を眺め、波音に耳を澄ませた。

ココアでも飲もうかしら。ドイル家がインスタントココアを補充してくれていますように。雪が降る昼下がり、暖炉のそばでココアを飲むなんて最高だ。

向きを変え、玄関ドアの鉄のハンドルのレバーを押した。

だが、ぴくりともしなかった。

何度も試すうち、パニックが喉元までせりあげた。

ドアは施錠しなかった。鍵をかけず、そのことも確認した。ソニアは思いきりハンドルを引っ張り、ドアをどんどんと叩きそうになった。

ふいに突風が吹きつけ、氷の針のように顔を刺した。それとともに、あの光景が脳裏によみがえった。吹雪のなか、ネグリジェ姿で素足のまま、防潮堤にたたずむ女性のほうに歩く光景が。

肩越しに振り返ったソニアは、そこに人が——黒いドレス姿の女性が——立っているんじゃないかと半ば怯えた。

だが、目に映ったのは、雪とその向こうの海原だけだった。

すっかり凍え、ポケットから携帯電話を取りだした。トレイに電話しよう。恥ずかしいけれど、でも——。

彼に電話をかけようとした矢先、金属音がした。鍵がまわるような音が。

ふたたび試してみると、今度はすんなりドアが開いた。

あわてて駆けこみ、ばたんとドアを閉め、鍵をかけた。ドアに背をもたれながら、心臓が激しく脈打った。おそらく目は見開き、血走っているだろう。

ソニアはあえてまぶたを閉じた。

「きっと何かが引っかかって動かなかったのよ。わたしは施錠しなかったし、鍵はかかっていない状態だった。だから、レバーが一分ほど動かなかっただけ。ただそれだけのことよ。それなのに、ばかみたいにパニックに陥って」

ブーツを脱いでクローゼットに運び、慎重にコートをつるしてマフラーを外した。もうココアは飲みたくなかったが、予定どおりにすることにした。

食器棚にも配膳室にも手軽なインスタントココアはなかった。ただ、おしゃれな缶に入ったココアパウダーが見つかったので、小鍋を取りだし、缶のレシピにしたがって作った。

ホイップクリームも手軽なスプレー缶ではなく、小さな紙パックが見つかった。わざわざ泡だてる気になれず、ココアにホイップクリームはのせなかった。

気分がよくなったソニアは、階段をのぼって図書室に向かった。どういうわけか、そこは自分の部屋だと思えた。暖炉のそばに座り、ココアをひと口飲んだ。

メールの着信音がして、携帯電話を取りだした。アンナからのメールだ。

〈あなたが盛大なお披露目(ひろめ)をするときは、なんとか仕事を入れないようにしないと。もうびっくり仰天よ！　わたしはそうたやすく仰天するタイプじゃないのに。オンラインショッピングのページは、まさに奇跡ね。まだ完成してないとわかっているけど、何もかも最高だし、操作もすごくスムーズだった。〝作家について〟のページを見たら、自分自身に感心しちゃった。母が昨日撮った写真の使い方も気に入ったわ〉

〈よかった。今度は音声入りの動画を送って。ウィジェットを設定するから〉

それを使って、いずれＴｉｋＴｏｋにアンナをデビューさせよう――でも、いまはそんなことを言って怯えさせる必要はない。

〈ウィジェットが何かわからないけど、賛成よ。動画に取りかかるわ。すべてが終わったら、ランチをご馳走するわね。もしわたしが未婚で妊娠してなかったら、あなたと結婚してあなたの赤ちゃんを産むのに〉

〈それは魅力的な申し出だけど、ランチにしましょう。十日以内にあなたのＳＮＳを立ちあげるから、期待しててね〉

〈ええ、そうするわ。ありがとう。アンナ〉

いい一日だ。ドアが開かなくなったりしたけれど、いい一日だった。

コーヒーテーブルに片足をのせたとたん、タブレットからマイケル・ブーブレの《ホーム》が流れだした。

「ああ、もう、勝手にして」

その晩、ソニアはワインを飲みながらプール家の家系図にじっくり目を通すことにした。それか、買ったばかりの本を読み始めてもいいし、別の映画を観るのもいい。デュースの言葉どおり、コリンの書斎に家族史があった。大型の豪華本で、茶色の革の装丁だった。

なんて思いやり深い友人だと思いつつ、家族史とワインを手に図書室に引き返した。デュースは序文で、家系図に興味があることに触れ、この家族史が子孫と祖先をつなぐ架け橋となるよう願っていた。

家族史を開くと、見開きの二ページに綿密な家系図が印刷され、家族史は一六〇〇年初頭から始まっていた。

「信じられない、十一人も子どもがいたなんて！　そのうちのふたりが幼少期に亡くなり、もうひとりは五歳未満、別の子どもは十六歳で他界してる。次々に子どもを失うなんて、どうやってその悲しみを乗り越えたのかしら」

その先に目をやったが、詳細はあとで確認するつもりだ。やがて、父と父の双子の兄にたどり着いた。母の名前と両親が結婚した日付。父が亡くなった日付が記されている。

コリンの結婚相手は――結婚した日と亡くなった日が同じだった。

そして、わたしの名前が両親とつながっていた。

家系図に記された、おびただしい数の枝。想像もしなかった。父方のほうは、ひとりっ子の父のひとり娘だったし――そういままで信じていた。母方のほうは、おばがひとりと、いとこが三人いるけれど。

それがいまやこんなに大勢の親戚がいるなんて。

「このことを知ったら、お父さんはさぞ喜んだでしょうね」

没頭するあまり、タブレットから《ウィー・アー・ファミリー》が流れても気づかなかった。

子どもの数がかなり多い、しかも代々双子が誕生している。おまけに、死者の数も多い。

ソニアはページをめくった。

十七世紀の祖先について読むだけで一時間以上かかり、デュースが相当徹底したリサーチを行ったことがわかった。祖先には貴族や貴婦人、兵士や農民が含まれ、それぞれ成功や悲劇を味わっていた。

次の世紀にたどり着いたところで、お茶をいれ——ソニアには珍しいことだが——それと家族史を持ってベッドに入ることにした。

暖炉で火が燃えるなか、寝具にくるまり、リヴァプール出身のアーサー・プールがメイン州にこの屋敷を建て、家業を興すところまで読み進めた。冒険心に富む男性だと思いながら、視界がぼやけ始めた。

彼は十七歳で海を渡った。馴染みの土地をあとにして、すばらしい新世界へ旅立った。そして、何年も修行を積んだのち、造船職人となった。

二十四歳までに事業を立ちあげ、裕福な若い女性相続人のレティシア・アーモンドと結婚し、のちに失われた花嫁の館（ロスト・ブライド・マナー）と呼ばれる屋敷を建て始めた。

レティシアを愛していたのかしら。それとも資産狙い？

ふたりのあいだには双子の息子が誕生し、その後娘が三人生まれ、二十五年弱の結婚生活は、彼の死をもって幕を閉じた。

死因は落馬だった。

アーサーの息子のコリンが屋敷を引き継いだ。弟と家業を経営しつつ、父が建てた屋敷の増築を続けた。

数カ月後、コリン・プールはアストリッド・グランドヴィルと結婚した。

そして、悲劇が起こった。

ソニアは意識が薄れ、本を閉じて脇に置いた。明かりを消したとたん、眠りに落ちた。

午前三時に時計が鳴ったとき、もの悲しい音楽がそっと夢に忍びこんできた。鏡をのぞきこむと、純白のロングドレスに身を包んだ若く幸せな花嫁が映っていた。アップテンポの陽気な音楽が階下から聞こえてくる、そこでは彼女の夫が――〝夫〟、なんていい響きなの――家族や友人をもてなしている。開いた窓から春のそよ風が吹きこみ、カーテンを揺らした。

ソニアは鏡の反対側から花嫁に向かって微笑んだ。とてもきれいよ。

花嫁が微笑み返した。

「わたしはずっと美しいまま。若くて美しい。わたしの花婿の花嫁、わたしの夫の妻。この屋敷の女主人。そして、真実の愛と幸せをつかんだ一方で絶望と悲嘆を味わったこの日に、必ず舞い戻る」

それはあっという間の出来事だった。ひとりの女性がナイフを手に飛びこんできたのだ。鏡の反対側でソニアは叫んだが、その声は鏡に阻まれて届かなかった。ナイフの刃が花嫁に突き刺さるなか、鏡を押したり叩いたりしてなんとかその向こう側に入ろうとした。だが、純白のロングドレスに真っ赤な血が広がるのを、おののきながら眺めることしかできなかった。

若い花嫁は倒れ、女が彼女に呪いをかけた。殺人者は瀕死の花嫁の指から指輪を抜き取り、自分の指にはめた。

その瞬間、たった一瞬だが、漆黒の闇が女をのみこみ、部屋を駆け抜けた。

そして、女は消えた。

花嫁がよろよろと立ちあがった。おなかを押さえた指の隙間から、血がもれている。鏡越しに、彼女はソニアと目を合わせた。

〝何度も何度も繰り返し、何年も、花嫁から花嫁へ。どうか七つの指輪を見つけて。この呪いを解いてちょうだい〟

黒衣の女のように、花嫁も消えた。もの悲しい静かな音楽もアップテンポの陽気な音楽も、彼女とともに消えた。

夢がかすんで消えると、ソニアは除雪機の音で明け方目覚めた。己の務めを思いだし、階下におりてコーヒーをいれ、ジョン・ディーに片方のマグカップを届けた。

ブラウンのひげにブラウンの目をした熊のような男性が、ソニアに向かってにっこりした。

「起こしてしまったかな？」

「わたしは働く女性よ。だから、わたしだってもう一日を始めないと。見事な青空ね」

「ああ。これから数日は晴れが続くはずだ。今回は十五センチしか積もらなかった」

紺色の作業服姿のジョン・ディーとパジャマにコートをはおっただけのソニアは、その場にたたずみながらコーヒーを飲んだ。

「街に出かけたそうだね」

彼女は思わず噴きだした。「それがニュースになるの？」

「プールズ・ベイではほぼすべてがニュースになる。きみにマフラーを売ったのは、弟の奥さんだ。マフラーを編んだのは、母の友人のお嬢さんだよ」

「すばらしい手仕事だわ」

「マフラーを巻いたほうがいい。今日は冷えるからな」彼はコーヒーを飲み終え、マグカップを手渡した。「ごちそうさま。裏口の脇にもう少し薪を積んでおこうか？もうなくなりそうだろう」

「そうしてもらえると、とても助かるわ。ありがとう」

「お安いご用だ。じゃあ、仕事に戻らないと」ジョン・ディーは彼女に向かってウインクした。「おれは働き者だからな」

「メイン州の労働者に乾杯」

ソニアは玄関ドアを施錠しなかったが、念のためポケットに鍵を入れておいた。ふたたび除雪機の音が響くなか、玄関ドアはすんなり開いた。

「よし」

働き者のソニアは、日課どおりに進めるのが一番だ。日課は手軽な朝食と、Eメールやテキストメッセージのチェックから始まる。昨日問い合わせてきた相手とはコンサルティングを行うことになった。幸運を祈りつつ、正午前に予約を入れた。

次にシャワーを浴び、スウェットに着替え、マイボトルに水を入れる。

着替えながら、きちんと整えられたベッドについて考えるのは断固拒否した。

今日はだめ、今日は集中しないと。

プール家の家族史は図書室に持っていき、暖炉の火をおこす前にコーヒーテーブルに置いた。

炉床の脇のラックには薪がぎっしり積まれていた。ジョン・ディーが言ったとおり、薪は使い果たしたのに、こんなことはありえない。炉床には薪がきちんと組まれ、あとはマッチで火をつけるだけとなっていた。

サプリメントかハーブ——何か——記憶力をよくするものを探してみよう。

でも、そのことは考えない。今日はだめだ。

たとえ、iPadからビートルズの《グッド・モーニング・グッド・モーニング》が流れだしても。

ソニアは椅子に座り、アンナのウェブサイトのデザインの仕上げに取りかかった。作業を中断してコンサルティングを行い、契約にこぎつけると、肩をくねらせ、椅子の上で身を揺らした。

正午をまわった直後、アンナが最後の写真と——ボーナスとも言える——六十八秒の動画を送ってきた。

ろくろの前に座ったアンナは——いい見栄えだ——回転する粘土に細い刃のようなものを押し当てながら、この新作は先日降った雪からインスピレーションを受けたものので、数日後にウェブサイトに載せると語っていた。

賢いわね。

ソニアはその動画を未公開のウェブサイトに追加してテストした。

ふたたび作業を中断し、防寒着を身につけて散歩に出かけ、今度は澄み渡った青空の下、防潮堤まで歩いてみた。

昔から大好きなピーナッツバター＆ジャムのサンドイッチを作って持参し、石造りう。

の防潮堤に腰かけて海を渡るボートを眺めた。この寒さのなか重労働を行う漁船だろ

　はるか彼方の海面がぱっくり口を開け、巨大なクジラが垂直に浮上すると、ソニアは危うくサンドイッチを落としそうになった。大きな音とともに水しぶきがあがり、強い日ざしに輝く体を海水が流れ落ちた。

　クジラがふたたび海に潜ると、海面は何度も波打ち、やがて静まった。

「クジラを見たわ。ここに座ってピーナッツバター&ジャムのサンドイッチを食べていただけなのに、クジラを目撃するなんて」

　携帯電話をとっさにつかんで写真を撮らなかった自分をののしった。

「次は撮るわ」

　クジラがまた浮上する場合に備え、ポケットに手を入れ、携帯電話を握りしめた。そのまま待ったが、もう一度クジラを見られるかもしれないと期待して防潮堤に座っているには、あまりにも寒すぎると認めざるを得なかった。

　今回は窓辺に人影はなく、玄関ドアもすんなり開いた。

「進展だわ。ここに慣れてきたってことよね」ブーツを脱ぎながら、肖像画を眺めた。

「ゆうべあなたに関する記述を読んだわ。あなたとあなたのコリン、そしてあなたを刺したクレイジーな性悪女のことを。ヘスター・ドブスは彼も殺したようなものよね。

コリンがあなたなしでは生きられず、首をつったことを思うと」

コートをつるしに行くと、テイラー・スウィフトの《ラヴァー》が図書室から聞こえてきた。

「これにも慣れつつあるわ」

その後はアンナのプロジェクトに専念し、次のクライアントのためのムード・ボード作りに着手した。

夜はプール家の家族史をもう少し読み進めた。

ヘスター・ドブスはアストリッド・プール殺害の罪で絞首刑になる直前、脱獄したようだが、コリン・プールが自殺したあと、この屋敷の防潮堤から飛びおりて死んだらしい。

ドブスが暮らしていた小屋からは、魔術のさまざまな道具が発見された。

続いて、ソニアはコナーに関する記述に目を通した。彼はコリンの双子の弟で、兄の死後、屋敷を引き継いだ。

周囲の人々によれば、コナーは幼少期から結婚生活にいたるまで幸せな人生を送ったらしい——恐ろしい殺人事件や自殺をのぞけば。彼もまた屋敷や家業を拡大し、そのあいだに五人の子どもをもうけた。

そのうちのひとりの娘が結婚式当日に亡くなっていることに、ソニアは目をとめた。

なんだか気味が悪いわ。

もっとも、コナー自身は自分のベッドで妻や生き残った子どもたちや孫たちに囲まれ、七十二歳の生涯を閉じたらしい。

ソニアは就寝前の読書をその幸せな雰囲気のまま終えることにした。

そしてＮｅｔｆｌｉｘの新シリーズを第三話まで観て、床についた。

「状況はいたって正常よ」ベッドにもぐりこんで眠りに落ちた。

時計が三度鳴っても、ドアがきしむ音をたてても、音楽が静かに流れ始めても、女性の悲痛なすすり泣きが聞こえても、ソニアは目覚めなかった。

第二部　屋敷

人々がそこに暮らし、そこで息を引き取った家は、すべて霊のいる家である。

――『霊の暮らす家』ヘンリー・ワーズワース・ロングフェロー

11

それからの数日、ソニアは仕事をどんどん進めた。直線思考（トンネル・ヴィジョン）を駆使して〝霊的なもの〟の存在を否定したのも一度だけではなかった気もするが、とにかくひたすら働いた。起業したてのケータリング会社が契約を結んでくれたおかげで、やることはいくらでもあった。

土曜日の午前中、携帯電話と懐中電灯で身を固め——万が一のときのため——使用人用の隠し通路に足を踏み入れた。下へくだる階段はぎしぎしきしんだものの、通路の照明がついたので懐中電灯は後ろポケットにしまった。

ホームシアターに自分ひとりで座っているところは想像できなかった。居心地が悪いからではないと、なかを歩きながら思った。座り心地のいい大きな椅子と巨大モニターがある空間は、これはこれでくつろげるのだろう。

コリンはちょっとしたバーまでしつらえていた。かつてはここに酒やつまみが用意されていたのかもしれない。

彼はがらんとした巨大な屋敷にひとりきりでここに座り、巨大モニター越しに世の中の出来事を眺めていたのだろうか？　コメディに笑い声をあげ、スリラーに鼓動が速くなるのを感じた？

ソニアがよくやるように、昔からお気に入りの映画を観ながらポップコーンを食べたの？

奇妙なものだと思った。一度も会ったことがないのに、お互いに共通点があったのがはっきり見て取れるのだから。アートへの愛と才能、物語への愛――本であれ、映画であれ。歴史と個性たっぷりの、大きな古屋敷を愛でる心。

もしも父とコリンにその機会があったら、ふたりは絆で結ばれていただろうか？　休暇を一緒に過ごしていた？　家族だけがわかる笑い話があった？

屋敷での暮らしが長くなるほど、きっとそうだったと思える。それが判明することはないとはいえ、そう感じた。ふたりは家族になっていただろう、たとえ大人になって出会っていても。

ソニアはホームシアターからジムへ移動した。ダンベルやバーベルをのせたラック、トレッドミル、エクササイズバイクがある。そしてここにも壁掛け型のモニター。コリンはよほどテレビ好きだったらしい。

フックにはエクササイズバンドとヨガストラップがさがっている。バランスボールに、もっと重さのあるメディシンボール、懸垂用のプルアップボールまであった。つまり、フィットネスにも真剣だったのね。

なんとはなしにダンベルふたつを手に取り、鏡に向かってアームカールをやってみた。

せっかくホームジムがあるのだし、使おうかしら。ジム通いをやめて物足りなく思っていた——ブランドンも通っていたから、あそこはやめるしかなかった。エクササイズ動画をモニターに流してふたたび運動を習慣づければいい。

「思いたったが吉日ね」そう意を決し、それからの三十分はスクワットが大嫌いだったのを思いだして過ごした。

じんじんするヒップをさすって収納室のなかへ入ると、祝祭日用の飾りつけがしまわれていた。ハロウィン、クリスマス、独立記念日。

「あなたならわたしの母とも馬が合ったでしょうね」

下へくだる階段をもうひとつ見つけ、暗がりをのぞきこんだ。

「地下のさらに地下」ソニアは結論した。「ここは遠慮しときましょ」

スティーヴン・キングの『シャイニング』に出てくるボイラー室みたいで、思わずぞっとした。

だからドアを閉めた。

ソニアはさらに見てまわり、呼び鈴盤を見つけて喜んだ。コリンほどの映画好きやテレビ好きではないかもしれないけれど、この手の装置は歴史もので見たことがある。それぞれの呼び鈴は部屋につながっていて、部屋から使用人を呼びだせる。もちろんいまでは配線はつながっていないはずだが、古い呼び鈴盤はこうして地下に残されたのだ。

ソニアはチリンと鳴らしてみた。

「ミスター・プールがモーニング・ルームで朝のお茶をご所望のようよ」

さっと頭を振って思った。なんという暮らしだったのだろう。屋敷の住人や客たちに見られないよう、階段をのぼりおりし、隠し通路を出たり入ったり。ソニアは上階へ戻りながら首をひねった。

それは生きがいのある暮らしだった？　それとも過酷な暮らし？　夜にはあたたかなベッドがあった？　おなかはいっぱいで、きちんとお給金をもらえていた？

ここで働くことに満足していた人はいたのだろうか、それとも純然たる苦役？

ソニアが三階へ向かったとき、〈黄金の間〉と記された呼び鈴が、はるか階下で、チリンと鳴った。

けれど彼女は別の収納室へ入り、その音を耳にしなかった。

その収納室には家具があった――テーブル、デスク、椅子、それに楽譜用とおぼしき細長いキャビネット。箱型の古いレコードプレーヤー――それで再生する古いレコードの分厚い束も発見した。

遊びのつもりでプレーヤーを回転させ、レコードを適当に選んだ。ビリー・ホリデイ――名前は聞いたことがあるけれど曲は知らない。

慎重に針を落とすと、ジャジーなピアノと管楽器のかすれた響きがしばらく流れた。そのあと魔法のような歌声が。

「オーケー」音楽が、歌声が空気を満たすなかでつぶやいた。「この曲はわたしが生まれる六十年くらい前にレコーディングされたのに、どうしてあなたの名前を知っているのか理解したわ」

ミズ・ホリデイとレコードプレーヤー、それにほかのレコードもすべて音楽室へ運ぶべきね、とソニアは決めた。どうやって階下へ持っていくかを考えたら実行しよう。

秘宝の眠るひとつ目のトランクを開けたとき、ソニアは本当に喜びの悲鳴をあげた。そして一番上にあったドレスのレースとシルクに手を滑らせ、ほおっとため息をついた。

薄紙で丁寧に包まれ、トランクの内側にヒマラヤスギ板が張られているおかげで、深いグリーンのドレスはきれいに保たれていた。いつの時代のものかはさっぱりだけれど、その豪華さはわかった。

傷めるのが怖くて端っこを持ちあげると、同じようにきちんと包まれたドレスが下にもっと見えた。

博物館へ寄贈すべきねと彼女は考えた。誰かファッション史に詳しい人を呼んで見てもらおう。

「何着か手元に残すのもいいかも。仮装パーティーには打ってつけよ。それに仮装パーティーを開くのにこの屋敷以上にいい場所がある？」

踵にお尻をのせて座ったところでソニアはふと気がついた。三カ月もかからなかった。三週間すら。

自分はもうここにとどまろうと心を決めている。

ひとつずつトランクを開けていった。さらに服――淑女用、紳士用。靴に帽子、すべて大事そうに包まれている。

博物館ね、と改めて思った。そこまでの価値がなかったら、せめてヴィンテージショップへ持っていこう。

「すべてわたしの曾祖母とか高祖母とかが着ていたものだもの。人に見られ、賞賛され、また身につけてもらわなきゃ」

立ちあがり、ぐるりと見まわした。

衝動的に、レコードをもう一枚選んだ。スウィング・ジャズの名曲《イン・ザ・ムード》にしたのは、これならなんとなく知っているし、それに、その名のごとく、気分が乗っている。

昔の機械で昔の曲をかけ、たくさんの過去のものに囲まれて、ここに立っているのは変なこと？

自分の親族の過去にまつわるものに。

そうは思わない。いまの気分にこの曲が合っているように、これでいいのだと思える。

大半の家具には、幽霊みたいに真っ白なシーツがかけられていた。まだそれほど埃をかぶっていない——そこはドイル家の人たちと正確な目録のおかげだろう。だけどしまいこまれていたり、隠されていたりするものが多すぎだ。まだ使えるし、使うべきで、喜んでもらえるものもあるのに。代々プール家に伝わるものとは言っても……。

プール家の親戚ならほしがるものがあるかもしれない。少なくとも、厳選したものをひとつや、ふたつ。それに母にも……ええ、母にも何かあげるべきだ。

売却することは考えていなかった。売り払うのはなぜか間違っているように思えた。それにいくつかは、もしかすると大半のものは、未来の世代のために取っておくべきだろう。

親族の記憶が刻みこまれているのだ、木とガラスに、シルクとサテンに、古いレコードの分厚い束に。

すべてを調べるには数日かかりそうだった——より現実的に考えれば数週間か数カ月。目録を調べるのは、目で見て、手で触れるのとは根本的に違う。

心で感じるのとは。

「よし。これはやることリスト行きね。プラス、清掃業者を雇うこと。ここに必要なメンテナンスを自分ひとりでやるのは無理だもの」

階下へ移動させたいものをリストアップし、ヴィンテージものの服に詳しい人を見つけることと、清掃業者を選ぶことをメモにつけ加えた。

ぶらぶら見てまわりながら考えた。親戚と母親に見てもらったあとは、三階と屋根裏は、その全部とは言わなくても、大部分を閉鎖するのが合理的だ。それなら季節ごとに掃除をすればすむ。

ソニアはコリンのアトリエがある半円の尖塔(せんとう)のなかへ入っていった。三方の窓から降り注ぐ光が、磨き抜かれた木製の床にこぼれている。

奥の壁の棚とワークテーブルには画材がまとめられていた。畳んだイーゼルが二台、壁に立てかけられているが、一台はガラス張りの半円のなかに立っている。

「あなたの私物はどうすればいいのかしら？　いつかわたしが使うものがあるかもしれないけど……」

絵筆立てに並ぶ一本を指でなぞった。油絵の具用、アクリル絵の具用、水彩絵の具用。カラーシェーパー、シリコンブラシ。専用の筆立てに並ぶパレットナイフ。スケッチブック、鉛筆、木炭。

父がそろえていた画材とほとんど同じだ。

それに筆用の洗浄液、非加熱亜麻仁油のメディウム、画用液は同じものを使っている。

コリンが健在だったころ、ここは父のアトリエと同じにおいがしたのだろう。そう思うと涙で鼻がつんとした。

「わたしには絵画の才能も時間もない。あるいは——母が言ったように——情熱も。でもあなたの私物をどうすればいい？」

これも親戚の誰かに引き取ってもらう？　それかクレオに？

どうすればいいかわからず、ワークテーブル横のドアを開けた。

そして息をのんだ。

シンプルな暗い木製の額縁に入った、全身を描いた肖像画が立てかけられていた。アストリッド・プールの肖像画ほど大きくはないものの、受けた衝撃は同じだ。

女性の立ち姿で、彼女も白のロングドレス。

同じドレスではないが、ウエディングドレスなのは間違いなく、ハート型で肩を出すネックライン、ドレスの裾はふわふわに広がっている。絵画のなかの女性は波打つ鳶色(とびいろ)の髪を肩に垂らし、頭を飾る薔薇のつぼみからリボンがたなびいていた。夏空を思わせるブルーの瞳は喜びに満ちあふれている。

ダイヤモンドが指に輝く右手には、青いあじさいとさわやかな緑のブーケを持っていた。左手にはさらに多くのダイヤモンドがちりばめられたプラチナの指輪。

彼女の背後には海が広がっている。

「あなたはジョアンナね。きっとそうよ、それにあなたをここに閉じこめてはおけない」

キャンバスへ手を伸ばしたとき、ソニアの後ろでクローゼットのドアが叩きつけられるようにして閉まった。

「わたしもここに閉じこめられはしないわよ」

画用液でほとんどいっぱいの瓶を棚からおろし、ドアを開けてその瓶をストッパー代わりにする。肖像画を外へ出し、イーゼルまで運んで立てかけた。

「とりあえずはここね。このシンプルな額縁が気に入ったわ。飾りや彫刻はなし。あなたを飾る場所を見つけましょう。どうしてコリンはそうしなかったのかしら」

ドアがばんと閉まり、続いて三つ目がばんと閉まり、ソニアは息をのんだ。

急に寒気がして、彼女は部屋の外へと急いだ。

「三階は閉鎖」自分に向かって言った。「ドアはすべてしっかり閉めておくこと。それから収納室もなるべく早く閉鎖しましょう」

暖を取るためにコーヒーをいれるつもりが、キッチンへたどり着くなりそんな考えは頭から吹き飛んだ。

戸棚の扉がひとつ残らず開け放たれていた。

「いいかげんにして」声が震えていたかもしれないが、もう一度繰り返した。「いいかげんにして」そしてすべての扉を叩き閉めた。

荷物をつかんで出ていこうと、コート用のクローゼットへ走った。そしてコートへ手を伸ばしたところで気がついた。いま出ていったら、両手を震わせながら出ていったら、二度と戻らないかもしれない。

「ここはわたしの家よ。誰がなんと言おうとわたしの家だわ」

だからコーヒーをいれてしばらく仕事をしよう。仕事に取りかかる前に冷凍庫から何か取りだしておこう。鶏肉がいい。そしてあとで、サラダやサンドイッチ、缶詰のスープ以外の食事を作るのだ。

「わたしはここで仕事をして、ここで眠り、ここで食べて、ここで暮らすのよ。だってここはわたしの家なんですもの」

その夜はプール一族の家族史を読むのはパスした。フェイスタイムで互いの顔を見ながら母と一緒に夕食をとった。それでソニアの世界はもとの軌道へ戻ったようだった。

「うーん、屋敷であなたが最初に開くディナーパーティーでしょう」ウィンターが思案する。「あなたがいるのはメイン州、季節は冬、お肉がオーケーな人たちばかりのほどよい人数のグループ。ポットローストね」

「それって——難しそう」

「そんなことないわ、わたしを信じて。あなたにも作れる。蓋つきのダッチオーブンがひとつあればいいの。これから材料を教えてレシピを送るわ。あなたは材料をお鍋に入れればいいの、ベイビー、あとは勝手にできるから」

「お母さんがそう言うなら」

「ええ、そう言うわ。材料を書き留めてちょうだい」

材料のリストが長くなるにつれて、ドイル一家を外食へ招待するほうがいい気がしてきた。

「外食なんて、考えるのも禁止。あなたは自分の家に彼らを招いて、おいしい料理をお出しするの。わたしがポットローストを作ると、家のなかがどんなにおいに包まれるかを覚えてる？」

「覚えてるわ――うっとりするようなにおいよ。でもそれはお母さんだからだわ」

「あなたにもできます」

できるのかも。またね、と言ってフェイスタイムを終了し、長いリストを見返してソニアは思った。でも、できるほうに賭けはしないわね。

お茶をいれたら――夜のお茶は鎮静効果があるのを発見していた――パジャマに着替え、ベッドで小説を読み始めよう。

明日の予定はもう頭に入れてあった。早朝から仕事を開始し、お昼の散歩のあとにまた仕事へ戻ろう。

音楽室の前で立ち止まり、お茶を手にじっと眺めた。

ええ、レコードプレーヤーと楽譜用キャビネットは絶対にここだ。家具を動かしてここに置こう。

「それにもうひとつ、わかる？　あの静物画はわたしにはちょっと堅苦しいわ。ジョアンナにはあそこへ来てもらいましょう。彼女は楽器を演奏したかもしれないわね。

自分へのメモ。デュースに尋ねてみること」

自室へ行き、胃がきゅっと縮むのを感じた。暖炉では火がちろちろと燃え、ベッドは羽毛布団がまくられていた。それに今回は、枕とまくられた布団のあいだに、きれいなパジャマがきちんと畳んで置かれている。

「このことを誰かに話さないと。どうやれば、こんな話をしてもクレイジーな女だと思われずにすむ？　わたしはクレイジーな女なのかも。でもクレイジーになったようには感じない」

けれど不安は感じたから、ドアを閉めて鍵をかけた。

週の始まりはデスクに向かい、余計なことはシャットアウトして、仕事に集中した。ドアがギーッと開いたり、ばたんと閉じたりしても無視した。iＰａｄが挨拶代わりに曲を流しても、ただ肩をすくめた。

木曜にはアンナのウェブサイト、ソーシャルメディア、作品の最終テストを開始した。

気を散らすものがほとんどなく長時間集中できる環境では、こんなにも仕事が進むのねと、われながら感心した。

だが今日は早めに仕事を切りあげる予定だった。明日にはクレオが来るから——待ちきれない——市場へ行っておく必要がある。

街へ行くついでに、前からやろうと思っていた銀行口座も開設しよう。〈ロブスター・ケージ〉はテイクアウト・メニューも充実しているし、夕食はそこで何か注文して持ち帰ればいい。

自分の車へ向かう途中でガレージに寄り道し、リモコンを使ってドアを開けた。

案の定、コリンのトラックはソニアが想像していたとおりにばかでかくて恐ろしげだった。

これは罪悪感なしに売却できるわね、と心を決めた。

彼女が目をやった雪かきスコップふたつは、ジョン・ディーのおかげでまだ使ったことがない。作業台の隣には赤い大型の工具用自立式キャビネットがあり、壁には十二段変速の男物の自転車がかかっていた。奥の角にあるのは圧縮機（コンプレッサー）だろうか。

ソニアはふたたびドアを閉めた。

せめてトラックはどうにかしよう。そうすれば自分の車をガレージに入れられる。

銀行には思った以上に長くいることになった。事務手続きのせいだけでなく、おしゃべりをしたからだ。

支店長代理は遠縁に当たることがわかった――十八世紀後半にヒュー・プールの娘、ジェーン・プールと結婚した、ジョージ・オグルビーから枝分かれするオグルビー家側だ。

「わたしはメアリー・ジェーンよ」彼女は赤い縁の眼鏡をかけ直した。「M・Jで通っているの。コリンのことはみんな残念に思っているわ。だけど屋敷にプールの人がふたたび入ってくれてとっても喜んでいるの。チャールズ・プールが亡くなったあと住む人もなく長いこと閉鎖されていたのが本当にもったいなくて――彼が亡くなったのは何年だったかしら？――六五年か六六年だと思うけど。わたしの母なら正確なところを覚えているわね。母はチャールズ・プールを知っていたから」

「わたしはプール家の歴史を学び始めたところなんです」

「みんなそうでしょう！　コリンの双子の片割れがいたなんて青天の霹靂だし、ふたりがチャールズの子どもだったこともそう。母は少しも意外じゃないと言ってるけれど、母はそういう人だから。あなたのお父様とコリンが一度も会わずじまいだったのはただただ残念ね」

「わたしも残念です」

「それにグレタ・プールもかわいそうに、ずっと嘘をつきとおさなきゃならなかったなんて」M・Jはチッチと舌打ちしてかぶりを振った。「あの家は母親の言いなりだった、本当にね」

「ご存じなんですか？　グレタ・プールを？」

「うちの顧客だもの――といっても、大半の取引は彼女に代わってコリンがやっていたわね。彼女はずっと、そうね、十年かそれ以上具合がよくないから。だけどコリンが彼女の面倒を見ていたわ、それはかいがいしく」

口座を開設し終えたのは銀行の営業時間が終わる間際で、ソニアはここで得た情報をすべて頭にしまいこんだ。

市場で買う物は携帯電話にリスト化しておいた――サラダ用の新鮮な野菜、果物、なくなりかけている卵と牛乳、コーヒー、バター。余計なものは買わないこと、と自分に約束する。

けれど市場でベーグルとポテトチップも追加した。それにまだ村に慣れていないので余分に買っておいた。

受け取りに行ける時間の見当をつけてレストランに電話で注文を入れた。でも市場のすぐ近くにある小さな花屋なら、立ち寄ってもいいわよね？

クレオの部屋、自分の部屋、玄関に飾る花。ええい、図書室にもよ。ほぼ一日中そこで過ごしているじゃない？

それに人脈作りをしなきゃと自分に思いださせ、花屋の店員とおしゃべりをした。

すると相手はアンナの友人だった。

「アンナのウェブサイトをアップデートしてるんですってね」

「新しく作り直していると言うほうが正しそうだけど、そうよ」

「彼女が見せてもらってオーケーを出したものは見違えるようだと言ってたわ」

「そうそう、うちはオンラインでも注文できるのよ、屋敷への配達もしてるわ」

「知らなかったわ。名刺はあるかしら？」

「あるわ。あなたのもいただける？」

名刺を交換し、花を抱えて外へ出ながらソニアは思った。脈ありかも。

〈ロブスター・ケージ〉へ車を走らせ、〝駐車場〟と書かれた矢印にしたがい、見覚えのあるトレイのトラックの隣にとめた。

またおしゃべりをすることになるが、ちょうどよかった。彼に尋ねたいことがあったのだ。彼がデート中でないならだけれど。もっとも、デートには時間が早すぎる。たとえデート中でも挨拶はしよう、それでほかの人とも知り合いになれるかもしれない。今回は銀行員、食料品店の店員、花屋とすでに顔見知りになれた。

ソニアはバー・エリアへ入っていった。バーの奥は煉瓦作りの壁で、暗い色のハイテーブルやローテーブルがぽつぽつとある、素朴で居心地のいい場所だ。ダイニング・エリアへ続く広々とした入り口の先は客の姿がほとんどないものの、バー・エリアはにぎわっていた。

トレイがビールを手にかたわらの男性とバーカウンターでしゃべっているのが見えた。

「そうね」

彼はソニアに気づくと笑みを浮かべ、スツールをくるりと回転させた。

「一杯おごろうか、キューティ？」

「うれしいけど遠慮しておく。テイクアウトを頼んでるし、車に荷物があるの」

「ちょっとだけいいかな。きみの親戚のオーウェンだ」

「まあ」

オーウェンが振り返り、ソニアの瞳より色が薄く琥珀色が散らばるグリーンの瞳で彼女を見た。数日分の無精ひげをたくわえた角張った顔に、彼女の髪より濃い茶色のくせっ毛がかかっている。

じっくり観察すれば似ているところが見つかりそう、とソニアは思った。

「お会いできてうれしいわ」

差しだされた手を取る彼の手は分厚い木板並みにかたかった。

「ああ。きみはサプライズだな」

「それはあなたもよ。実は、あなたたちに会えればと思っていたの。週末に収納室をいくつか調べたんだけど、あなたたちがいるものもあるんじゃないかと思ったの」

「いるもの？」

「とにかくたくさんしまわれているの。ありすぎるくらいよ。あなたや、わたしの知らない親戚の方がほしがるものがあるかもしれないわ」

「ぱっとは思いつかないが……ありがとう」

「それにトラックもあって」

「コリンのトラックを処分するのかい?」

「処分ってわけじゃないけど……トラックなんて運転したことがないから」

「覚えればいい」オーウェンはトレイへ目をやった。「彼女は運転を覚えるべきだろう」

「そうだな。急いで処分しないほうがいい、ソニア。それに、オーウェンは一度屋敷へ行って、収納されているものを見てくるんだな。きみの言いたいことはわかる」トレイはソニアへ向かって言った。「たくさんのものがただしまわれているのはもったいない」

肩をすくめるオーウェンに彼女は懇願した。

「来てくれるとうれしいわ。わたしはたいてい家にいるの。あそこで仕事をしてるから。事前に連絡はちょうだい」名刺を取りだす。「それにほかの親戚の方たちにも伝えて」

「わかった。伝えよう」

「よかった。それから、トレイ、いくつか動かしたいものがあるんだけど、頼める人を誰か知ってる? 階下(した)へおろしたいものを見つけたの。それにいま飾ってあるものと取り替えたい絵もね」

「健康な男がここにふたりいる。今週末一緒に行かないか、オーウェン？　おまえには一石二鳥だろう」

オーウェンはふたたび肩をすくめた。

「たいした数じゃないのよ。家具とかがふたつだけ、それと花嫁姿のジョアンナを描いた肖像画」

トレイはゆっくりビールをすすった。「ジョアンナの肖像画？」

「コリンのアトリエのクローゼットで見つけたの。美しい絵だから、あそこにしまわれているべきじゃないわ」

「クローゼットのなかって、小さい小塔のかな？」

「そう」

「わかった」彼女に目を据えたまま、トレイがビールをすする。「土曜はどうだろう？」

「おれは三時以降でないと無理だ」オーウェンが言った。

「土曜の三時過ぎは？」

「完璧よ。本当にありがとう。わたしは注文を受け取りに行かなきゃ。会えてよかったわ、オーウェン」

「あのトラックは処分しないでくれ。邪魔なら波止場へ移動させる」

「ありがとう。そうしようかしら。じゃあふたりとも土曜日に」

オーウェンは、歩み去る彼女を見つめるトレイを眺め、ビールをすすった。「彼女はおまえのポーカーフェイスを知らないかもしれないが、おれは知ってる。クローゼットには肖像画などなかった、そうだろう？」

「数週間前まではね。それに花嫁姿のジョアンナ・プールの肖像画が目録にあれば、ぼくは覚えているはずだ」

「つまり、誰かが彼女に肖像画を渡したがっているということか」

「そうらしい」

オーウェンは何気なくビールをすすり、ソニアがテイクアウト用バッグを持って店を出るのを眺めた。

「彼女は三年もつと思うか？」

「もたないほうには賭けない」

「彼女はおまえのタイプだな」

トレイは驚き、おもしろがり、スツールをまわして向きを戻した。「いつからぼくにタイプができたんだ？」

「彼女が入ってきたときからだ」

「ハッ。かもな。だがまだ深入りはできない」

「理由は？」

「ソニアは目下多くのことを抱えているだけじゃなく、去年の夏まで婚約していたんだ――挙式まであと数週間だったらしい」

「ほう。移り気なタイプには見えなかったが」

「彼女がそうだとは思わない」

「男の趣味が悪いってことなら、おまえにもチャンスがあるな」

にやりとするオーウェンにトレイは同じ笑みを返した。「ナチョスとビールのおかわりを注文するか」

「いいね」

帰宅したソニアは花と食料品の半分を抱えてキッチンへ運び、残りを取りに行った。明らかに買いすぎだ。でも、もう二、三日滞在を延ばすようクレオを説き伏せればちょうどいいくらいかも。

最後の荷物を運びこんで玄関ドアを閉めた。

上階のデスクに置きっぱなしにしてあったタブレットが、アリアナ・グランデの《あなたのことを考えてる（シンキング・アバウト・ユー）》を流しだした。

「わたしのことを指してるなら、やめてよね」ソニアはぶつぶつ言った。

そしてキッチンへ入ると、戸棚の扉がすべて開いていた。

ソニアは花と食料品をアイランドカウンターにどさりと投げだした。

「わかったわ！　降参よ。ここにはおばけがいる。これで満足？」むしるようにしてコートを脱ぎ、スツールに放り投げた。帽子を取ってそれも投げ、髪をかきむしる。

「わたしの頭がどうかしてるの」つぶやいた。「頭がどうかしてるだけ」

食料品をしまいながら、戸棚の扉を閉めていった。

「オーケー、次は花瓶ね」

配膳室からキイッと小さな音がするのが聞こえた。そろそろとのぞいてみると、シンク上の扉が開いている。

「受けて立とうじゃない」花をつかみ、配膳室へつかつかと入った。「わたしはどこへも行かないから、そっちもそのつもりで」

花瓶を選んだあとは、花を生けるのに意識を集中させた。

自分らしい暮らしを送るんでしょう、と自らに言い聞かせた。いつもどおりの、生産的で、それなりにまともな生活を。大きな幽霊屋敷で。

それを証明するために、テイクアウトのシュリンプ・スキャンピを温め直して夕食にし、ワインをグラスで飲もう。二階に飾る花を持ってあがり、クレオ用の部屋の用意がすべて整っているかを確かめよう。

一時間か二時間、仕事をする。そのあとは本を手にベッドに入る。

いつもどおりに。

「ここはもうわたしの家よ」ワインを注ぎながら言った。「だからそれに慣れることね」

夜遅く、どんどんと叩く音で目が覚めた。ソニアは眠い目を開けて掛け布団を脇へやった。誰かがドアを叩いている、玄関ドアだ。その音は、風のうなりと波が叩きつける音越しにまだ聞こえていた。

体を転がしてベッドからおりると、降りしきる雪が窓の外で渦を描くのが見えた。いつの間にか吹雪になっている、それで誰かが助けを求めているのだ。

急いで部屋をあとにした。廊下に沿って常夜灯を差しこんでおいてよかった。

誰かが猛吹雪のなかで立ち往生している。事故か、車の故障だろう。

階段を駆けおりる途中、助けを求める叫び声が聞こえた気がした。けれども騒音が――風と海鳴りが――すさまじい。

息を切らして鍵を開け、ドアを引き開けた。

外は冷えきり、穏やかな空には雲ひとつない。

荒れ狂う吹雪や、必死で助けを求める旅行者の姿は影も形もなかった。

衝撃に打たれて思わず足を踏みだしかけた。けれど初めて散歩に出かけたときにドアが開かなくなった（鍵をかけられた？）のを思いだして、足を引っこめる。猛吹雪ではないが、身を切るように寒い。真夜中に自分の家から閉めだされる危険を冒すのはやめよう。

ぶるぶる震えてドアを閉めた。朝になればすべて夢だと思えるのかもしれない。けれどいまは、すべてが生々しい現実だ。

コリンは玄関を叩く音を聞いたの？　それで助けに行こうと急ぎ、階段から落ちた？　そのせいで転落死したの？

それは音楽が流れたり、ドアが開いたり、ベッドが整えられていたりするのとは、まるで別の話だ。

いま、玄関ホールにひとりたたずむソニアのまわりで、屋敷はしんと静まり返っている。まるで待っているかのごとく。

「わたしの脚はしっかりしているし、わたしはどこへも行かないわ」

その声がこだまし、階段へ向かう自分のもとへ返ってくるかのようだった。階段をのぼりだしたとき、時計が三時を打った。

12

朝になってもそれは現実のままだった。あれは何ひとつ夢ではないとソニアにはわかった。

この目でちゃんと見たし、この耳でちゃんと聞いた。

だから受けて立つ。

なぜなら彼女はここで暮らしたいのだから。図書室で仕事をし、水平線にのぼる朝日とともに目を覚ましたい。クジラの潜水を眺め、鹿が森から出てくるところを目にしたい。

ソニアはベーグルを焼いてコーヒーをいれ、タブレットを持って腰かけた。Eメールやテキストメッセージへ返信した。

天気予報アプリをチェックすると、午後三時ごろには雪の予報だった──十センチくらいまで積もるかもしれない。

幸い、予定どおりならクレオは昼ごろには到着する。

ボトルに水を入れて二階へあがった。シャワーのあとはちゃんとした服に着替えて、クレオが来るまで仕事をしよう。

きちんと整えられたベッドとふわふわにふくらまされた枕にも、今度はほぼ動揺しなかった。そこはすどおりしてバスルームに入り、ドアに鍵をしっかりかけた。

クレオに話さなきゃ、とシャワーを浴びながら考えた。おばけ、霊、ポルターガイスト――あれがなんであれ、気兼ねなしに話せる相手がいるとしたら、それはクレオパトラ・ファバレーだ。

それに、屋敷にほかにも人が数日いれば……あんな現象も起きなくなるかも。

ひょっとしたら。

タオルをフックにかけ、曇った鏡を拭こうと別のタオルへ手を伸ばした。そして鏡に浮かびあがっている文字に目を見張った。

〝7失われた（ロスト）〟

「7がどうしたの？」動揺と同じくらい腹立たしさに駆られて、文字をぬぐって消した。「わたし、意味不明な言葉を分析する趣味はないわ」

午前三時からよく眠れなかったのが顔に出ていたから、メイクでそれをごまかした。ジーンズとセーターに着替え、イヤリングもつけ加える。

それで元気そうに見えるとソニアは判断した。明るく、正気に見えるわ。

図書室ではデスクにタブレットを置いて、火をおこしに向かった。

タブレットは朝の挨拶にスティーヴ・ホリーの《グッド・モーニング・ビューティフル》を流した。

「そんなことをしてもゆうべのあとではポイントはあげないから」

ぱちぱちと音をたてて薪に火がついた。あとで雪になるとしても、いまは日ざしがあった。

昨日アンナのウェブサイトとソーシャルメディアをテストし、何点か少し修正したいところが出てきたから、そのあと再度テストをしよう。

そしてクレオの目でプロジェクトを見てもらいたい。

ソニアは仕事に没頭し、昼まで休憩なしで働いた。

ドアベルが鳴ったとき、彼女は飛びあがり、それから自分をののしり、そのあと椅子を押しやって立ちあがった。階段を駆けおり、勢いよくドアを開ける。

そして友を力いっぱい抱きしめた。

「来たのね！　あなたがここに来てくれて本当にうれしい」

「このお屋敷を見て飛びだした目玉を顔へ戻すのに十分くらいかかったけど、あたしはこうしてここにいるわ。ねえ、あなた大丈夫？」

「ええ、ええ。会えて本当にうれしいだけ」

ソニアはクレオと彼女のスーツケース、それにショルダーバッグを引っ張り、なかへ入れた。

「わわ、すごい、ワオ」

「わかるわ、そうよね？」

「繰り返すしかないわ。ワオ。ここってまるで……ううん、たとえようがない。ちょっとあの階段を見てよ！　シャンデリア！　床、何もかもすごい。ビデオ通話で見せてもらったのはわかってるけど、うわあ、ソニア、実際に見るのは大違いだわ」

「わたしの第一印象も同じだった。なんとなく慣れてきたように思っても、そんなことはないとふと気づくの。そんなことは全然ないって」

「すべて見たいわ」クレオが帽子を取ると、美しい髪があふれだした。「余すところなくね。これが殺された花嫁なのね。ああ、ソニア、彼女、こんなにも若くてきれいなのに」

コートを脱ぎながら肖像画へと近づく。

「彼は花嫁を愛していたのね、本当に愛していたんだわ、だからこうして肖像画にして残したのよ」

「そして絵が完成するのと同時に首をつった」ソニアはつけ加えた。

「悲しい話よね。何もかも悲劇だわ。だけど彼女はいまもここにいる、そうでしょ？

若く美しい姿で。さて、どこから始めるの？」

「小塔の居間ね。コートをクローゼットにしまうわ」

居間にも、屋敷正面の応接間にも火は入れなかったはずだ。だがクレオを案内すると、どちらの部屋でも暖炉では炎が勢いよく燃えていた。

「〝ワオ〟よりいい言葉を見つけなきゃいけないけど、とりあえずワオと言っておく」

「荷物を階上(うえ)に持っていきましょう、あなたの寝室を見せるわ。一階の残りの部分はあとで案内するわね。寝室はわたしが選んだけど」ソニアは階段をあがりながら続けた。「別の部屋を使ってもらってかまわないから。部屋はたくさんあるの」

「このお屋敷ならそうでしょうよ。ここが図書室ね！　うわあ、完璧。最高の仕事場じゃない。この屋敷に夢中(クレイジー)になっちゃう」

「わたしもよ」それともこの屋敷が彼女をクレイジーにしているのか。どちらでもいい。「わたしの寝室は反対側、廊下の突き当たり」

「そこから始めてこっちへ戻ってきましょう。びっくりね、なんて長い廊下！　色はすごく豊かな薔薇色、それにアーチ。これって、彼の絵？」

「飾られている絵の多くがそうね」ソニアは歩きながら言った。「でも一族には芸術家の血が流れているらしいわ。アーサー・プール、ジェーン・オグルビー――旧姓プールよ――レティシア・プール・ベネット、それにほかの名前がサインされている絵も何枚か見つけたから」

「才能が遺伝子に組みこまれてるのね。それにあなたの部屋は両開きのドアじゃない。あきれるくらい豪華ね」

　クレオはうなずきながらソニアの部屋を見てまわった。「コリン・プールはこの屋敷の歴史をいかに敬うかを心得つつ、住みやすくしてたんだ。それにこの眺め。ここに立ってると、古いゴシック小説のヒロインになったみたいな気分。洗練されていると同時に愛らしい自分専用の居間まであって、すごく上品な寝室からは刻々と変化する絵画のような景色を望める」

　クレオは振り返ってにこりとした。「いいわね。次はあなたが選んでくれたあたしの部屋を見せて」

「部屋はほかにもあるけど」ソニアは先に立って廊下を引き返した。「まずはここからよ」

「居間？　わあ、壁紙を見て」クレオは飛びまわる青い鳥を指でなぞった。

「目録には〈青い鳥の間〉と記されてるわ。部屋に名前があるの」

「これだけのお屋敷なら当然ね。なんて豪華なの。曲線を描く小さな寝椅子、すてきなランプ。それに寝室。天蓋つきのベッドだわ！　しかもすごい眺め」

　海を見渡せる寝室は鮮やかなブルーと深みのある薔薇色を基調とし、ベッドでは同じ色調の天蓋のカーテンが優雅に開かれ、その向かいの暖炉にはソニアが前もって火を入れておいた。

彫刻を施された猫脚つきの横に長い化粧台の上には、ソニアが生けた白百合（しらゆり）とピンク色の薔薇のつぼみがコバルト色のほっそりした花瓶に飾られていた。

「セレブになった気分。セレブなゴシック小説のヒロインよ。自分用の魅力的なバスルームつきのね」

「ほかにもいい部屋があるのよ――森のほうを向いていて、それはそれですばらしい眺めだわ。だから――」

「だめだめ」クレオは夢見心地で微笑み、腰に手を当ててるとくるりとまわった。「ここがあたしの部屋。もう決めたんだから」

それを照明するかのように、ベッドに仰向けに倒れこんで、天蓋越しに天井を見あげる。

「荷ほどきを手伝うわよ」

「いいの、いいの。あとでね。屋敷をもっと見たいわ」クレオはがばっと起きあがった。「薄気味悪い地下室はないの？」

「ある」

「それも見たい」

「わたしはあんまり見たくない。あなたが来てくれて本当に、本当にうれしいわ、クレオ」

「あたしもあなたの顔を見られてうれしい。二週間が数カ月にも感じたんだから」クレオはベッドから飛びおりた。「ほらほら、もっと見せて。そのあと気に入った部屋でワインのボトルを開けましょう」

ソニアは屋敷をさらに案内し、なんにでも大喜びするクレオのおかげで不安が残りかすまで消えるのを感じた。ふたりしてぶるぶる震えながら見晴台に立っていたとき、雪が降りだした。

「ここに立って、愛する人がいつ帰ってくるかもわからずに海を眺めているのってどんな気分だったんだろ」

「プール一族は船を建造するだけじゃなく、海にも出ていたから」ソニアは言った。「ここに立って帰りを待ったのはひとりだけじゃないでしょうね」

「こうして見ると、あなたが森について言ってたことがわかるわ。魔法みたい。何もかも魔法ね」クレオはソニアの腰に腕をまわした。「あたしの親友は魔法の世界の住人になった。最高よ、ソニア。あなたにぴったりの住まいじゃない。さあ、ワインにしましょ」

一階までおりてボトルを開けた。いまのところｉＰａｄは静かにしていることにソニアは気がついた。キッチンの戸棚も閉まったままだ。

すべて自分の妄想だったとしたら、医者に診てもらうべきかしら。

クレオが選んだワインを持ってサンルームへ行った。ここなら緑に囲まれたあたたかい室内から、雪が降るのを眺められる。

「さあて」クレオは腰をおろして言った。「あたしたちは十年以上のつき合いになる。あなたが気に病んでることはなんなの?」

「あなたがここに来てくれたから、もうそれほどでもないわ。こんな広い屋敷にずっとひとりきりだから、ちょっと調子が狂ったんだと思う。この屋敷が大好きよ、好きになるなんて思ってなかった。ここに暮らそうとかたく決心することになるともね。あなたがいないのも、母がいないのも寂しいわ。都会の暮らしを恋しく思うときもある。でもここに暮らしたいの」

「ここはあなたの家だもの。家っていうだけじゃない、あなたの歴史、何世代も続いてきたファミリーの歴史よ。あなたはここをわが家にしてる途中でしょう。あなたのかけらをあちこちに見ることができるわ。図書室だけじゃない、あそこはもうすべてあなたそのものだけど。ただすてきだからという理由で、本当にすてきだけど、あなたはここを愛してるわけじゃない。あなたは、ここがあなたそのものだから愛してるんだわ」

「わたしはメイン州の海岸沿いに立つ大きな古い家なの？」

「場所は重要じゃないけど、あとの点は、ええ、そうね。あなたは昔からこれを求めていた」クレオは人さし指をあげて宙にチェックマークを入れるしぐさをした。「あたしは間違ってないでしょ」

「ええ。たしかに昔から求めていたわ。そのことにいまになって気づくなんて、なんだか変な気分」

「呪うためでない限りあたしが名前を口にしたくないあいつと家探しをしていたとき、あなたが求めていたのはまさにこんな家だった。もちろん、サイズはうんと小さいけど、歴史と個性、それにちょっと変わったところのある家。あいつが求めていたのは単にステータスシンボルでごてごてのでっかいしゃれた箱よ」

「あなたの言うとおりね」

「月曜の朝までここにいるわ」クレオは椅子に寄りかかると、お互いを祝してグラスをかかげた。「数週間後にはお母さんも来るんでしょ。あたしもまた来る。それは確実よ、だってあなたに会いたいもの。プラス、あたしもここが大好きになっちゃった」

「ここにいればいいわ」

「月曜の午後に打ち合わせが入ってるの、だから――」

「そうじゃなくて、ずっとここにいるの。暮らすのよ」

クレオのトパーズ色の瞳が見開かれた。「暮らすって……ここに？」

「いいんじゃない？　あなたの仕事はどこにいてもできる、わたしの仕事と同じで。打ち合わせがリモートでできないときは、ボストンまではたったの三時間よ。あなたの家族はいつでもここへ来て泊まれるわ。いつでもね。あの寝室はあなたのものにする。それか、もっとスペースがほしいなら、アパートメントを借りるかね」

言葉が矢継ぎ早にこぼれだした。

「わたしたちなら一緒に暮らせるわ、それはもうわかってる。大学で四年間そうしていたんだもの。それにここはこんなに大きな家よ。なんなら数日間顔を合わせないことだって可能だわ」

「ちょっと、えっ、ソニア」クレオはすっかりあっけに取られて片手を髪に突き入れた。「またまたワオだわ」

「考えてみて、ね？　考えてみるだけでいいから。街は——どう大げさに言ってもボストンとはほど遠いけど、魅力的だし、レストランやお店もいくつかあるわ。ほら、もっと飲んで」ソニアはいまやほとんど藁にもすがるようにして言った。「考えるだけ考えてみて」

「本気で言ってるのね？」

「本気よ」

それに自分で認める以上に本気で求めていた。

「ビデオ通話で見たとき、それにさっきなかへ入ったとき、あなたはコリンのアトリエに恋したでしょう。あの部屋はあなたのものよ。それか好きな場所をどこでも使ってかまわないけど、あなたの仕事はここでできる。それに絵を描く時間と場所が増えるわ。あなたはいままでは夏場に外でしか絵を描かないもの、あなたのアパートメントは採光もスペースも不充分なせいで。ここならその両方がある」

クレオは目を細くして指さした。「あの小塔の部屋であたしを釣ろうとしてるわね」

「あそこはあなたのための部屋よ。せめて考えてみて」

「いまはほかのことを考えろってほうが無理」

「ちょうどよかった。それなら好都合よ」ソニアはゆっくりワインを飲んで心の準備をした。「実は、あなたに話しておかなきゃいけないことがあるの。わたしが神経衰弱になっているか、頭が変になっているか、あるいはここが幽霊屋敷かだって」

クレオは何も言わず、しばらくして自分のグラスを手にした。「誰より常識的なあたしの友人の口から出てくるとは思わなかった言葉ばかりね」

「わかってる。わかってるの。でも――」

クレオは片手をあげた。「あなたは神経衰弱にはなってない、頭が変だなんてとんでもない。それにもちろんここは幽霊屋敷よ」

「どう言えばいいのか……」ソニアは話し始めてはっと息をのみ、そのあとふうっと吐きだした。「幽霊が出るってどうして知っているの？　あなたが屋敷に来てから何も起きていないのに」

「それは、だって、ねえ、いるじゃない。屋敷に足を踏み入れた瞬間に感じたわ。あたしのワオのうち、少なくともひとつはそれに対するものよ」クレオは首を傾けた。

「どんなことがあったの？」

「それが――それが――ああ、座っていられない」ソニアは椅子を押して立ちあがり、観葉植物のまわりを行きつ戻りつした。「ドアが勝手に開いたり、閉じたり。ものが移動していたり。わたしのｉＰａｄから突然音楽が流れだしたり。キッチンの戸棚がすべて開いていることもあるわ。薪を使う暖炉が掃除されていて、きちんと薪が入っているの――新しい薪が運ばれてきてるみたい。朝はベッドメイキングがされていて、夜には掛け布団がめくられている」

「お礼は言ってる？」

ソニアは目を丸くした。「お礼？」

「あたしならベッドメイクをしてもらって掛け布団までめくってもらったら、お礼を言う」

「いいえ、言ってないわ……」

「霊の存在を信じたくないからでしょ」

「信じたいわけがないでしょう？」声を荒らげるのに疲れてしまったソニアはふたたびどすんと座った。「幽霊屋敷に住んでいるのかもと思いたがる人がいる？　ゆうべは……」

目をつぶり、深く息を吸った。

「ゆうべは、誰かがドアを叩いていた。玄関ドアよ。それで目が覚めて。窓の外へ目をやると猛吹雪だった。見間違いなんかじゃないのよ、クレオ。雪が降って風がうなっていたわ。わたしは階下へ向かった。誰かが事故に遭ったとか、車の故障とかだと思って。だけど玄関を開けたら何もなかったの。雪なんて降ってないし、人の姿もなく、荒れ狂う風もなし。夢を見たわけじゃないわ」

「オーケー」クレオはうなずき、ワインをもうひと口飲んだ。「二、三週間で荷物をまとめてここへ引っ越してくる」

「ここへ――」ソニアは両手で顔を覆い、わっと泣きだした。

「ちょっと、ちょっと。泣かないで」クレオは立ちあがってソニアの椅子に一緒に座り、友だちを抱きしめた。「大丈夫だって。あたしたちはまたルームメイトよ。部屋がいくつもある広大な邸宅でね。あたしがあなたに幽霊屋敷をひとり占めさせると思う？」

「クレオが大、大、大好き」

「あたしもソニアが大、大、大好きよ」

「本当にいいの——わたしを大好きってことじゃなく、ここへ引っ越してくることのほう」

「当たり前でしょ。ハウスキーピング担当のおばけがあたしのベッドの掛け布団もめくってくれるといいな」

「おばけがやらなかったら、わたしがやるわ」

クレオは笑って体を引いた。「おもしろくなるわね。まあ、親友への愛とおばけのためじゃなくとも、あの小塔のアトリエには心を動かされていたわね。フェイスタイムで見たときからずっと忘れられなかった」

「アパートメントを借りなくていい？」

クレオは笑ってソニアを軽く小突いた。「美しい〈青い鳥の間〉をあたしが手放すと思う？　とんでもない。さてと。部屋へ行って荷ほどきをさせて」

ふたりで荷物を片づけたあと、居間のひとつで暖炉に当たりながらワインを飲み干した。夕食は温めた缶入りスープとグリルドチーズサンドイッチ——学生時代の定番だ。

もう一本ワインを開け、屋敷正面の応接間のソファで身を寄せあい、ボウルに入れたポップコーンを一緒に食べて計画を立てた。

ようやく二階へあがったとき、ソニアは自分の寝室へクレオを引っ張りこんだ。

「ほら！　わかる？　わたしはここへは来てないわ。なのに暖炉に火が入って、ベッドの掛け布団はめくられている」

「ありがとう、って言うの」

「ありがとう？　わたしは――」

「さあて、あたしの部屋もおんなじサービスを受けてるか見に行くわよ」

部屋へ入って、赤々と輝くガス暖炉と掛け布団のめくられたベッドを目にしたクレオは、両手を叩いて笑い声をあげた。

「やった！　すごくうれしい。ありがとうね！」

「あなたのそういうところ、わたしには永遠に理解できない」

「バイユー生まれ（ボーン・イン・ザ・バイユー）」クレオは古い歌の一節を口ずさんだ。

「あなたはバイユー生まれじゃないでしょ」

「あたしのおばあちゃん（グラン・メール）はそうよ。女王様気分で眠れるわね。それじゃあ、また朝に」

ソニアは頭を振り振り自分の部屋へ戻ったかもしれないが、ベッドに体を滑りこませたときには、ほんの数部屋先でクレオが眠っているのだと、口元に笑みが広がった。

「ソニア！　起きて！」

耳元で鋭くささやかれつつ肩を揺さぶられ、ぐっすり眠りこんでいたソニアはびくりと体を動かして一気に目覚めた。

「何？　どうしたの？」

「しいっ！　耳を澄まして！」クレオはいまやソニアの肩をつかんでいる。

ピアノの音色が階下から漂ってくるように聞こえた。「あれが聞こえる？」暖炉の薄明かりのなか、ソニアは両手でクレオにしがみついた。「あなたにも聞こえるって言って」

「もちろん聞こえるわよ。だから夜中の三時にあなたを起こしてるんじゃない。調べに行くわよ」

「調べに行く」ソニアは繰り返し、恐怖に抗ってベッドから出た。

「この曲、わかる？」ささやき声のまま、クレオは部屋の外へとソニアを引っ張った。

「知ってる気がするのよね。なんか聞き覚えがある」

「わたし、夢だと思ってた」

「ふたりであなたの居間を出ながら同時に同じ夢を見てるんじゃない限り、夢じゃないわね」

階段へ近づくにつれて音が鮮明になる。

「待って」ソニアは図書室へ走っていき、暖炉に直行して火かき棒を手に取った。

「ねえ、ピアノを弾く幽霊がけんかを吹っかけてくるとは思えないんだけど。それに火かき棒でどうするの？　幽霊を殺害？」

ソニアは両手で火かき棒を握りしめ、〝つべこべ言わないで〟とにらみつけた。

そろそろと階段をおり、一階にたどり着いたところでソニアは音楽室のほうへうなずきかけた。戸口では蠟燭か暖炉の火が投じるたぐいの明かりが揺らめいている。

ふたりが近づいていくあいだも曲は続いた。そして人のものとはっきりわかる長いため息のあと、音は薄れて消えた。

武器の火かき棒を手に、ソニアは音楽室へ駆けこんだ。なかは真っ暗で楽器などの輪郭と陰が見えるばかりだ。彼女は悪態をつき、照明のスイッチを手探りした。

シャンデリアのまばゆい光のもと、ピアノの前に座っている者の姿はなかった。楽器と家具をのぞけば部屋はからっぽだ。

「どういうことなの。部屋に明かりがついてるのをこの目で見たわ、蠟燭のにおいだってまだ残ってる。誰だか知らないけど、わたしたちが来るのに気づいて逃げだしたのよ」

「ソニア、明かりとピアノの音色が消えたときには、あたしたちはドアのすぐそばまで来ていたわ。こちらに姿を目撃されることなく逃げだすのは不可能でしょう」

「通路があるのかも。別の通路が。使用人用の隠し通路みたいなやつよ」そうに違いないと、ソニアは火かき棒を下に置いて壁を探った。「羽目板の部分とか、あの——なんて名称？——腰見切り（チェアレール）。そういうところに隠しボタンかレバーが仕込まれてるんじゃないかしら」

「映画版『X-ファイル　真実を求めて（アイ・ウォント・トゥ・ビリーブ）』の逆ね。あなたは信じたくない」

「信じたくなくて当然でしょ」声がまるまる二声域跳ねあがった。「夜中の三時にピアノを弾きたがる幽霊が出たなんてとりわけ信じたくないわよ。探すのを手伝って」

クレオはやれやれと隣の壁を調べた。「誰かがこっそり入ってきて、ドアを開けたり、ものを動かしたりして、夜中にピアノを弾いてるってことなら信じるの？　で、その人は一瞬で蠟燭を消して秘密の通路に飛びこめるわけ？」

「それなら少なくとも火かき棒でゴツンと叩いて、わたしの家からとっとと出ていってと怒鳴ってやれるでしょう。だから、ええ、そっちを信じるほうがいいわ」

ソニアはぴたりと動きをとめると、両手で顔をこすった。「ううん。本当はそんなこと信じてない。今日あなたがここへ来る前は悩んでいたのよ、この屋敷には何かあることを認めるか、それとも自分が正気を失いかけているのを認めるかだって。幻覚を見てるのかもって。やっぱり頭が変かもって」

「ねえ、あたしはここにいる、そしてあなたは正気を失ってるのでも、幻覚を見てるのでもないって証言できる」クレオは近づいてきて、ソニアの肩に腕をまわした。

「この家にいる霊はひとりじゃないわね。それにピアノを弾いていたのは女性だわ」

「あのため息ね。わたしも聞いたわ」

「彼女、悲しんでた」

「死んでいるのをうれしがる人はそういないと思うわよ」

「アストリッドかもね。自分の結婚式の日に命を奪われたのなら、悲しいわよね。あの曲……」クレオはピアノへ歩み寄り、思いだそうと鍵盤を鳴らした。「こんな感じじゃなかった？　基本的なメロディはこうよ。絶対に聞き覚えがあるんだけど、なんの曲かが思いだせない」

「それがこの幽霊騒動で一番大事なことなの？」

「手がかりになるかもしれないでしょ」クレオは顔を輝かせた。「『少女探偵ナンシー・ドリューと幽霊ピアノ』よ」

「わたしはベッドへ戻るわ」

「それがいいわね。まだ蝋がちょっとやわらかい」クレオは蝋燭の一本を指でつついた。

「あなたはちっとも怖がってないのね」

「まだね。いまはとにかく興味津々。ほらほら、火かき棒を忘れてるよ」

「はいはい。斧を持った殺人鬼とここで出くわしていたら、クレオもわたしに感謝してたわよ」

「休憩を入れてピアノを演奏する、斧を持った殺人鬼ってこと？　毎晩ベッドの掛け布団をまくってくれる殺人鬼？　そういうやつ？」

ソニアもため息をつき、クレオの手を取って一緒に階段をあがった。「あなたが来てくれてよかった」

「あたしもここに来てよかったってしみじみ思う。そうそう、眠りに落ちる前に思いついたことがあるんだった」

「超常現象番組への連絡は含まれてないでしょうね」

「そっちの話じゃないの。弁護士さんとあなたの親戚が家具を移動させに明日来たときに、あたしも動かしたいものがあったら頼めるかな？」

「いいんじゃないかしら。何か見つけたの？」

「屋敷のなかを見てまわったのは、あたしがここに移ってあのすてきな小塔を仕事場にするって話をする前だったでしょ。ここに住むことを念頭に置いてちゃんと見てみようと思って。とにかく明日ね」

ふたりはクレオの部屋の前で立ち止まった。

「デスクならひとつあるわ、すばらしいデスク。あなたがいま使ってるやつは実用的だけど、もっといいやつよ。それに腰かけられるものも必要だわ」

「もう頭のなかでリストを作ってるところ、ほかにもいくつか考えておくわ。明日ね」クレオは繰り返した。「男の人が来るんだから、老け顔に見えないようちゃんと眠らなきゃ」

「あなたが老け顔に見えたことなんてないでしょ」

「何か物音がしてあたしが気づかなかったら、起こしてちょうだい」

「まかせて。おやすみなさい——眠れるといいわね」

ゆうべと同じで真夜中の三時を過ぎており、またうとうとと浅い眠りになるのを覚悟していたが、ソニアはことんと眠りに落ちた。

そしてやわらかな朝の光で目を覚ました。

クレオはあと二時間は寝ているだろうから、コーヒーをいれに向かった。ちょっと仕事をしてから、ふたりでブランチっぽいものにし、そのあとクレオがアトリエで——それにどこであれ彼女がほしがる部屋で——使えるものを探そう。

友人がここで暮らすのだと思うと本当に心強かった。それに自分の妄想や、物忘れでなかったことがはっきりしたので、正直、ほっとした。

デスクに向かっているあいだソニアはずっと楽観的な気分だった。タブレットがサンドパイパーズの《土曜の朝には（カム・サタデー・モーニング）》を流すことにしても、水を差されはしなかった。

十一時をちょうどまわったところで、クレオがやってきた。おろした髪はくるくると完璧なカールを描いている。切れ長の琥珀色の瞳はまぶたがほんのわずかにブロンズ色に彩られていた。ぴったりとした黒のジーンズに、ごく淡いラベンダーから深紫に変わるセーターを合わせている。

「しっかりおしゃれしてきたわね」

「人が来るんだもの。男の人がね」クレオがポーズを取ってみせる。「第一印象は大切よ。それにこのセーターはあたしの好みを知ってる親友が買ってくれたんだもの。仕事中？」そう問いかけて言い添える。「お邪魔なら失礼しようか」

「あなたが起きてくるまで仕事してたの」ソニアは時間を確認した。「来るのは三時以降だから、わたしも身だしなみを整える時間があるわね」

「なんにもしてなくてそれって、むかつくな。そういうところ、昔からむかついてたけど、あなたへの愛情のほうが勝ってる」

タイミングを見計らったように、音楽がクイーンの《マイ・ベスト・フレンド》に切り替わった。

　クレオは笑い声をあげて喜んだ。「おばけのDJね。クールじゃない」

「いまパソコンを切るから。ブランチで女子会にしましょう」

「まだ切らないで。陶芸家さん用に制作したものを見せて。ゆうべは見なかったでしょ」

「いまはテストをしてるところ。来週にはネットにあげて新装開設よ」

「スピーディね」

「ここでは仕事の時間がたっぷりあるわ。まず、これがもともとのサイト」

　クレオは近づき、ソニアの肩越しにのぞきこんだ。「オーケー、彼女の作品、好きだわ。サイトもひどくはない」

「読みこみ時間はひどいものだった、それにモバイル機器ではまったく動作しないの。あそこにあるムード・ボードは見せたわよね。これがわたしのデザインしたもの、彼女にオーケーをもらったからテストしてるの」

　ウェブサイトが画面に表示されると、クレオはハッと笑ってソニアの肩に軽くパンチした。

「いいわね、ベイビー、これなら目を引くわ。高級感がありつつも親しみやすい。芸術的だけど地に足が着いてる。力強い色合いでより印象的。ミニ動画は名案ね。拡大できる？

うん、うん。彼女、いい顔立ちしてる――骨格が最高――髪型がそれを引きたててる。スケッチしたくなるわね」

ソニアは〝ショップ〟のタブをクリックした。

「彼女の作品を好きから大好きに変更よ。あなたが作った新デザインで作品のよさがよくわかるわ」

「ジーナの新しい植木鉢はアンナの作品なの」

「えっ？」クレオは窓辺に歩み寄った。「彼女の新しい装いになんで気づかなかったんだろ？　すっごくいい。それにジーナもうれしそう」

「いくつか新芽が出てるのよ」

「本当だ」

「仕事はもういいわね。八時から起きてて、おなかがペコペコ」

「あの正式なダイニングルームで食べたいわ」

「あそこで？」

「そう。上流階級を気取るの。でっかい屋敷を持ってるんだもの、使わなきゃ」

「もう。わたしには本当にあなたが必要ね」

「それから条件について話しあいましょ」

「条件？」ソニアはコンピューターの電源を落とした。「家賃は不要よ、クレオ。わたしだって払ってないんだもの、あなたもいらないわ」

「了解。ありがとう。でも貢献はするわよ。食料品の買い出しに行くし――一週間分の買い物リストを作りましょう――食費を出すわ。どんぐりの背比べとはいえ、料理はあなたより上手だから夕食はあたしにまかせて――そうね週に五日。おおよそで」

「やってみながら考えましょう」

「ええ、それがいい」階下へ向かいながらクレオはにっこりした。「それがあたしたちのやり方だもの」

13

クレオに強く言われて、ソニアはブランチ後に〝おしゃれ〟をした。家具を動かす手伝いをすることになるだろうから無駄な気はしたが、その時点では玄関ホールで前転跳びをやってとクレオに言われたら、挑戦していただろう。

というわけで、もう一度クレオに言われたら、挑戦していただろう。

というわけで、もう一度クレオを収納室に案内したとき、ソニアは錆色(さびいろ)のスエードパンツにストーングレーのタートルネックに着替えていた。

「このデスクよ」人魚がクリスタルのボールを抱いているフロアランプに釘付けになっているクレオをよけて、なんとかデスクまでたどり着いた。

「アトリエにこのランプがほしい」

ソニアは髪を払ってうなずいた。「ええ、そうみたいね」

「彼女、完璧よ。あたし、人魚についての本をやってるの」

「わたし、その話は初耳？」

「まだ取りかかってないもの。月曜の打ち合わせがそれよ。大人向けの本」クレオはランプのまわりをぐるりとまわった。「ハードカバーの大型本。さまざまな言い伝え、さまざまな文化を取りあげてイラストで解説するの」

「あなたが一番得意な仕事じゃない」

「そう。それがデスクね。めちゃくちゃすてき！」クレオはぴょんぴょん跳ねた。

「すごい重量のはずよ」ソニアは目測して言った。「それにあそこまでおろすのは一筋縄ではいかないでしょうね」

「やる気になればできるわよ。見事ね」クレオは革のシートがはめこまれた天板に恭しく手を滑らせた。「なんの木かな」

「見当もつかない。でも文房具をしまえる引き出しに、モニターを置くスペースがあるし、拡張部分はスケッチをするスペースに使えるでしょう」

「そうね、これがほしい、それに人魚も。デスクチェアはいまのを持ってくるわ、あれはちょうどいいの。デスクランプもいまのでいい。小ぶりのソファか長椅子、寝椅子があるといいかな。半円形ならなおよしね、アトリエの形を考えると。それに最低でも椅子が一脚、あたしの親友が部屋に遊びに来たときのためにね」

クレオは笑って見まわした。「ああ、ソニア、すごくすてきなアンティークショップでお代を払わずにショッピングしてるみたい」

頭上で床がきしんだ。

「屋根裏ね」ソニアはひそひそ声で言った。

「覚えてる――服とかのトランクがあるんでしょ。行ってみよう」

ソニアは足音を忍ばせ、ポケットに両手を滑りこませた。「屋根裏はすごく冷えるの」

「昨日もそうだったね。ちゃんとは見なかった」

屋根裏にあがり、クレオは指さした。

「半円形の小ぶりのソファがほしいって言ってたら、そこにあるじゃない」

「ねえ、昨日はシーツで覆われていたのよ――その前にわたしが調べたときも」

「ふうん、いまはシーツで覆われてないし、ちょうどぴったりだわ」クレオは大喜びでソファのまわりをまわった。「深みのあるロイヤルブルーがすごくいい。ベルベットよ、それにフレームに彫りこまれたハートを見て。すっごくキュート！　本当にあの部屋にぴったりよ。椅子が一脚、テーブルがふたつ、それになんと居間、作業エリア、あの景観、さらに気分が乗ったら絵を描ける部屋」

「コリンの画材を使って。あなたが使わないと廃棄処分になってしまうわ。あとで――ここがこんなに寒くないときに――全部見てみるべきね。シーツや覆いを取ってすべて見ましょう」

「ええ、そうね」クレオはもう一度くるりとまわってうなずいた。「ねえ、この小さなソファなら、あたしたちふたりで階下へ運べるんじゃないかな」

ソニアはじっと眺めた。「やってみなければわからないわね」

見た目より重量があるとわかったものの、なんとか階段をくだって廊下を通り抜けられる小ささだった。

軽く息を切らしてアトリエの湾曲した窓際にソファをおろしたとき、ふたりは拳を触れあわせた。

ドアベルがゴーンと鳴った。

「ぎょっとするほど大きな音がするおかげで、屋敷の奥にいても聞こえるってわけね。さあ、男らしい男の人たちをなかへ通して、家具を運べるだけの力持ちであるよう願いましょう」

一階へおり、ふたりの男性のために玄関ドアを開けた。すると犬も二匹いた。

「ムーキーね！」ブロンドの毛をした大型犬がふさふさしたしっぽを振ってくれたので、ソニアはしゃがみこんだ。ムーキーはさらにしっぽを振って鼻をすり寄せてきた。

「それでこっちは？」

「ジョーンズだ」オーウェンが教えた。

ソニアは左目にアイパッチをしている、根性のありそうな黒い犬に顔を寄せた。

「目はどうしたの？」

「バーでドーベルマンとけんかになって失った」

ソニアは二匹同時に両手で忙しく撫でながら顔をあげた。オーウェンが肩をすくめる。

「それがおれの聞いた話だ」

「ドーベルマンのほうはもっとやられたんでしょうね」クレオは後ろへさがって手招きした。「外は寒いから犬たちと一緒になかへどうぞ」

「ええ、ごめんなさい。クレオ・ファバレー、トレイ・ドイル、オーウェン・プールよ」

「はじめまし――」挨拶をしかけてトレイが怒鳴った。「ムーク！」

さっさと応接間へ向かっていた犬はちらりと振り返った。

「あいつはどこへ行っても自分の家のように振る舞うんだ」

「かまわないわよ。コートを預かるわ。まずは、手伝いに来てくれてありがとう。それから、白状するわね。動かしてほしいものをもっと見つけたの」

オーウェンはソニアにコートを手渡した。「ビールはある？」

「あるわ」

「じゃあ問題ない」

「あなたは小さなタフガイね？」クレオが腰をかがめてジョーンズの耳のあいだと角

張った顎をかいてやると、犬はふんと息を吐いた。

「そいつは自分を小さいとは思ってない」

クレオは髪をさっと払い、オーウェンをすばやく横目で見て微笑んだ。「ふうん、犬の大きさはその闘志で決まるってことかしら？」

「それならジョーンズはたっぷり持ってる。そのアクセントはどこの出身？」

「ルイジアナ。ラファイエットよ」クレオはどちらも地元の発音で教えた。

応接間でくんくんかぎまわるムーキーに、ソニアは目をやった。

「宝探しをしてるんだ」トレイが説明した。「コリンはよく犬用のビスケットや骨ガムを隠してムーキーに……あれは見落としていたらしいな」ムーキーが椅子のクッションの下に鼻を突っこんで犬用おやつを見つけだすと、トレイは言った。

「まったく、仕方ないな」オーウェンはまだソニアが持っているコートのポケットを探った。小さなビスケットを取りだしてジョーンズに放ってやり、犬がぱくっとくわえる。「これで公平だ」

「決めたわ。わたしも犬を飼う」

「ここで？」クレオは両手をぱちんと合わせた。「それなら猫も飼わなきゃ、ね。この場所は忠犬としゃなりとしたお利口な猫のためにあるようなものよ」

「もうひとつ白状すると」ソニアはコートをクローゼットへ持っていった。「クレオはここへ引っ越してくることになったの。問題はないでしょう、トレイ？　その、なんらかの条件を破ることにはならないわよね？」

「ああ、問題ない、それに、いいや、条件を破ることにはならない。よかったね。ようこそ」

「ありがとう」クレオは両腕を広げた。「こんな場所に抗える人がいるかわからないけど、あたしはそのうちのひとりじゃないわ」

図書室からシンディ・ローパーの《ガールズ・ジャスト・ワナ・ハヴ・ファン》が高らかに響いた。

「それにあれも」クレオは笑って言った。「もうひとつの理由ね。この屋敷に幽霊が出ることはソニア以外みんな知ってたの？」

「それは言ってあったよ」トレイはジーンズのポケットに親指を引っかけた。「彼女は真に受けなかったんだ」

「じゃあ、あれは異常なことではないの？」ソニアは問いかけた。「見計らったようにわたしのタブレットで音楽がかかるのは？」

「音楽好きの霊らしい」トレイはさらりと言った。

「それにあなた」ソニアはオーウェンを指さした。「リアクションはなし？」

「おれはポップスよりロックが好きだが、ローパーはいつだってクールだ」

「あたしの親友は現実主義者なの」クレオは片手でソニアを抱きしめた。「だからちょっと面食らってる。あたしが来ればちょうど釣りあいが取れるわ」

「玄関ホールに男性たちとワンちゃんを立たせたままにするのはやめましょう。あっちからこっちへ、こっちからあっちへ運んでもらうものがあるわ。無理そうなものはそう言ってね。でも、お礼のビールは用意してる」

ソニアはレコードプレーヤーから始めようと、階段をあがって案内した。

「これはいい家具だな」オーウェンは木製のキャビネットに手を滑らせた。「しかも状態が完璧だ」

「言ったでしょう、オーウェン。何かほしいものがあれば、どうぞ持っていって」

「人魚はだめよ」

クレオを振り返るオーウェンの目に好奇心がよぎった。「人魚？」

「彼女は別の場所にいるわ──フロアランプよ──でも彼女はだめ。もうあたしのものだから。デスクは何か思い入れがあるなら、交渉可能。すでにあたしたちで移動させたソファはじゃんけんで負けたら譲ってもいいけど、人魚は譲れない」

「人魚以外でね」ソニアは条件をつけ加えた。「レコードプレーヤーを音楽室へ運びたいの。あなたがほしいのなら別よ、オーウェン」

「おれはけっこうだ」

男性ふたりがレコードプレーヤーと楽譜用キャビネットを階下へ運ぶあいだに、ソニアとクレオは古いレコードの箱を抱えていった。

犬たちはあとをついて階段をのぼりおりしていたが、やがておとなしく図書室へ行き、暖炉の前で昼寝を始めた。

「コリンの絵をかけたいのはそこよ。ジョアンナの肖像画。静物画には別の場所を見つけるわ。休憩が必要なら――」

「ソニア」トレイは彼女の肩に手を置いた。「まだふたつ運んだだけだ。もっと運べるよ」

「これから人魚と大きなデスクがあるでしょう。クレオはコリンのアトリエを使うことにしたわ」

「絵を描くんだね？」オーウェンが階段をあがりながら尋ねた。

「ときどきね。本業はイラストレーター」

「どう違うんだい？」

「説明の制限時間は？」

「手短に」

「オーケー、短縮版ね」クレオは歩きながら壁の絵画を指さした。「見る人にとって絵画はそれだけで完結している。イラストは文章に添えて話を伝えるのを目的とし、お互いを——理想的には——引きたてる」

「なるほど」

階段をあがり、人魚にたどり着いた。

「なるほど」オーウェンは畏敬の念をこめて繰り返した。「なるほど、これは美しい」

「あたしのだから」

オーウェンはクレオを無視して彫刻へ手を伸ばし、風になびく長い髪、心を見透かすような笑み、なめらかな胸を撫でた。

「無垢のマホガニーだ、トレイ」クレオへ目をやる。「彼女の名前は?」

ソニアを手伝っていること、それにジョーンズの飼い主ということで彼はすでに二ポイント取得していたが、いまの質問でクレオは彼の持ち点を倍にした。「キルケーよ」

「いい名だ。キルケーは軽くはないな」

「デスクもね」ソニアは警告した。

「よし」トレイは両手をこすって、うなずいた。「チャレンジだな」

「誰かがここまで運んできたんだ、下へおろすことだってできる」オーウェンはデスクへ近づいていくと、かがみこんで引き出しを調べた。「桜材、無垢。少し乾燥してるな。これと人魚はペーストワックスをしっかり塗りこむ必要がある。スーパーマーケットで売ってるスプレーはだめだ。あの手はどれも厳禁。普段はレモンオイルやオレンジオイルでいいが、年に一度、それか二度、上質のペーストワックスを塗りこむこと」

「買ってくるわ」

「おれが口を出すことじゃないが」オーウェンは立ちあがり、ソニアに向き直った。「これだけの家具、調度品の管理をきみたちふたりでやれるかい？　埃を払い、劣化しないようにできる？　広大な木の床は言うにおよばずだ」

「無理ね」ソニアは息を吐きだした。「無理。清掃業者を雇うしかないわ。来週か再来週のやることリストに入れましょう。オーウェン、お願いだから何か持っていって。ひとつと言わずに」

ソニアがしゃべっている途中でシーツがするりと床に滑り落ちた。彼女は自分の両肘をぎゅっと握りしめた。

「気味が悪い。ねえ、本当に気味が悪いわ」

「多少ね」だがオーウェンは、いまやシーツが床に落ちている整理だんすへ向かっていく。「少し修理は必要だ。取っ手がひとつなくなってる。一番下のこの引き出しはひびが入ってるな。前脚のここは犬に嚙まれたらしい。おれはこれを引き取ろう」

「いいの？」

「自分で修理できる。それにこれできみも後ろめたくなくなるだろう」

そのひと言で、クレオのスコアボードで彼に追加点が入った。

「背面を見てみろ、オーウェン」トレイは指をくいと曲げてにやりとした。「誰かが――子どもだろうな――下のほうに自分のイニシャルを刻んでるぞ。ＯＤＰ。オーウェン・デヴィッド・プール。おまえのイニシャルでもある」

「ああ、へえ。さっきも言ったが、おれはこれを引き取る。先にデスクを片づけよう。こいつは手ごわそうだ」

デスクの移動にはかなりの筋肉、かなりの方向転換、それにかなりの独創的な悪態が必要となった。男性ふたりがデスクの向きを変え、傾け、アトリエにそろそろと運びこむあいだ、ソニアは引き出しのひとつを胸に抱きしめていた。

「このお礼はビールじゃ足りないわね」

「ほら、デスクにちょうど光が当たる！　ここに置ける？」クレオは急いで先にまわると、両腕を広げてさげてみせた。「ここ、向きはこんなふう。見てよ、もうすでにここにぴったりじゃない。あたしが産む最初の子どもはコリン・オリヴァー・オーウェンと名づけるわ」

「イーゼルに絵を飾るべきね、クレオ、あなたが使ってないときは。雰囲気が出るもの。でも」ソニアはつけ足した。「ジョアンナは下へ持っていくわ」

トレイは肖像画へ近づいた。「あのクローゼットで見つけたと言ってたね？」

「ええ。コリンは見るのがつらくてしまってたのかしら、でも――」

「ソニア、ぼくは何度となくこのアトリエに入っている。それにコリンの死後この場所を自分の目で確かめている。この絵はこれまで一度も見たことがない。それにクローゼットには絵などなかった。あそこはコリンが未使用のキャンバスをしまっていた場所だ」

「そこにあったのよ」

「きみを信じるよ」

「ジョアンナだ」オーウェンはトレイの横に並んだ。「写真で見たことがある。コリンは人物画はめったに描かなかった。風景とかそういうものが主だ」

「もったいない」クレオが言った。「だって人物画の才能があったのに。彼女、美しいでしょう。光と線、それに躍動感を巧みに描いている。美しいわ」ほおっとため息をつき、自分の左胸をそっと叩く。「コリンは彼女を愛してた。その想いが表れてる」

「クローゼットに入ってたのよ」ソニアはもう一度言った。

「だったら、コリンはきみに受け取ってほしかったんだろう」トレイは彼女に向き直った。「きみたちが運びだしたい残りの家具に取りかかって、そのあとビールを飲みながら話そうか」

ソニアは指で目を押さえた。「あなたっていつもそんなに落ち着いているの？」

「たいていはそうだ」オーウェンが彼女に教えた。「だが万一怒らせてしまったときは、おとなしく引きさがったほうがいい」

それからゆうに一時間以上かかり、そのあと犬たちを外へ出してから、四人はキッチンに集まった。

「手こずったわね」ソニアがビールをピルスナー・グラスに注ぐあいだに、クレオはワインのボトルを出した。「ビールだけじゃお返しにならない。料理のできる人はいないわよね」

「オーウェンはぼくよりは上手だ」トレイが返した。

クレオは思案しながらオーウェンへ目を向けた。「料理するの？」

「人並み以上にはってところだ」

「それならあたしと同じね、そしてソニアよりまるまるワンランク上。パスタ的なものなら作れるわ」

「パスタ的なものなら食べられる」

「じゃあ決まり。何があるか見てくる」

「わたしだって今度お料理するわ——ドイル家のみなさんを招いて」これで決定事項よ、とソニアは思った。「今度の金曜の夜はどうかしら？　それか土曜は？」

トレイは携帯電話を取りだして、カレンダーを確認した。「金曜は空いてるな。アンナとセスは土曜に予定が入っている」

「そこに全員のスケジュールを記録しているの？」

「まめなんだよ」オーウェンはカウンターのスツールに腰かけた。「まわりが彼にそう望もうと望むまいと」

「予定がぶつかるのを避けてるだけだ。家族にはぼくから伝えておこう」

「みんながそれでよかったら教えて。七時でいいかしら。オーウェン、もちろんあなたも大歓迎よ」

「ドイル家と水入らずのほうがいいだろう、だがありがとう」

「気が変わったら、あなたの席とたぶん食べられる料理があるわ。それじゃあ」ソニアは自分のワイングラスを手に取り、トレイを振り返った。「部屋にいる見えない象の話をしても？」

「どういう状況かきみから話してみてはどうだい？ iPadにある曲が勝手に流れること以外は？」

「そうね」必要なものを探すクレオのかたわらで、ソニアはアイランドカウンターに沿って行きつ戻りつした。「ドアが開いたり閉じたり、床がきしんだり。それは無視できたし、無視していた。古い家だもの」

「この屋敷は地盤同様に造りがしっかりしている」オーウェンが指摘した。「床は水平器で測っても傾きはないだろう。たしかに古いが、ドアが勝手に開いたり閉じたりすることはないさ」

「それは理解してるの。『X-ファイル』のスカリーみたいに頭からオカルトを否定はしないわ。いまではね。あなたにプリンターを移動してもらった日があったでしょう、トレイ？　その前の夜、図書室の二階で映画を観ていたの。目を覚ますとわたしの体にはブランケットがかけられて、テレビは消され、リモコンは引き出しに戻されていた。そしてあなたとプリンターを運んでいったあと？　毛布は元どおりに畳まれていたわ」

言葉を切ってワインをひと口飲んだ。「ここで起きた現象を記録しておく必要があるわね。わたしは毎日図書室の暖炉を使っているの。毎日灰は掃除され、暖炉には新しい薪が入っているわ。朝、キッチンへおり、コーヒーをいれてから戻ると、ベッドは整えられている。夜にはホテルのメイドサービスみたいに掛け布団がめくられている」

「おれもお願いしたいよ」オーウェンが言った。「うらやましがらない人はいないだろう？」

クレオは探索の手を一瞬休めて彼を振り返った。「ね？　あたしもそう思う」

「わたしは自分がぼんやりしているだけだと、物忘れがひどくなっただけだと考えてた。そうそう、それに化粧台の上の小物よ。わたしが置いた場所から小物が移動していたの」

「ピアノの演奏もあるでしょ」クレオはにんにくを細かく刻み始めてから、口をはさんだ。

「真夜中によ。夢か気のせいだと思った。だけどゆうべはふたりとも耳にし、階下へ見に行ったの。明かりがついていたわ――蠟燭をつけているみたいな明かり――音楽室に。わたしたちが部屋へ行くと、明かりも音楽も消えたの」

「なんの曲か思いだせないのよね」クレオは思いだそうと目をつぶって指を振った。

「ラララーラララー、ララーラララーラー」

「〝ひとりの若い娘が暮らしていた〟」トレイが澄んだテノールで歌った。「〝そして若者たちはみんな彼女に恋い焦がれて涙を流した。彼女の名はバーバラ・アレン〟」

「それよ！　それに、歌えるのね」

「古い民謡だ。歌詞は違うこともあるが、メロディは変わらない」

「わたしも聞いたわ」ソニアはつぶやいた。「悲しげな曲だった」

「恋煩いで死の床にあった若者にバーバラ・アレンはすげなくする。彼が息絶えると、バーバラ・アレンも罪悪感と悲しみで死んでしまう。だから」トレイは同意した。

「ああ、ひどく悲しい曲だ」

「アストリッドだと思うな」クレオはフライパンにバターを熱してにんにくを加えた。

「自分の結婚式の日に殺されたんだもの。これ以上悲しいことはないわよ」

「キッチンへ行ったら戸棚の扉が全部開いてたこともあったわ。それにある日なんて、散歩に出かけて帰ってきたら玄関ドアが開かなかった。引っかかっていたのかもしれないけど、最初は開かなかったわ」

「その話は聞いてないわよ」

「忘れてたの。それにクレオが来る前の夜、誰かが玄関ドアを叩く音がした。それで目が覚めたの。起きあがって外を見ると、猛吹雪になっていた。風がびゅうびゅうなるのが聞こえ、吹雪いているのが見えたのよ。誰か事故か何かで助けを求めているんだと思い、階段をおりて玄関を開けると、誰もいなくて空は晴れていた。風はうなっていないし、吹雪いてもいなかった。思わず外へ足を踏みだしかけて、閉めだされたのを思いだしたわ。それで踏みとどまったの」

「それはいたずらとは違う。悪意がある」トレイはオーウェンと目を見交わした。

「そんな話はこれまで聞いたことがない」

「ああ、おれもだ」

「わたしが怒らせてしまったのかもしれないわ。その手のことにはなんの経験もないから」

「だけどきみはここにとどまっている」トレイが指摘した。

「わたしはここにとどまっているわ。たまに、あの夜みたいなときには、自分でもなぜここにいるのかわからなくなるけれど。でも、わたしはここにいたいの。もうひとつ忘れてた。シャワーから出て、曇った鏡をぬぐおうとしたら、まるで誰かがそこに文字を書いたみたいだったの。7――数字の7。7失われた（ロスト）」

「七人いたんだ、花嫁は」トレイが彼女に告げた。

クレオがトマトペーストを混ぜ入れながら顔を向けた。「あのミュージカル（ミュージカル映画『掠奪（りゃくだつ）された七人の花嫁』のこと）みたいに？」

オーウェンはぽかんとし、トレイは笑い声をあげた。

「いいや。亡くなった花嫁が七人。アストリッドが一番目。家族史は読んでいないのか？」トレイはソニアに問いかけた。

「読んでいる途中よ。アストリッドとコリンの話を読んで、それから彼の弟コナーと……アラベルだったかしら？　それにヘスター・ドブス。コナーとアラベルの子どもたちのことを読み始めたところ」

「読み続けてくれ」

「コナーとアラベルはここで末永く幸せに暮らしたようね。子どもたちにも恵まれて」

「二番目の花嫁は彼らの娘のひとりだ。オブラートに包まずに教えてやれ、トレイ。それはウオッカかい？」オーウェンは眉根を寄せてコンロのほうを指さした。「それにウオッカを入れるのか？」

「ウオッカソースのパスタには不可欠でしょ」

オーウェンが立ちあがって見に行くと、トレイはスツールを示した。「座らないかい？」

「座る必要があるってこと？」ソニアは腰かけ、近寄ってきたムーキーへ手を伸ばし撫でてやった。

「彼女の名前はキャサリン。ウィリアム・キャボットと結婚した。早春にヨーロッパへ新婚旅行に行く予定で、ふたりは式の夜を屋敷で過ごした。その夜、あるいは早朝に、彼女は屋敷の外へ出た。猛吹雪のなかを。そして凍死した」

「彼女はネグリジェを、ネグリジェだけを身につけて外へ出たのよ」ソニアはつぶやいた。「裸足で。彼女は――彼女は冷たさを感じなかった。感じなかったの。黒いドレスの女が防潮堤に立っていた。彼女は裸足で、雪のなかをそっちへどんどん歩いていった。女は彼女の手を取ったわ――指輪？　結婚指輪を？　すると寒くなった。彼女が――黒いドレスの女が何か言ったわ。わたしには聞こえなかった。そしてキャサリンは引き返そうとしたけれど、彼女はすっかり凍え、何度も倒れた。そして最後は二度と起きあがらなかった。夢で見たのよ」ソニアは激しく鼓動する胸に片手を押し当ててさすった。「どうして忘れていたのかしら？」

「それ、さすがにあたしでも薄気味悪い、ソニア」クレオは彼女のもとへ行き、しっかり抱きしめた。「怖い夢ね。ぞっとする。実際にそうだったの？」

「なぜ吹雪のなか彼女が外へ出たのかは誰にも説明できなかった。だが翌日発見されたとき、彼女は結婚指輪をつけていなかった。指輪は見つからずじまいだ」

「ヘスター・ドブスの呪いと地元では言い伝えられている」オーウェンはクレオに代わってソースを混ぜた。「各世代で必ず花嫁がひとり死ぬ――結婚式の日か、一年以内に。屋敷で。指輪についてはおれにはなんとも言えないな」

「その最後がジョアンナだったってこと？　そして次はわたし？」ソニアは息を吐きだし、ふたたびワイングラスを手に取った。「結婚の予定がなくてよかった」

「ぼくはこの言い伝えは怪しいものだと昔から思ってるよ。たとえばリリアン・クレストは出産で亡くなっている。これはあいにく珍しいことではない。当時はなおさらそうだったし、しかも双子の出産だ。記憶を整理しなきゃいけないが」トレイはつけ加えた。「たしか、少なくともひとりは食べ物を喉に詰まらせて亡くなっている。十九世紀や二十世紀初頭にはこれも珍しくない。それにほかの人たちは、コナーやアラベルのように、末永くここで暮らした」

「だけど七人が亡くなった、鏡に記されていたように」

「誰かがあなたにそれをわからせたがった」クレオはもう一度ソニアをぎゅっと抱きしめたあと、パスタを茹(ゆ)でる鍋を取りに行った。

「コリンはきみがここにいることを求めた。彼はきみにこの屋敷を与えたがった。ぼくは生まれてからずっと彼を知っていたんだ。彼は人に害を与えるようなことは絶対にしない」

「コリンは優しい人だったよ」オーウェンが同意する。「家族を大事にしていた。きみは家族だろう」

「あなたこそ家族でしょう」

「ああ」オーウェンはコンロ脇のカウンターに寄りかかり、ソニアの目を見た。「そしてコリンはおれが求めるものを、必要とするものを与えてくれた。そのことには感謝している。おれは、きみのことをどう考えればいいか迷っていたよ――長らく存在すら知られていなかったボストンの親戚――だがコリンにはきみにここにいてほしい理由があったんだろう。いずれきみにもその理由がわかるはずだ。あとどれくらいで食べられる？」

「もう二十分」

「ビールをもう一本もらおう。魔女が怖がらせようと逃げださないでくれ」

「あたしのおばあちゃんは魔女よ――自称ね。アドバイスをきいてみるわ。あたしもなるべく早くここへ引っ越してくる」

「猛然と腹が立ってきたわ」

「ソニアの負けん気の強いところがお出ましね」クレオは水を入れた鍋をコンロへ運んだ。

「意志の強いところと言ってちょうだい。意志が強い、そっちのほうがいいわ。だから、ええ、とうの昔に死んでる人殺しの魔女が怖がらせてこようと逃げだすもんですか。ここは彼女の家じゃない。わたしの家よ。呪いなんて信じないけど、仮に信じるとしたら？　呪いをかけることが可能なら、呪いを破ることだってできるはず」

　クレオはワイングラスを取りあげ、かかげた。「そのとおり」

「言うのは簡単ね、いまはこうして座っていて、まわりに人が三人、それに犬が二匹いるんだもの。だけどわたしは本気」

　音楽が鳴り響いた。パンク・ロックの《うまくいく》だ。

「ラモーンズか」オーウェンが自分の分とトレイの分のビールを持って近づいてきた。「そうこなくちゃな。トレイの電話番号は携帯電話に入ってるね？」

「ええ」

「貸してくれ」オーウェンは手を差しだした。「おれのも登録しよう。怖いことがあったら、電話するんだ」

トレイは彼女の手に自分の手を重ねた。「きみはひとりじゃない、ソニア」

ソニアは音楽が流れてくるほうへ目をやった。「それは確かかね」

14

月曜の朝、ソニアはクレオとともに玄関ホールに立った。

「あなたには必要なときは駆けつけてくれる有能な男性がふたりいる。金曜はディナーパーティーにお客さんが来る」

クレオはそう言いながらソニアの手を取り、見まわした。「来週はあなたのお母さんが来る。そのあとはあたしが戻ってくる」

「わたしのことは心配しないで。心配は、おそらくわたしの最初で最後の挑戦となるポットローストを食べさせられる罪のない人たちのために取っておいてあげて」

「おいしいのができるわよ。どんなことでもあなたが本気で取り組めば成功する。だからあなたはここにいるのかもね。家には住む人が必要でしょ、人がいなければただの箱。ここでのあなたを見てると、あなたはこの家を必要としてたんだってわかるな。それにこの家もあなたを必要としてるって」

クレオはソニアをハグした。「打ち合わせがあるから行くね。ウィンターが来るときにあたしの荷物も少し持っていってもらうわ。あたしが来るまで邪魔にならないところに突っこんでおいて」

「それじゃあ二週間後に」

ソニアは、クレオが自分の車へ歩いていき、週末旅行用のバッグをしまいこむのを眺めた。最後に手を振ってから、車が走り去るのを見送る。

玄関ドアを閉めるなり、タブレットが《ふたりの世界（アイ・シンク・ウィアー・アローン・ナウ）》を歌いだす。

「おもしろくないわ」

意外にも曲はとまり、ジョエル・コリーの《ごめん（ソーリー）》が始まった。

ソニアはただかぶりを振って階段をあがった。仕事に取りかかる前に、〝現象〟を書き留める作業を開始しようと決意する。

なるべく詳しく思い返し、非論理的な出来事をリストにまとめると、なぜか論理的な作業をしている気がして、確固たる手応えを覚えた。

満足し、〈プラクティカル・アート〉プロジェクトに集中した。

三時間、邪魔されることなく仕事をした。暖炉では炎が燃え、屋敷は――それになんであれ彼女とここに暮らしているものは――ひっそりとしたままで、ウェブサイトをテストしてみると問題なかった。

「公開する準備ができたわね」自分に向かってつぶやく。

アンナに確認を依頼するテキストメッセージを送り――変えたいところはなるべく早く知らせるよう求めた。

暖炉に薪をくべに立ちあがりながら、ケータリング会社のプロジェクトを先に進めようと考えた。それでアンナにチェックする時間を与えられる。

ふたたび腰かけるのとほとんど同時にアンナの返信が来た。

〈完璧よ！　すべて完璧！　公開して！〉

「オーケー。さあ行くわよ」

ウェブサイトと新しいソーシャルメディアを起動し、準備しておいたアンナの連絡先リスト――それにソニアが追加した連絡先へ、新規開設のお知らせを一斉送信する。デスクトップ、携帯電話、タブレットでこれでもかというほど繰り返し確認し、そのあと拳を突きあげてアンナに返信した。

〈公開したわよ、すごくすてき！〉

クイーンの《伝説のチャンピオン(ウィー・アー・ザ・チャンピオンズ)》が大音量で流れる。

「その曲なら、許可よ」ソニアは声に出して言った。

自分も一緒に歌ってお祝いのコーラを取りに行き、そのあとは仕事を再開した。

その日はすこぶる仕事がはかどり、休憩をとって日課にする予定の散歩へ行くよう自分に言い聞かせねばならないほどだった。

またクジラが見えないかと防潮堤にたたずんでいたとき、トレイからのテキストメッセージを受信した。

〈アンナのウェブページはすばらしい出来だ。〈ドイル法律事務所〉も同じ仕事を頼めないか、今週話をする時間はあるかな?〉

「あるに決まってるでしょ!」

けれど返信はもっとビジネスライクにした。

〈もちろんよ。いつでもそちらの都合に合わせるわ〉

〈水曜は? 四時半に? ぼくがそっちへ行ってもいいかい?〉

〈それでいいわ。ムーキーを連れてくるのが条件だけど〉

〈ムーキーも行きたがってる。それじゃあまた〉

「よしっ。この仕事をものにするわよ」ふと振り返って屋敷へ目をやると、窓に人影が見えた。光による錯覚ではない。

誰かが——何かが——あそこに立ち、彼女を見つめ返している。

心臓が喉までせりあがったかもしれない。肌が冷たくなったかもしれない。けれどもクレオの言うとおりだ。

自分にはこの家が必要だ。誰にも何にも、この家から追いだされはしない。

ソニアは屋内へ戻ると、仕事を再開する代わりに、トレイが送ってくれた、犬の保護団体のウェブサイトをついに見た。

二十分後には面会の予約をし、ふたたび玄関から外へ出ていた。

「そのまま犬を連れて帰るってことじゃないわよ」街へと車を走らせながら自分に言い聞かせた。「犬を連れて帰る準備に取りかかるってだけ。いずれ犬を引き取るために」

街に着くと、湾とは逆側へハンドルを切り、広々とした芝生つきの簡素なケープコッド様式や装飾的なチューダー様式の家々が立ち並ぶ一帯へ入っていった。指示されたとおり、マルベリー・レーンの右から三番目の家で私道に車を入れた。

家にはベンチが二脚置かれた屋根つきのフロントポーチがあり、玄関前のマットにはこう記されていた。

〝前脚と後ろ脚をおぬぐいください〟

玄関脇の窓には三毛猫が座っていて、ソニアがノックをしようと手をあげる前に犬の吠(ほ)え声(ごえ)がした。

玄関に出てきた女性は黒のレギンスに絞り染めのトレーナー姿だった。片方の肩に布巾をかけ、明るい金髪を後ろで高く結んで垂らしている。ブルーの縁の眼鏡を鼻の上に押しあげる彼女のまわりで、犬が三匹飛び跳ねていた。

「ソニア?」

「そうです」

「ルーシー・キャボットよ」手を突きだす。「嚙む子はいないわ」

「よかった」

「なかへどうぞ。落ち着いて(セトル・ダウン)」彼女が命じると、犬たちはそれなりにしたがった。もふもふした白い毛の一番大きな犬がしっぽをパタンパタンと打ちつけておすわりする。もう一匹、つややかな茶色い短毛の面長は、くうんと小さく鳴いてルーシーのブーツをかいだ。

そして三番目の、その写真に惹かれてソニアがここまでやってきた犬は、大きな茶色の目でじっと彼女を見あげ、その場ではしゃいでいる。

「これはソロ」ルーシーは一番大きな犬を指さして言った。「こちらはランド。わが家の息子たちはスター・ウォーズのファンよ。このかわいいおちびさんはいまはヨーダと呼んでるわ。数日前に来たばかり」

「あの、いいかしら……」

「もちろん。ランド！　おすわり、待て。ヨーダは生後約十カ月」ルーシーは、かがみこんでヨーダを撫でるソニアに言った。「それにこの子は本当にかわいいわ。トイレのしつけと予防接種はすんでる。ほかの犬や、ご覧のとおり、猫とも――うちには二匹いるの――仲良くできるし人間が好き。それに子どもが大好きよ――うちには三人いるわ」

すべて耳に入ってくるもののソニアはうわの空で、彼女の手に鼻をこすりつけ、両方の前脚を彼女の膝にのせる子犬に自分がめろめろになっていくのを感じていた。

「チャンピオン犬のボストンテリアがダックスフンドのミックスに誘惑されてできた

子よ」ルーシーが説明する。「だから顔と虎毛（ブリンドル）はテリア、短い脚と長めの胴はパパ譲り。ショードッグにはなれないから、いらないということになったの」

「まあ」言いながら、ソニアは自分の心がとろんと溶けるのを感じた。

「でも乳離れするまで親犬から引き離さなかったのは、偉いわね。生後四カ月くらいでとある夫婦に引き取られたけど、ふたりは数カ月後に離婚してしまって。どっちもこの子をほしがらなかったのよ、かわいそうに。あなたを気に入ったようね」ルーシーは観察して言った。「とはいえ、この子は誰でも好きだから。犬を飼ったことは？」

「あります」ソニアは観念して床にしゃがみこみ、子犬が膝にのぼって彼女の顔にキスをするにまかせた。「子どものころに。ボストンに住んでいたときは職場で働いていたから、家で犬の相手をする時間が充分になくて。それではかわいそうだと思ったんです。あらあら。かわいいお耳ね」

「いまはロスト・ブライド・マナーにいるんでしょう」

「ええ、仕事も在宅でやってます」

「じゃあ、ずっと暮らすつもり？」

ソニアは子犬を抱いて顔をあげた。「ええ」

「この質問をしたのは、安定した家をこの子に与えたいからよ。すでに二度も飼い主が変わっているわ。本当にかわいい子だからこのままうちに置いておきたいけど、夫との約束があるの、動物の数は家族の数までとね。うちにはすでに犬が二匹、猫が二匹、それにモルモットが一匹いるの」

ソニアはなめらかな茶色い虎毛に手を滑らせた。「わたしはあそこをわが家にしているところです。この子のわが家にもできる。今日は見るだけのつもりだったけど」子犬の顔を両手で包みこむ。「この子で決まりだわ。ヨーダはいい名前ですね」

「そう思う?」

「前の飼い主は――離婚した夫婦はなんと呼んでいたんですか?」

「短足(スタッビー)」

「ああ、なるほど。かわいいけど、そうね、威厳がないかしら? ヨーダは威厳があって賢いわ。この子は賢そうな顔よ。それにヨーダは小さくても強かった」

「この子がスター・ウォーズに詳しい人に引き取られるのを、うちの子たちも喜ぶわ」

「譲渡してもらえるんですか?」

「この子はもうあなたに決めてるみたい。必要なものはある?」

「まだなんにも」ソニアはほがらかに返した。「帰宅途中に買います。この子が好きなドッグフードのメーカーと、かかっている獣医の名前を教えていただけるかしら。あなたのためにいろいろ必要ね」ヨーダに向かって言う。「フードボウルにベッド。

おもちゃにおやつ」

最後の言葉に三匹の犬が一斉に遠吠えする。

「〝お〟のつく言葉を言ったわね」ルーシーが笑う。「いいわ、みんなにおやつね。誓約書を交わしたら、最初に必要なものをまとめた里親パックをプレゼントするわ。ベッドはいま使っているやつを持っていって。この子が安心するから。それにわたしもあなたを気に入ったから」

「ありがとう。わたしもあなたが好きです。あなたがされていることはすばらしいし、愛情にあふれている」

「どうぞキッチンへ。〝お〟のつくものをあげて、誓約書。わたしの夫はあなたの親戚の会社に勤めてるのよ」

「〈プール造船会社〉に？」

「そう」

「先週末にオーウェンと会いました、ジョーンズにも。ムーキーもいるから、ヨーダにもお友だちができるわ」

「トレイ・ドイルの犬ね」ルーシーはうなずき、犬たちにおやつをあげていった。

「コーヒーはいかが？」

「あなたが飲まれるのなら」

「コーヒーにして、誓約書を片づけましょう。それで晴れてあなたはこの子を連れて帰れるわ」

必要なものはすべてルーシーがプレゼントしてくれたので、ソニアは買い物を省略した。ほしいものが出てきたら、ディナーパーティーの準備をするときに買えばいい。

ドライブ中、ヨーダは後部座席へぴょんとジャンプすると、窓に前脚をついて流れる景色を眺めていた。

「警告しておくわね、屋敷では変わったことが起きるの。でもふたりで守りあいましょう。ああ、ほら、見て。こんなすばらしい屋敷がほかにある？　リードをつけて、お散歩しましょう。用を足す場所を決めてしまえば、だいたいそこへ行くようになるから、そうするようルーシーに言われたわ」

リードをつけ、もう一度ヨーダを抱きしめた。

「うちのまわりを歩いてみるわよ。屋敷の裏手が用を足すのによさそうね」

犬を車から出した。引っ張ったり、走りだそうとしたりするかと心配したものの、ヨーダは彼女の横をちょこちょこ歩くだけだ。

「あなたを手放すなんて気が知れない。こんなにお利口なのに」

ヨーダはくんくんと——あちこち——においをかいでちょこちょこ歩き、ちゃんと用を足した。

車へ戻ると、ソニアはバスケットに入った里親パックを運びだした。犬用のベッドを取りにもう一度戻ったあと、リードを外す。

iPadはプロコル・ハルムの《どんな犬だってこれから運が向いてくる（エヴリ・ドッグ・ウィル・ハヴ・ヒズ・デイ）》を流した。

ヨーダは玄関ホールをうろうろしてにおいをかぎながらも、コートをかける彼女のそばにいた。その後はバスケットをキッチンへ運ぶ彼女のあとをついてくる。

「ベッドは二階へ持っていきましょう、あなたの寝る場所がわかるように」

それからの一時間はヨーダに家のなかを見せてまわり、写真を撮って母とクレオ、それにルーシーにも送信し、少し迷ってからトレイにも送った。

トレイ宛にはこうメッセージを添えた。

〈ムーキーの新しい友だち、ヨーダを紹介するわ。あなたが悪いのよ。ありがとう〉

「オーケー、家のなかにはまだまだいろいろあるけど、いっぺんに見る必要はないわね。わたしが日常生活で使っている主な場所だけでいいでしょう――とりあえずは。それにどうしてもあと一時間、このプロジェクトを進めておきたいの」

ヨーダの顔を両手にはさみ、鼻にキスをする。

「あなたは暖炉の前でお昼寝できるかしら」

ともあれ初めてのお昼寝の場所に、ヨーダはデスクの下を選んだ。たまに手をとめてヨーダの写真への返信に応えながらも、ソニアは一時間仕事に集中できた。

ヨーダは満足している様子だったので、もう一時間仕事をしてからコンピューターを切り、自分とヨーダのために夕食を作りに行った。

夕食後の散歩を無事に終えると、図書室の暖炉の前でくつろいだ。体を丸めるヨーダのかたわらで、ソニアはプール一族の家族史を読み進めた。

「一八六四年、ヒュー・プールの妻マリアンは結婚九カ月で双子を産んで死亡。双子の名前はオーウェンとジェーン。ヒューは一八六六年に再婚――相手はカーロッタ、さらに三人の子をもうける。ひとりは幼児期に死亡。なんて恐ろしいことなの？」

本を閉じた。「マリアンは三番目の花嫁ということになるわね、数えるのなら」

ヨーダを最後の散歩に出したあと、寝支度をした。ヨーダは暖炉脇に置かれたベッドに満足したらしい。

三時に時計が鳴ってもソニアは目を覚まさず、ピアノの音色が漂ってきても体を動かさなかった。だがヨーダはぴんと耳を立てた。寝室から出ていき、階段をおりていく。

しっぽを振って蠟燭の明かりのなかをピアノへと近づき、おすわりをした。招かれると椅子に前脚をのせ、撫でてくれる手に鼻をすり寄せた。

朝になると、ソニアは新たな日課を開始した。コーヒーをいれ、アウトドア用の服に着替え、犬にリードをつけて外へ散歩に連れていく。早朝と夜遅くには、いずれヨーダだけで外で用を足してくれるよう願おう。ごはんをあげ、自分も朝食にしながらEメールをチェックした。

「さあ、仕事よ」ヨーダに告げた。

ヨーダは彼女についてきて階段をのぼりだした。すると、隠し扉の前で足をとめてしっぽを振る。

「そこに何かあるの？」ソニアは寒気を振り払った。「そうね、でもそこへは行かないわよ。今日はね」

寝室では、ベッドを見て長々と息を吐いた――ベッドメイクされて、枕がふくらませてある。ヨーダの犬用ベッドもきれいに整えられていた。

「わかった。わかったわ、ありがとう。必要ないけど、ありがとう。ええ」

トレーナーに着替えたあと、ヨーダと図書室へ向かった。

ヨーダはデスクの下に陣取った。ソニアは仕事に気持ちを集中させた。

ドアが閉まる音が二度聞こえた。ヨーダも耳にし、頭をあげる。

「わたしじゃないわ」ソニアはつぶやき、仕事を続けた。

犬の散歩の時間は考える時間にしようと決めた。ケータリングのプロジェクトにはいくつか課題があった。セットメニュー、単品メニュー、全メニューの写真、価格。魅力的な表示にしながらも、客が情報量に振りまわされないよう簡素化したい。

一日の仕事を終えたときには、デザイン案ふたつをボツにしたあと、魅力的でしかも簡素な案に落ち着いていた。

そしていまいましい隠し扉の前を通るたびにヨーダが立ち止まるので、ドアを開けてみた。

「見たいんでしょう、見に行くわよ。どのみちわたしには運動が必要だもの」

ヨーダはうろうろしてはときどき立ち止まり、何もないところを見つめてしっぽを振った。少なくとも、ソニアには何もないように見えるところを。

運動と呼べるほどでもなかったがヨーダは満足した様子で、ソニアはもういいわねと考えた。

今度は、呼び鈴盤の前を通ったとき、彼女もベルの音を耳にした。

「〈黄金の間〉って、どの部屋かしら？　三階だったと思うけど。あそこは閉鎖してあるはずなのに」

ソニアは覚悟を決めた。

「行くわよ」

短い脚で階段をのぼらなくていいよう、それに安心感を求めてヨーダを抱えあげた。どの部屋かは自信がないけれど、なんとなく覚えている濃い黄金色の壁紙の大きな部屋から始めよう。たしか特別室のひとつだ。

三階にたどり着いたところで、ヨーダを下へおろした。

「ここは寒いわね。前に来たときより寒い」ひとつずつドアを開けていった。シーツをかけられた家具、花柄の壁紙、もしくはクリーム色の化粧板。

長い廊下の突き当たりにある扉のドアノブへ手をかけたとき、ヨーダがうなり声をあげた。

見おろすと、足を踏ん張り、歯をむいている。

「あなたを傷つけさせはしないわ」

胃がぎゅっと縮んで心臓の鼓動が激しくなったが、それでもドアを押し開けた。誓ってもいい、流れる空気が氷のようだ。家具にかけてあるシーツが揺らいでいる。戸口で、ヨーダは狂ったように吠えたてた。

「ここはわたしの家よ」ソニアはヨーダをすくいあげた。「ここはわたしたちの家よ」

けれど犬が震えているので——震えているのは彼女だろうか——ふたたびドアを閉

めた。「大丈夫」立ち去りながらヨーダの頭にキスした。「何もかも大丈夫。階下へ行きましょう。おやつをあげるわね」

遠吠えはくうんという鳴き声になった。けれど彼女はそれをもう大丈夫という印に受け取った。

キッチンでは、小ぶりのテーブルを囲んでいた椅子がすべて床にひっくり返されていた。

「怖がらせようとしてるんでしょうけど、わたしたちは平気よ」

ヨーダをおろし、椅子を戻した。

そして犬におやつをあげ、自分もグラスにワインを注いだ。

犬は慰めを与え、その小さな体でぬくもりをもたらしてくれた。その日最後の散歩をすませたあと、ソニアはプール一族の家族史はお休みにして読みかけの小説に戻ることにし、ヨーダは暖炉脇の自分のベッドで丸まった。

そして彼女はいつの間にか眠ってしまい、本が手から滑り落ちた。

これは夢？

鏡の前に立っていた。父の夢に出てきた鏡だ。鏡を縁取る肉食動物たちはうなり声をあげ、嚙みつこうとしてくるようだった。

けれども鏡には自分の姿が映っているのではなく、その先にある部屋が見え、影の塊が動いていた。鏡というより窓のようだ。

それぞれの影がはっきりした形を取り、明かりがまぶしくなる。

暖炉の火と蠟燭が寝室を照らしていた。

あれはわたしの寝室？

ベッドは違うもので同じじゃない、それに壁にはピンク色の花が淡い黄金色の野原に満開に咲いている柄の壁紙が貼られている。とはいえソニアが屋敷で自分の寝室に選んだ部屋だとわかった。

ベッドに横たわっている女性は明らかにお産の最中だった。実際に出産の場面を見たことはなくとも、鏡越しに目にしているものは見間違えようがなかった。

女性ふたりが彼女の世話をしていて――助産婦？――ひとりは女性の顔をぬぐい、ひとりは女性の脚のあいだに膝をついている。

そして鏡越しに、声や悲鳴が聞こえ、最初はくぐもった声だったのが、だんだん大きく、はっきりとした。

現代ではない、とソニアは思った。鏡越しに見えているのはいまの時代ではない。

ベッドの枕元に立つ女性は頭にキャップのようなものをかぶっているし、長いグレーのドレスの上には一種のエプロンをつけている。ベッドに面して膝をついている女性はボタン留めのブーツを履いているのが見えた。

夢よ、夢に違いない。ソニアはそう考えながら鏡に片手を近づけた。

するとまるで戸口のように向こう側へすっと通り抜けていた。

三人の女性はソニアに気づかなかった。新たな命をこの世に誕生させることに全エネルギーを集中させている。

「赤ちゃんが出てくるわ！　いきんで！　力を振り絞るんですよ、ミセス・プール、ほら、いきんでください！」

ベッドの上の女性は肘をついて上半身を起こしている。力んだその顔は疲労と苦痛を表す仮面のようだ。彼女の原始的な絶叫がソニアの骨まで震わせた。

「頭が出たわ、きれいな頭ですよ。もう一度いきんでください、奥様。ほら、もう一度」

母親が嗚咽するなか、助産婦は赤ん坊の体をくるりとひねって肩を引っ張りだし、あとは彼女の手のなかへ体ごと滑り落ちた。

「男の子ですよ、ミセス・プール。立派な男の子。はい、はい、もう大丈夫」助産婦は生まれたばかりの赤ん坊の顔を布でぬぐって言った。

赤ん坊は小さな音をもらしたあと産声をあげ、ソニアは胸の前で両手をぎゅっと握りしめた。

なんて美しいのだろう。これほど感動的なものだなんて知らなかった。

「抱かせて。わたしの坊やを抱かせて」

母親になったばかりの女性は、ダークブラウンの長い髪を汗で顔に張りつかせて、両手を差しだした。それから涙を流し、笑って、わが子を胸に抱いた。

「この子はオーウェンよ。わたしの坊や。ああ！　受け取って、この子を。陣痛が！」

「お坊ちゃんを、エイヴァ。もうひとり生まれる。まだいきまないでください、奥様。いまはふーふーと呼吸だけして、どんな具合かあたしが様子を見ますから」

「神様、助けて」

美しさは苦痛へと一変し、助産婦は汗みずくになり、母親はもうやめてと懇願した。大量に出血していた。あんなに出血するものなの？

自分がなんの夢を見ているのか、ソニアにもうわかった。マリアン・プール、三番目の花嫁だ。

彼女の娘は――ジェーンだと思いだした――血まみれで誕生し、弱々しい産声は死の床に横たわる母親への嘆きのようだった。

「出血をとめないと。もっとタオルを。旦那様を呼んできなさい」

けれども出血はとまらず、シーツは血の海で、マリアンは生気のない白い顔だった。

「ジェーン。娘はジェーンよ。オーウェン・デヴィッド、ジェーン・エリザベス。わたしの子どもたち」

苦痛にかすむマリアンの瞳が部屋の向こう側から彼女の目をとらえたとき、ソニアは息をのんだ。「わたしの子どもたちよ。あなたはその血を継いで生まれる」

男が部屋へ飛びこんできた。ソニアの父と同じ目、同じ体格で、服はゆったりとした白シャツと黒のズボン。彼はベッドに駆け寄ると、力ない妻の手を両手に取った。

「マリアン、愛しい人。ぼくはここにいる」

「わたしたちの息子よ。わたしたちの娘」

「子どもたちには母親が必要だ。逝かないでくれ」彼が妻の手に唇を押し当てる。

「ぼくのために逝かないでくれ」

「わたしはあの子たちのためにずっといるわ。あなたのために。いまはちょっと……休ませて」そう言って、マリアンは息を引き取った。

男は彼女の手を握りしめてむせび泣いた。

彼が体を震わせて嗚咽していると、黒いドレスの女が入ってきた。女はベッドの反対側へまわり、亡くなった妻の指から指輪を抜き取った。

「やめなさい！」ソニアは足を踏みだしてとめようとした。「そんなことできないわよ」

目に狂気と力をたたえ、ヘスター・ドブスは言い放った。「わたしにはできるわ。これまでもやってきた。これからもこうする」マリアンの指輪を滑らせた指には、ほかにふたつの指輪が蠟燭の明かりに輝いている。「あなたにわたしをとめられて？　わたしが血と炎で作りだしたものをとめられて？　ここではあなたこそ亡霊よ」

怒りに駆られてソニアは詰め寄ろうとした。

彼女が目を覚ましたとき、ベッドのそばに立っていて、足元でヨーダがくんくん鳴いていた。

ショックを受けてベッドの縁に腰をおろし、自分と犬の両方を慰めるためにヨーダを抱きかかえた。

「大丈夫よ。悪い夢を見たんだわ。ただの悪い夢」

けれど血と蠟のにおいがまだ鼻に残っている。

頭のなかではまだ声も聞こえた。助産婦のわずかにスコットランド訛りのR、マリアンの疲れ果てた声、ヒュー・プールの悲嘆した声。

それにヘスター・ドブスの耳障りで残忍な声。

目を覚ましたとき、なぜベッドに横たわっているのではなく、ベッドのそばに立っていたの？

本を読んでいて寝落ちしたのは覚えている。けれどいま明かりは消え、本は閉じられてナイトテーブルの上だ。お茶をいれて持ってきていたマグカップはどこにも見あたらない。

きっとキッチンで洗ってしまわれているのが見つかるのだろう。

つまりソニアの面倒を見て、小さな親切をし、家事をやっている者がいる。

それに彼女を怖がらせせようとしている者も。

この屋敷には自分のほかにいったい何人いるのだろう？　そして、彼らは何者なの

――もしくは何者だったの？

時計に目をやると、三時二十二分だった。

鍵盤や玄関ドアを叩く音はしない。

今夜はこれで終了らしい。

けれどもベッドにはヨーダを抱いて戻った。

「何もかもすごくはっきり見えたのよ。鏡に、その向こう側の部屋。そこにいる人たち。絵にしておこうかしら。得意ではないけど、描けると思う。赤ん坊ふたりの誕生に立ち会ったわ――ひとり目の誕生はそれは美しく、ふたり目は悲劇で――だけどわたしは目撃し、声を耳にし、体感した。女性が亡くなるところを見たの、彼女は力の限りを尽くして赤ん坊を産み落としたわ。わたしは彼女の命がただ……消えるのを見

た」

ソニアは犬を撫で、寄り添ってくれるやわらかなあたたかい体に感謝した。

「ヘスター・ドブスを見たわ。嘆き悲しむ夫の前であの女がマリアンの指輪を奪うのを見た。それに彼女はわたしを見たの。わたしを見て、わたしに向かって話した。マリアンもわたしを見て、亡くなる直前に話しかけてきたのよ。けれどほかの人たちは誰もわたしに気づかなかった。あそこではわたしは亡霊だった。そこはヘスター・ドブスの言うとおりよ。鏡の向こう側では――あれがどこであれ――わたしは亡霊だった」

15

ゆうべのことを考慮すると、午前中は眠って過ごすこともできた。でもソニアは犬のためにベッドから自分の体を引きずりだした。身の引きしまるような風を浴びて散歩したおかげで、頭のもやもやはだいぶすっきりした。

日課を守ろうと決意してデスクについた——時間はちょっと遅いし、服はパジャマ——とはいえデスクに向かっている。

真っ先にやるべき仕事は、鏡の夢、もしくは体験を記録につけ加えることだ。

それを終えると、スケッチブックを取りだし、あの夢／体験で目撃した人たちをできるだけ正確に描いた。

クレオのような絵の才能はないけれど、これならまずまず似ているだろう。

そのあとは記録もスケッチブックも脇へやった。

「ワンちゃんと自分を養わなきゃいけないものね」そう言って仕事に取りかかった。

何も、誰も、ソニアの邪魔をしなかった。勝手に流れるｉＰａｄの音楽には慣れた

から、もう邪魔とは思わなかった。ソニアは三時半に仕事を終えた。パジャマにすっぴんで会う
「トレイ・ドイル、男性で、しかもクライアント候補と、犬はしっぽを振った。「プロらしく
つもりはないわよ」ヨーダの鼻をとんと叩くと、犬はしっぽを振った。「プロらしく
見せなきゃ。それに彼はいつも颯爽としているの。あなたはまだ彼に会ったことない
わね」一緒に寝室へ向かいながらつけ足す。「彼はすてきよ、それは保証する」
ベッドの上にきれいに置かれているショート丈のセクシーとも言える赤いドレスを
見て、ソニアはぴたりと動きをとめた。
「オーケー、これは初めてね──ドレスのことじゃなく、この現象よ。それで、あの、
ありがとう？　でもこれはクライアントとのミーティングより夜のデート向け。すて
きなドレスではあるけど」
それに、とソニアは思った、いまや自分にだけでなく、幽霊にも話しかけるように
なってしまったわ。
赤いドレスを持ちあげて自分の体に当て、鏡の前で右や左を向いてみた。「またこ
れを着る機会だってあるかもしれない。でもそれは今日じゃないわ」
ドレスをクローゼットに戻してかけた。
ドレスを着ることは考えていなかったけれど、ワンピースならかまわないだろう。
クライアントとのミーティングなのだから。でも、かっちりしたものはだめ。何かカ

ジュアルなもの。

暗い深緑色の、細身のリブニットを引っ張りだした。長袖でシンプルなライン、ミディアム丈だからブーツに合う。

「これね」

着替えたあと、ふたたび鏡の前でチェックした。「うん、いい感じ。〝わたし、仕事に対しては真剣です、でも親しみやすいし肩の力が抜けているでしょう〟って雰囲気」ふとおかしくなり、ヨーダを指さした。「そっちの尻軽（イージー）じゃないから」

「だけど、正直、セックスは恋しいわ。クライアントとのミーティング中にセックスのことを考えるのはなしよ」自分に言い聞かせ、メイクをしにバスルームへ向かった。

ここでも同じルールを適用しよう。プロらしく、とはいえカジュアルで親しみやすく。

服に合うアイシャドウに悩みながら、本当に往復六時間以上かけて行きつけの美容室へ通うの？　と自問した。

現実的な選択肢は？　地元の美容室を一度試してみる。そこが外れだったら、二度と行かない。

イヤリングを加え――シンプルなスタッドイヤリングだ――最終確認をした。

「合格ね。ジーンズとセーターにぱっと着替えるだけのつもりだったけど、かかった時間はその三倍ぽっち。でもこっちのほうがいいわ」

彼女のｉＰａｄがロイ・オービソンの名曲《オー・プリティ・ウーマン》を流す。

「ありがとう。ここにもかなり慣れてきたわ、いろいろありはするけど。時間をかけることを思いだすのも悪くないわね。セルフケアよ。さあ、コーヒーをいれなきゃ」

配膳室にあった食器セットを使って図書室の暖炉の前でコーヒーを出そう。それともキッチンのほうがいい？

いいえ、図書室よ。

「気をまわしすぎね。そしてそれは」犬に向かって認めた。「トレイがクライアント候補だからというだけじゃないわ。彼、すごく魅力的なの。ええ、見た目もそうだけど、彼らしいところが。わたしの知っている彼らしさね、だって実際、彼のことはたいして知らないもの。それにひとり言をやめないと」

コーヒーをいれ、トレーを二階へ運んだ。

プロらしくね、と考える。自分でビジネスを営んでいる女性らしくよ。

ソファのクッションをぽんぽんとふくらませ、暖炉に薪をもう一本くべた。

そして結論した。これで完璧。

ヨーダが吠えたてて部屋から走りでた次の瞬間、ドアベルが鳴り響いた。

「誰もこそこそ侵入しようとはしてないでしょ」

ソニアは階段をおり、玄関ドアの前でくるくる走っているヨーダを指さした。「お利口にすること。これはビジネスよ」

ドアを開けると、すらりと背が高くハンサムな彼がそこに立っていて、あの大きな優しい犬を連れていた。

「時間ぴったりね。どうぞ入って。ヨーダを紹介するわ」

「やあ」トレイはなかへ入るとしゃがみこみ、体をくねらせるヨーダをひとしきり撫でてやった。「なるほど、ヨーダみたいな目だ。どう思う、ムーキー？」

返事の代わりに、ムーキーは長い舌でヨーダの顔をべろりとなめ、興奮したヨーダはぐるぐる走りまわった。

「おみやげがある」トレイは後ろポケットから犬用のロープを出した。「遊び方を見せてやれ、ムーク」

ものの五秒で、犬たちは本気ではないうなり声をあげ、引っ張りっこに興じていた。

「あれだと大型犬は小型犬を家中引きずりまわすわよ」

「ああ」トレイはムーキーに向かってただにやりとした。「そしてあいつはたぶんそうするよ」

「コートをもらうわ」

ソニアはコートをかけに行って目をつぶった。

彼は犬のためにおみやげを持ってきてくれた。それに抗える？

「図書室にコーヒーを用意してあるわ」

「ありがとう、時間を作ってくれたことにも感謝するよ」

「ウェブサイトを見たわ」犬たちを引き連れて階段をあがりながら言った。「とても実用的ね」

「それは皮肉かな」

「そんなことはないわ。でも、そうね、ほんの少しだけ。わたしならよりよくすることが可能よ、だけどまずはあなた方が求めていることをうかがいましょうか」

「古くさく感じるんだ。プールズ・ベイは小さな街だが、街の外にも顧客はいる。うちは家族経営だ。その点を強調したい。何十年も勤務してくれている従業員がいて、インターンシップも実施している」

「それにあのオフィスそのものもアピールポイントだわ。家。家族の暮らす家でもある。雰囲気がにじみでているわ。わたしたちは信頼できるあなたの味方です、という雰囲気が」

「そう、それだ」

「どうぞ座って」

ソニアはコーヒーを注ぎ、犬たちは引っ張りっこをした。

トレイが事務所のウェブページに必要だと考えるものを並べあげるのに耳を傾け、ソニアはメモを取った。質問し、彼が答え、さらにメモを取る。

犬たちが暖炉の前に落ち着いたころには、おおまかなところを把握できていた。

幽霊とのハウスシェアに対して、自分の正気を疑いたくなることがあるかもしれない。クライアント候補に性的魅力を感じることに対して――感じているのははっきりしている――その感情をどうするのか、はたまたどうもしないのかを間違いなく考えている。

けれどもビジネスとなれば信用が第一だ。

「あなたが求めているのは明快かつシンプルで伝統的、そして事務所の歴史を強調するウェブサイトね。派手で過剰な宣伝はいっさいなし。〈ドイル法律事務所〉がプールズ・ベイに根をおろしているのには理由があるもの。わたしならバナーには事務所の写真を使うわ。〝わたしたちはわが家を訪れるお客様の力になります〟と言葉を添えて。いまは事務所の名前が載っているだけでしょう。これであたたかみが出るわ。医者や弁護士の選択はその人個人に関わることよ。だから個人に語りかけるようにするの」

「たしかにそうだ」

「スタッフ紹介のタブも加える――ここは写真と短いプロフィールつき。それにインターンを取っているなら、別のタブでそれも紹介するわ。ここは成功談つきで。〝ジュリー・スミスはハーバード・ロースクールへ進学〟とか、そういうたぐいのこと。それにあなたたちそれぞれのページも必要ね。エース、デュース、トレイ」

「いいね、だけど複雑そうだ」

「それを簡単にするのがわたしの仕事よ――あなたたちと、弁護士探しをしている未来のクライアントのために。たとえば名刺。あなたのお父様からいただいた名刺はあなたの名刺とは少し違っていた。名刺はすべて同じ〈ドイル法律事務所〉のデザインで統一すべきなの。それに白地に黒ではなく、もっとあたたかな色を提案するわ。たとえば生成色（エクリュ）」

「エクリュ」彼の唇がゆっくりと、気さくな笑みを描く。「毎日耳にする言葉ではないね」

「わたしの業界では毎日聞くわ。名刺、便箋のレターヘッド、事務用品などのデザインをそろえる。一体感のある見た目で、一体となって顧客の力になることをアピールするの。現在のウェブサイトは白の背景に鮮やかなブルーのフォント、写真はブルーの背景ね。これでは杓子定規（しゃくしじょうぎ）すぎるわ」

「杓子定規」

「そしてあなたたちは杓子定規じゃない。あなたたちの誰ひとりとして。ウェブサイトにはあなたたち自身とあなたたちのやっていることを反映させるの。あなたのお父様はボストンまでやってきて、わたしの家のテーブルにつき、わたしの人生を変えた。彼は本当に親切で、本当に辛抱強かった。あなたは週末にここを訪れ、わたしのために家具を動かしてくれた」

「近所同士の助け合いだ。それにコリンは家族だった。家族は家族の力になる」

「そう」ソニアは笑みを輝かせた。「それよ。あなたたちはご近所さんのような法律事務所なの。力になってくれると家族が信頼できる弁護士」

「きみはうまいな」

「ええ」

「企画書を作成してもらえるかい？」

「かしこまりました。それが不採用になっても問題はないわ。それはあなた方の過ちで、損をするのはそっちですもの」

トレイは大笑いして椅子に寄りかかった。「アンナは有頂天になってるよ」

「そう聞いてとてもうれしいわ」

「新しくウェブサイトを開いてからの売上げは、すでに先月一カ月分を超えているそうだ。ぼくが求めているのはビジネスを増やすことじゃない——それが主な目的ではないと言うべきかな。世の中についていくことだ」

「あなたは洗練された雰囲気を求めているのではない。あなたが求めているのは事務所、それにそこで働く人たちを表す、新たなデザインよ」

「要約するとそうなるね。これで仕事の話は終わりだな。ここでの生活はどうだい？何か問題は？」

「だいたいのことには慣れたわ。自分が遭遇した現象を書き留めるようにしたの、単に記録のために。屋敷に専属のDJがいるのは、楽しみ始めていると言えるかしら。いいえ」ソニアは認めた。「楽しんでる。ドアは開いたり閉じたりするけど。ヨーダにも聞こえるの、それで不思議と慰められてる。あと三階に何かいるわ」

思い返し、ソニアは寒気に腕をさすった。

「踊り場にある使用人用の扉の前でヨーダが繰り返し立ち止まるものだから、一緒になかへ入ってみることにしたの。どのみち自分を説き伏せてホームジムを使おうと考えていたから」

手を動かしておくために、コーヒーのおかわりを注いだ。「あなたは運動してる？」

「少しだけ」

「わたし、ボストンでは習慣にしていたわ。週に三回ジムに通っていた。でもいろいろあって。とにかく、運動がてらにあちこち見たあと、ヨーダはにおいをかぎまわっていた。するとベルが――部屋へ使用人を呼ぶときに使うやつがあるでしょう？あれがひとつチリンと鳴ったの。三階の〈黄金の間〉で。調べるために三階へあがったけれど、どの部屋だったかよく覚えていなくて、だから寝室の並ぶ廊下を進んでいったわ——三階はすべて閉鎖してあるの。ドアを開いてのぞきこみ、次のドアへ行く。やがて廊下の突き当たりにたどり着くと、ヨーダがドアへ向かってうなりだしたの。本気でうなっていて、毛を逆立てていた、本当よ。ドアを開けると——ここからはクレイジーな話に聞こえるでしょうね」

トレイは彼女の話にじっと聞き入っている。「どうかな」

「わたしにはクレイジーな話よ。部屋はずっと閉めきっていたせいで寒いだけじゃなかった。凍えるような寒さで、それに……開いた窓から風が吹きこんでいるかのようだった。家具を覆うシーツが揺れているのが見えたの。まるで……波打つように。この目で見たわ。ヨーダは狂ったように吠えたり、うなったりで。部屋へ走りこみそうだったから、わたしはドアを閉じた。ヨーダを連れてキッチンへ行くと、小さなテーブルを囲んでいた椅子がすべて床にひっくり返されていた」

「ぼくが行って見てこようか？」

「いま？」

「ああ」彼は腰をあげた。「すぐに戻る」

あの部屋へ行くことを思うと喉がからからになった。でも……。

「いいえ、あなたが行くならわたしも行く」ソニアは立ちあがった。「わたしはここに住まなきゃいけないんだもの。わたしはここに住みたいの」言い直した。「それに、薄気味の悪い部屋でもすべてわたしの所有物だから、自分で確認するわ」

トレイは彼女に微笑みかけた。「この屋敷をきみに遺したとき、コリンは自分が何をしているかわかっていたんだろうね。ムーキーたちも行くらしい」犬たちが体を起こしてのびをし、彼はつけ加えた。

「それ以後、三階から何か聞こえたことは？」階段をあがりながら彼が問いかけた。

「ないわ。でもこれは言わせて、わたしが聞いたり、感じたりしたものがなんだったのであれ、好意的ではなかった。姿の見えないＤＪやハウスキーパーとは違っていた。思うんだけど――これもクレイジーに聞こえるわよ――あれはヘスター・ドブスじゃないかしら」

「アストリッド・プールを殺した魔女もどきかい？」

「彼女を殺し、指輪を奪った。そしてキャサリン、二番目の花嫁を、結婚式の夜に猛吹雪のなかへ誘いだした。そして彼女の指輪を奪った。それに――」

三階にたどり着き、言葉を切った。「いいかしら？」トレイの手を握る。「うん、心強くなったわ」

「ドブスはキャサリンが亡くなる二十年前に死んでる」

「ええ、だからクレイジーだと言ったでしょう。だけどわたしは知っているの。拘束衣を着せようとしないでね、この目で見たのよ。夢で――あるいは夢だったとわたしが思っているのかしら。誰でも夢は見るわ、だけどあの夢はどれもあまりにはっきりしていた。それにゆうべは……」

「ゆうべ？」

「先にこれを片づけましょう」廊下の突き当たりのドアにたどり着いて言った。「犬たちを見て。うなってはいないけど、警戒してる、そうでしょう？　何か気に入らないものをかぎつけたみたいに」

トレイはわずかに体を動かして、ソニアとドアのあいだに立った。彼がドアを開けたとき、両方の犬が警告のうなり声をあげた。

しかしなかでは、何も動いていなかった。

「廊下より寒いな」

つないでいた手を彼が放したので、ソニアは心許なさに駆られた。トレイはなかへ進むと、シーツのかかった家具をよけて窓を確認した。

「どこも開いてない。それなのに、この部屋だけ明らかに寒い。廊下より五、六度は低いな」

「最初の日にすべて見てまわっているし、それにクレオとも来たの。そのときはこんなふうではなかったわ」

「ああ。それがいまはこうだ」

ソニアが覚悟を決めて足を踏みだしかけたそのとき、彼女の鼻先でドアが叩き閉められた。

犬たちは半狂乱になって吠えたてた。

吠えながらムーキーはドアに飛びかかり、ソニアはドアノブをつかんでまわし、引っ張るが、びくともしない。彼女はあきらめてドアを叩き、トレイの名を叫んだ。

なかで、トレイは立ちすくんでいた。室温が急降下し、自分の吐く息が見えた。彼のまわりで家具にかけられたシーツがはためき、ぴしゃりと音をたてる。

シーツの下でベッドがかたかた揺れだしたかと思うと、床をがんがん叩き始めた。

シーツをかぶっている整理だんすの引き出しがいきなり飛びだしてきてばんと閉まり、風がうなりをあげて煙突から吹きおろしてくる。

見えないものを相手に戦うため、トレイは拳を握りそうになった。しかしそうはせず、黒いズボンのポケットに両手を入れた。

「それだけ？ がたがた音をたてて寒くするだけかい？ きみは死んでもなお魔女もどきだな」

悲鳴のような音とともに、ダマスク織りの淡い金色の壁紙が傷口さながらに引き裂かれた。そこから血が流れでる。

「へえ。丸一日つきあってもいいけど、レディを待たせているんでね」

戸口へ向かい、そこで立ち止まって後ろへ顔をめぐらせた。「ここはきみの屋敷じゃない。きみのものだったことはなく、今後きみのものになることもない。この部屋がほしいのなら、いいだろう。ただし、いまだけね」

ドアノブに手をかけると、気流がとまり、室温があがった。壁は癒えて元どおりになっている。

ドアを開けるなり、ソニアに抱きつかれ、二匹の犬に飛びかかられてなめられた。

「なんともないの?」ソニアが彼の顔と肩に両手を滑らせる。「ドアが開かなくて。いきなり閉まって開かなかったのよ。なかからはなんの音もしなかったわ」

「なんの音も?」

「そうよ、ええ。犬たちは吠えてドアに飛びかかっていたわ。ドアを叩いてあなたを呼んでも返事がなかった」

「ぼくには何ひとつ聞こえなかった」トレイは最後にもう一度部屋を振り返ったあと、ドアを閉めた。「興味深いな」

「興味深い? 興味深い? わたし、座らなきゃ無理」

ソニアは廊下の床にへなへなと座りこんだ。ヨーダがあわてて膝にのり、ムーキーは彼女の肩に寄りかかった。

トレイは彼女と目が同じ高さになるようしゃがみこんだ。「階下へ行こう。原因がわかるまで、この部屋には近寄らないほうがいい」

「それがあなたの考えなの？　邪悪な、恐ろしい部屋には近づかないでいるのが？　たいした名案ね」

「部屋が邪悪なわけじゃない、ソニア」

「ええ」彼女は両手を顔に押しつけた。「完全にパニックよ。これまで自分が完全なるパニックモードになったことがあるのかわからないけど、これで今度またこうなったときはどういうものだかわかるわ」

両手をおろし、ふたたびトレイの手を取った。「なかであなたに何が起きてるのかわからなかった。あそこで何が起きたの？」

「誰かさんがちょっとしたショーを披露してくれたよ。たいしたものじゃなかったが、ヘスター・ドブスについてはきみの考えが正しいようだ。だから当座は彼女に部屋を与えておこう。そして原因を探るんだ」

「なんのショー？　具体的に言って」

トレイは腰をあげ、一緒にソニアも立ちあがらせた。それから彼女の肩に腕をまわし、その場から離れさせる。「部屋の温度が冷凍倉庫並みにさがった。ベッドががたがたと跳ね、引き出しが開いては叩き閉められた。一番の見物は血を流す壁だったな」

ソニアは固まった。「壁が血を流した？」

「ほんの少しのあいだね」彼はそう言うと、ソニアをそっと押しやって進ませた。「ぼくがドアノブに触れるなり、すべてストップした。平常状態さ」

「あなたの平常状態とわたしの平常状態はまったく違うわ」

「きみの体は冷えきってる。図書室へ戻ろう、そしてゆうべあったことをぼくに話してくれ」

「どうしてそんなに冷静でいられるの？ 本気できいているのよ。どうして？」

「冷静はぼくにとってはほぼ非常事態モードだよ」

降参し、あきらめて、ソニアは彼に寄りかかって呼吸を落ち着かせようとした。

「びっくりね。いいことなんでしょうけど、わたしにはまるで理解できない」

図書室で彼女はソファにどすんと腰をおろし、トレイは火をかきたてて薪を足した。

「そういえば、薪もいまだに勝手に補充されるの。ここへ来てから自分で薪置き(ログラック)に薪を加えたことはないわ」

「それはドブスではないだろう」

「違うでしょうね」ソニアは隣に腰かけるトレイに向かって言った。「それに誰であれ——なんであれ——わたしのベッドを整え、ティーカップを洗っているのは、わたしのiPadで音楽をかけてるものとは違うと思うし、ピアノを弾いているのもおそらく別の何かだわ」

「彼女は数で負けているな。ヘスター・ドブスは」

そう考えたことはなかったが、そうやって考えると、肩のこわばりがいくらかほぐれた。

「これで冷静な非常事態モードを発動できそう」

「ゆうべの話を」トレイはうながし、彼女の手を取った。

「ゆうべの話ね。わたしは本を読んでいて眠ってしまったの。そして目覚めると——目覚めたのではないのかもしれない。あれが夢だとしたら、細部まであまりにはっきりしていた。わたしは鏡の前に立っていたわ。父も同じ鏡を夢で見ているの——全身が映る姿見よ。鏡の縁には肉食動物の彫刻が施されてる。フクロウ、狐、鷹、熊——狩りをする動物ばかり。けれど鏡にわたしの姿は映っていなくて、鏡の向こう側に部屋が見えた。とても鮮明で、わたしは戸口を通るように鏡を通り抜けたわ」

「鏡を?」トレイは明らかに話に引きこまれていた。手はソニアの手を握り続け、深いブルーの瞳は彼女の顔から決してそれなかった。「その先はどこだったんだい?」

「マリアン・プールの部屋よ。三番目の花嫁。わたしの寝室だったように思うけど、壁には壁紙が貼られていて、彼女は違うベッドに体を横たえていた。彼女は双子を出産しているところだったの」

ソニアは先を続けた。あの光景の細部はいまも生々しいほど頭に刻みこまれている。「彼女は亡くなるときに……人が亡くなるのを見たことはなかったけど、そうだとわかった。プール一族の家族史を読んでいなくてもきっとわかったでしょうね。彼女、わたしを見たの。わたしを見たのよ、トレイ。それまでそこにいる誰もわたしに気づいてなかったのに、彼女は息絶える間際にわたしに気づいた。自分には息子がひとり、娘がひとりいて、わたしはその血を継いで生まれると彼女は言ったわ」

ソニアは涙をひと粒ぬぐった。「彼女はあんなにがんばって子どもたちを産み落としたのに、自分は息絶えかけていた。ヒュー・プールが駆けこんでくるのを見たわ、そして妻の命が尽きて彼が嘆くのを見た。彼は妻を愛していた――あの愛は現実だった。だって、彼の悲しみを感じたもの。そのあと彼女の――ヘスター・ドブスの姿が見えた。彼女はさっと入ってきたわ。彼は見ていなかったけれど、わたしは見ていた。彼女はマリアンの結婚指輪を奪ったのよ」

落ち着くために息を吸いこんで続けた。「やめなさい、とわたしは言ったわ。そんなことできない、と。するとドブスはわたしを見たの。わたしを見たのよ。彼女はこう言ったわ――これは一言一句そのまま。だって忘れられるものではないから。

〝わたしにはできるわ。これまでもやってきた。これからもこうする。あなたにわたしをとめられて？　わたしが血と炎で作りだしたものをとめられて？　ここではあなたこそ亡霊よ〟

彼女は指輪をはめ、その指にはすでにほかにふたつ指輪があった。あれは絶対に結婚指輪だった。そこで目が覚めたの、それか戻ってきた、あれがいったいなんであれ。そしてわたしはベッドのそばに立っていた。ヨーダはかわいそうに、がたがた震えてくんくん鳴いていたわ」

ソニアは小さく笑った。「わたしもちょっと震えて泣いていたかも」

「どうしてぼくに電話しなかった？」

「夜中の三時過ぎに？」

「そうだ」

ソニアは彼を見た。あの魅力的なブルーの瞳は深い心配の色をにじませている。

「本気で言っているのね。いつでも電話してと言ってくれる人の大半は、実際には夜中の三時過ぎの電話は歓迎しないわ」まだ彼女の手を握っている手をぎゅっと握り返した。「あなたは何者なの？」

「自分が口にすることが常に本気だとは言えないよ。ぼくはいまいましい弁護士だからね。だけどいつでも電話してくれというのは本気だ。きみは怯えていた、そして怯えて当然だった。そんなときにひとりでいなくていい」

「犬がいるのは慰めになるわ。ばからしいのはわかってるけど――」

「いいや、ばからしくなどないよ」

「そうね」ソニアは同意した。「ばからしくなんかない。それにすべてあなたに話し、あなたがわたしを信じてくれたことで気が楽になったわ。待ってて」

立ちあがってスケッチブックを取ってきた。

「わたしが描いたの――助産婦、マリアン、わたしが目にした全員よ」

トレイはスケッチブックを手に取った。「すごいな。きみがこんなに絵が描けるとは知らなかった」

「得意なのはファインアートよりグラフィックアートよ。でも――」

「自分の才能を卑下してはだめだ」トレイはつぶやき、スケッチをめくった。「ヒュー・プールの肖像画は目録に一枚入っている」

「家族史には彼の肖像画の写真が一枚あったわ、マリアン・プールのものも――亡くなったときより若かったと思う。でもヘスター・ドブスのは一枚もないわね」

「そして、これが彼女か」

ドブスの顔はふたつのアングルから描いてあった。それとは別に、三つの指輪をはめた手をかかげる全身像が一枚。

「できる限り似せて描いたわ」

「美人だとは想像していなかったな」

「彼女は美人よ——美人だった。はっとするような美貌の持ち主で、漆黒の髪に乳白色の肌、黒々とした瞳。声は……ハスキーで、官能的。クレイジーな目をしていた。わたしの絵ではそれをとらえきれていないわ」

「これだけ描けていれば充分だ。そしてこれがその鏡？」

「そう。父も描いているわ。父の夢に出てきたものだと母が言ってた。父は鏡に彼が——おそらくコリンが映っているのを夢で見ていたの。少年のころからずっと」

「目録にこれに似た鏡があったかどうか覚えていないな。あったら覚えているはずだが、確認してみよう」

「確認したわ。やっぱり載っていなかった。でもわたしは見たし、父も見ている。だから……」ソニアは肩をすくめた。「説明できないわ」

「コリンからは一度も聞いたことがない。それに三階の部屋についても何もだ。少なくともぼくはね。父にきいてみるよ」

トレイはスケッチブックを閉じた。

「夕食は何か予定してる？」

「夕食？」ソニアは時計に目をやった。「いやだ、すっかり話しこんでいたのね。あり合わせのもので何か作りましょうか――クレオみたいにはできないけど、何か作れるわ」

「何か作るくらいならぼくもできるが、こうするのはどうだろう。外へ行くんだ」

「外？」

「外食だよ。はるかに腕のいい料理人が作るものをメニューから選ぶこと。引っ越してきてから最後に外食したのはいつだい？」

「まだ一度もないわ」

「ひとりきりの外食はわびしいこともある。ぼくにひとりで外食させないでくれるかい。一緒に行こう。〈ロブスター・ケージ〉で料理人をしている友人に紹介するよ。彼女の料理の腕は最高だ」

「なんだか気を遣ってもらってるみたいで――」

「一緒に行こう」トレイはふたたび誘った。「そんなすてきな服装なのに、あり合わせのものですませるのはもったいない」

するとテーブルのiPadがチャイルディッシュ・ガンビーノの《ハートビート》を流した。

「やめてちょうだい」ソニアはぶつぶつ言った。「正直、ヨーダにひとりでお留守番をさせても平気かわからないわ」

「先に犬たちに夕食をあげてはどうかな——ムーキーがここでお相伴にあずかってもかまわないなら。出かける前にぼくが散歩へ連れていこう、戻るまでムーキーがヨーダといる。きみはひと休みだ」

どうして愚か者になっているの？　ソニアは自問した。何を頑固になっているの？

「そうね。ありがとう」

デートじゃないわ、と、犬たちに餌をやるために階下へおりながら自分に言い聞かせた。

一緒に怖い体験をしたあとふたりで夕食に出かけるだけだと自分に言い訳しながら、ちょっとごめんなさいと急いで階段をあがってメイクと髪をチェックした。

ジーンズにしなかったのは、セクシーな赤いドレスを出しておいてくれた幽霊のおかげね。

階下へおりると、トレイは携帯電話をポケットにしまい、犬たちは引っ張りっこをしていた。「テーブルを予約しておいたよ」

「助かるわ」

「コートを取ってきて、犬たちを出してくるよ」

「それならわたしも行くわ。ヨーダは外ではリードにつないでいるの、走ってどこかへ行かないと確信が持てるまではね」

「どうすればきみが安心するかわかっている子に見えるな。それにこの子はきみが大好きだ」

「そうよね」それがわかると胸が少しあたたかくなった。「ほとんどひと目惚れだったの、お互いに」

「ルーシーのところからもらってきたんだろう？　ルーシー・キャボットの施設から」トレイは犬たちを引き連れて玄関へ向かった。

「ええ。彼女はすばらしい人だわ」

今夜も晴れて冷えこんでいる。外へ出ながらソニアは思った。暦では春が少しずつ近づいているのかもしれないが、そんな実感はまるでない。

「ムーキーはリードをつけないの？」

「街ではつけるよ。街に入ったらそれがルールだとムーキーは受け入れている。街以外では必要ない。ムーキーは利口な犬だ」

「あなたもルーシーから譲ってもらったの？」

「ぼくは犬を飼うなんて考えてもいなかったが、ある日、彼女がムーキーをオフィスに連れてきたんだ。いきなりだよ。〝これはあなたの犬よ、トレイ〟とぼくに言って。そしてそのとおりだった」

「じゃあ、彼女はあなたをよく知っているのね」

「高校時代に彼女の姪っ子とつきあっていた。今夜きみも会うよ。ブリーは〈ロブスター・ケージ〉の料理長をしている」

「そうなの。古くからのつき合いなのね」

「そうなるね」

「いまも友だちづきあいを？　高校時代にカップルだったあとでも？」

「そのあとは友人になり、派手な仲たがいを経て、大学三年の夏につかの間よりを戻し、今度は大騒ぎをすることなく別れた。その後、彼女はポートランドのレストランで働いていた男と結婚、それから離婚した」

「離婚。またよりを戻す可能性はあるわね」

「それはないな。いまではすっかり友人同士だ。友人としてしかそりが合わないのを心得ている仲だよ。そろそろ散歩はいいようだ」

屋敷へ戻り、ソニアはヨーダのリードを外してやった。

「ムーキーの言うことをよく聞いて、いい子にしているのよ。三階へは行かないこと。すぐに帰るわね」

タブレットからはダン・ヒックスの《きみが去らなきゃ寂しがることもできない（ハウ・キャン・アイ・ミス・ユー・イフ・ユー・ウォント・ゴー・アウェイ）》というカントリーソングが流れ、犬たちは引っ張りっこに戻ったので、大丈夫そうだとソニアは判断した。

「外食へ行くようあなたが説得してくれたのを早くも感謝しているわ」

トレイはトラックの助手席のドアを彼女のために開けてくれた。ええ、彼ならそうする。

「街へ行くことはあるのよ」彼が運転席に着くと、ソニアは続けた。「でもそう頻繁ではないかも。優先順位があるから」

「それはなんだい？　きみの優先順位は？」

「まずは仕事ね。いい仕事をしてクランアントを満足させれば、自分のビジネスをしっかり築きあげることにつながる。オフィスで働くのは好きだったわ、チームで仕事をし、昇進してチームを率いるのが。フリーランスの仕事はまったく違う。わたしひとりだもの」

「きみはかつての上司より自分に厳しいんだろうね」

「そうかもしれない」ソニアは身じろぎした。「あなたは自分でビジネスをやっているわね。あなたと、あなたのお父様、おじい様で。ひとつのチームを抱えているけど、あなたたち三人がチームの責任者でいる。そして言うまでもなく優秀な責任者だわ、そうでなければそのチームが存続し続けることはないもの」

「ビジネスが軌道に乗ったら、チームを作るつもりかい？　きみの夢は？」

「わからないわ。いまはその日その日の仕事をし、ひとつずつプロジェクトに取り組んでいる。その状態に満足しているわ。あなたは昔から弁護士を目指していたの？」

「レッドソックスのピッチャーか、ロックスターになる夢をのぞいたら、ああ、そうだね。昔からわが家の仕事を継ぐつもりでいた」

「ロックスター？」

「高校のとき、オーウェンとぼくとあと友人数人でバンドを組んでいたんだ」

「本当に？」またも心惹かれるトレイの新たな一面だ。「何を演奏していたの？」

「ほとんどはカバーだな――フー・ファイターズ、グリーン・デイ、ヴァン・ヘイレン、たまにボン・ジョヴィ、エアロスミスをちょっと。そんな具合だ。それにへたくそなオリジナル曲をいくつか」

「曲を作っていたの？」

「曲なんて呼べない代物だよ」

「楽器は？」

「リズムギター。Gメジャー・ナインスは最後まで完全には習得できなかった。オーウェンはリードギターだ。彼の手はギターを弾くのに向いてる」

「興味をそそられる情報だわ。保護犬を飼っていてピックアップトラックを運転する村の弁護士のまったく新たな一面よ。いまも演奏しているの？」

「遊び程度に、ときどきね」

「聴いてみたいわ。ああ、わたし、いつの間にか緊張がほぐれてる」車が街へ入るころにソニアは気がついた。「〈黄金の間〉へ行ったあとは、どうすれば緊張がほぐれるのかわからなかったのに」

彼は軽く驚いたような目を向けてきた。「きみは立ち直りが早い。それは出会って五分でわかったよ。とても魅力的な資質だね」

トレイは車を駐車場に入れた。車からおりながらソニアは考えた。

立ち直りが早い。

たしかに、そうかもしれない。

（上巻終わり）

◉訳者紹介　香山 栞（かやま　しおり）
英米文学翻訳家。サンフランシスコ州立大学スピーチ・コミュニケーション学科修士課程修了。2002年より翻訳業に携わる。訳書にワイン『猛き戦士のベッドで』、ロバーツ『姿なき蒐集家』『光と闇の魔法』『裏切りのダイヤモンド』（以上、扶桑社ロマンス）等がある。

愛と精霊の館（上）

発行日　2023年12月30日　初版第1刷発行

著　者　ノーラ・ロバーツ
訳　者　香山 栞

発行者　小池英彦
発行所　株式会社 扶桑社
〒105-8070
東京都港区芝浦1-1-1　浜松町ビルディング
電話　03-6368-8870（編集）
03-6368-8891（郵便室）
www.fusosha.co.jp

印刷・製本　図書印刷株式会社

ISBN978-4-594-09653-3 C0197